カッコウ、この巣においで

富良野　馨

集英社文庫

目次

カッコウ、この巣においで

第一章

犬が死んだのは、駆《かける》がこの家に来てから一年半が経《た》ったある日のことだった。

子犬の頃に拾われて、ちょうど十三年目だと弥生《やよい》が言っていた。白っぽい茶色の雑種で、体は柴犬《しばいぬ》より少し大きく、毛が中途半端に長かった。

散歩や餌やりはほぼ駆が担当していた。けれど駆は、それをどこか事務作業のように感じていた。犬は礼儀正しくこちらの言うことは聞くが、一線を引いているような、他人行儀な雰囲気に見えたのだ。実際、「お手」や「待て」はできても、じゃれついてきたり、しっぽを振って走り寄ってきたりすることは一度もなかった。

犬の飼い主であり家主、駆にとっての「師匠」でもある高義《たかよし》は、当時そのことを駆に申し訳なく感じたのか、ちらりと「気にしなや、こいつ、わしがご飯やってた頃もそんな真剣になついてへんかったんや」と言った。

駆にその話を聞いた弥生は可笑《おか》しげに笑って、「まあ、もともとはシロタにご飯あげてたん、叔母ちゃんやったしねえ」と懐かしそうに話した。弥生は高義の妻・正江《まさえ》の姪《めい》で、四歳の時に自分の母を亡くしている。その為《ため》、正江が母親代わりに弥生を育ててきたが、子犬が拾われた六年後に彼女自身も病気で亡くなった。お葬式の後、弥生は何日もろくにものも食べずに泣き続けていた、と駆は高義から聞いたことがあった。

「じゃあ、シロタは師匠の奥さんが一番好きだったの？」

駆の問いに弥生は笑って首を振った。「拾ってきたん、ミツくんやったから……」と言ったと思うと、言葉を切ってはっとした様子で眉をぴくりと揺らす。駆が聞き返す前に、さっと目を左右に走らせ辺りを確認した。

その弥生の奇妙な様子と「ミツくん」という響きに、駆は自分がこの家に来て二ヶ月頃のことがぱっと頭に浮かんだ。

——町内会の集まりに行く、帰りは遅くなるから先に寝ていなさい、と高義が出ていったが、何故《なぜ》かなかなか寝つけず、ぐすぐずと起きていた夜のことだ。トイレに行きたくなって部屋のふすまを開け、階段をおりようとしたところで玄関の開く音がした。次の瞬間、「なあ、高義さん」と知らない中年女性の声が聞こえて駆の体が固まる。

「なんや、もう充分やろう。あんだけ揃《そろ》って好き勝手言いたいこと言いやって」

それに答える高義の声は、声量こそ小さかったもののひどく荒くてぶっきらぼうで、駆が初めて聞く種類のものだった。

「そやかて皆、高義さんが心配やから言うてるんよ。判《わか》るでしょう？　裏の葉山《はやま》さんとこなんか、娘さん今年高校受験やのに、そんな時期に何かあったりしたらかなん、て」

「ウチにあの子がおることが葉山さんとこの娘さんに何の関係があんねや」

高義が女性の話をぶった斬ってひと息に言った言葉に、駆の喉が棒を突っ込まれたように詰まった。

「あの子は今は学校には行っとらん。娘さんのことなんか知りもせんわ」

「そこよ。学校にも通ってない、って……なあ、ほんまに大丈夫なん？　大体どうして、そんな素性の判らんような子、引き取る話になったんよ」

駆は息を殺したまま、階段の一番上の段にすとんと腰をおろした。少しサイズの大きい緑色の綿のパジャマの下で、肌だけがひどく熱く、なのに心臓は冷えている。

「は？　素性？　駆はウチの子や。それで充分やろが」

けれど高義のその一言で、どくん、と心臓が熱い血を吐いた。

女性が階段の上の駆にも届く程の大きい音をたててため息をつく。

「高義さん……もうはっきり言わしてもらうけど、それって結局、ミツルくんの代わりやろ？　奥さんが亡くなって、それからミツルくんが」

「――うるさい！」

突然、高義の声が爆発したのと同時にガシャン、と何かが割れる盛大な音が聞こえた。

駆はひっ、と小さく喉の奥から声をあげる。

「ええか、わしの前でもう二度とその話はすな！　聞きたないんじゃ！」

怒鳴り声の後にガラガラ、と引き戸が閉じる。ガチャリ、と鍵をかける音に駆ははっと我に返って、音を立てないようによつんばいで部屋に戻って布団に潜り込んだ。

みしみしと階段が鳴る音に、体が震えて全身がきゅっと縮み爪先が丸まる。大人の怒鳴り声を聞くと全身がかちかちになる。だんだんと近づいてくる足音に、そんなことがある訳がないと頭では判りつつ、次の瞬間、布団から首根っこをつかんで引きずり出され、殴られたり蹴られたりするのだと体が勝手に信じている。

足音は駆の部屋の前でぴたりと止まった。

自分の肉体を消し去るように、音を立てずに細く息を吐いて吸って固く目を閉じていると、ごくわずかにふすまが開いた。寝たふりを続けていると、ほうっ、と高義が息を吐き出す音がして、ふすまがすっと閉まる。とんとん、と階段をおりていく足音が聞こえて駆の体から一気に緊張が抜けた。

ミツルくんの、代わり……ミツルって、誰だろう？

気にはなったが、高義のあの罵声を思い浮かべただけできゅっと喉が締まった。大人の怒鳴る声、特に男性のそれは聞くのも嫌だ。

次の日の朝、階段をおりてちらりと玄関を横目で見ると、靴箱の上に飾ってあった、高義の先々代がつくったという大皿が姿を消していた。駆が家にやってきた日に、高義自身が飾ったものだ。「縁起ものが描かれた皿だから、今日という日の記念に」と。

たたきの隅には細かい破片が残っていた。「縁起もの」が消えたのが駆にはひどく不安で、けれど食卓では高義はゆうべのことなどまるで何もなかったかのように、無愛想ながらあたたかさの感じられるいつもの態度でふるまっていた。

だから駆も「もう聞く必要はないんだ、忘れよう」と決めた。せっかく手に入れたこの「家」、優しく安定した生活を、不用意な問いでぶち壊したくなかった。何より、もしも聞いて怒鳴られたら、と思うと恐ろしくてとても無理だった。何もなかった、忘れよう、それが一番いい、そう決めた。

それから一年と数ヶ月、すっかり忘れた筈《はず》だった。なのに弥生のもらした「ミツくん」という名の響きに、一瞬でぱちんと記憶の鍵が外れた。

「弥生さん、ミツくんって……？」

駆が恐る恐る声をかけると、弥生は小さくほう、と息をついた。

「……叔父ちゃんとこ、息子さんがおってん。ミツルくん。わたしの従兄《いとこ》」

えっ、と駆は額をのけぞらせた。同時に女性の声が、まるで今聞いたようにくっきりと脳内に響く。

——それって結局、ミツルくんの代わりやろ？

「ミツくんが、拾ってきた子やったから……一番なついてたん、ミツくんやってんよ」

「え、その人、今は……」

「もうおらんのよ」

理由の判らない焦りを感じながら駆が聞くと、弥生は小さく首を振った。

その表情に、突っ込んですべてを聞き出したい、という気持ちが駆から消える。それほどうるんでいる訳でもないのに、何故か泣き出しそうに見える黒い瞳。

「もう、いいひんの」

言いながら弥生は、ふっと顔をめぐらせて仏間の方を見た。

どきん、と心臓が跳ねるのを駆は感じる。

——奥さんが亡くなって、それからミツルくんが。

「……駆くん、お願いやねんけど……叔父ちゃんの前では、その話、息子さんの話ね、絶対……口に、せんといて。叔父ちゃん、息子さんの話すると、もう……手が、つけられんくなるから。そやし、お願い、約束してね」

すっ、と細く長い小指を出されて、駆も応じざるを得なかった。

指切りげんまん、と小さくとなえて、弥生はやっとほのかに笑みを見せた。

＊

高義が駆を見つけたのは、西京区《にしきようく》と高槻市《たかつきし》の府境《ふざかい》の辺り、焼き物に使う為の土を採らせてもらっている山中だった。

『昨年十一月から国際宇宙ステーションに滞在している若田光一《わかたこういち》さんが、来週十四日、地上に帰還します』とニュースの流れるラジオを聞きながら、林道に軽トラックを停《と》める。シャベルと袋をかついで草木の中に分け入っていこうとし、ふと首を傾《かし》げた。

この場所には、特に道から目印になるようなものはない。もう何年もここで土を分けてもらっている高義は迷わずそのスポットに入っていけるが、その日はいつも分け入っていく辺りの低木や草が奇妙に折れ曲がって、荒らされているように見えた。

京都は昔から「焼き物に使える土がない」と言われており、よそから土を仕入れる窯元が殆《ほとん》どだ。高義も普段の仕事はほぼ買った粘土を使っている。だが十年程前に「京都でも使える土がある」という話を耳にしたのと、六年前に妻の正江が亡くなった後、雇っていた職人が窯を離れ、仕事も激減して暇ができたのをきっかけに、あちこちの土地から土をもらって粘土に加工して使っていた。だが加工作業は重労働な割にできる量は少ないので、器ではなくオブジェにしたり、市販の粘土と混ぜたりして使っている。

猪《いのしし》でも出たのか、といぶかしみつつ、ひょい、と茂みをまたぐと、目の前がぱっと開けて、ごく小さな谷が現れた。昨日少し雨が降ったのか、小さい水たまりがあちこちにある。泥まじりとなった地面に横たわっていたものに、高義は面食らった。

見た瞬間は、ゴミ袋だと思った。茶褐色で、楕円体《だえんたい》の形状をしていたからだ。こんなところに不法投棄か、だから茂みが荒れていたのか、とむっとしながら近づくと、ゴミ袋に見えた物体の正体は、手足をぐっと丸めて横たわった人間だった。

しかもその大きさは、どう見ても子供のものだった。

「おっ……おい、おい、どないしてん」

シャベルと袋を脇に落として、頭のすぐ横に駆け寄り膝をつく。

黒髪は泥にまみれ、両の手に顔をうずめていて表情は全く判らない。手を伸ばして首筋に触れると、ひどく細い筋張った皮膚から、かすかに脈を感じた。

「おい、なあ……だいじょぶか、おい」

腕に手をかけ起き上がらせようとして、泥の間に赤い筋がところどころ覗《のぞ》いていることに気がつき、はっと手を離す。改めて見ると、泥まみれであちこちが破けてぼろぼろのTシャツにも、中途半端に丈の短いズボンにも、そこかしこに赤いシミがついていた。

頭から血の気がひくのを感じながら、高義は相手の肩を強く揺する。その肩も驚く程ごつごつと骨が飛び出していて、異様に細い。

「おい、なあ、何があった。しっかりせい……ああ、もう」

　高義はぐい、と腕の下に手を突っ込んで、無理に起き上がらせて肩にかつぎあげた。

「痛いか？　痛かったら言いや。すぐ病院連れてったるさかいな、もう大丈夫やぞ」

　こまめに声をかけながら進んだが、相手は気絶しているのか全くの無反応だ。

　それにしても軽い、と苦みを腹の底に感じる。林道に出て一度子供をおろし、助手席の扉を開いて座席に押し込む際に、高義は初めてまともに相手の顔を見た。顔つきは幼く、体の大きさも小学生くらいに見える。こんな子供が、一体どうしてこんな目に。

　顔には紫色を帯びたアザや擦り傷があちこちについていたが、頬は青白く透き通っていて、中国の古い青磁のようだ、と高義は思った。長めの前髪が固く閉じられた目にかかっているのが何とも言えず痛ましく、指先でそっと髪をかき分ける。手を伸ばしてシートベルトを装着してやると、薄い腹部が浅い呼吸につれてかすかに動いているのが判った。

　できる限り急ぎながら、それでもできる限り揺れないように注意しながら、高義は道を急いだ。携帯電話など必要ない、と頑《かたく》なに持たずにいたことをこんなかたちで悔やむとは思わなかった。山道を抜けやっと人のいる農家を見つけ、電話を借りて救急車を呼ぶと、駆けつけてきた隊員に子供を渡して自分も後から車でついていく。

　病院に着いてロビーで待つように言われ、座ったと思ったら警察に声をかけられた。通報した消防センターから既に連絡が届いていたらしい。

病院内の会議室に通され、つっかえつっかえ状況を話すと、都合がつくならもうしばらくここにいてほしい、と依頼というより要請に近い口調で言われた。用事もないしあの子のことも気にかかるし別にいいか、とうなずいて、その時初めて、シャベルも袋も山に放《ほ》ったらかしにしてきたのに気がついた。

待っている間、正江の兄の関本俊正《せきもととしまさ》に電話をかけた。俊正は用事で滋賀におり、自分も向かうが弥生も行かせる、彼女の方が早く着くだろうから、と言った。

そこまで大げさにしなくても、と言いかけて高義は言葉を止めた。もし子供が目を覚ましたとして、自分はどう相手をしていいのか判らない。

……本当の子供でさえ、ろくに世話などしなかったのだから。

つい先刻《さつき》感じた腹の底の苦みがもう一度戻ってくるのを感じながら、高義はひたすらロビーで弥生を待ち続けた。

子供が目を覚ましたのは、五日後の午後だった。

本来なら、病院に送り届けて警察に事情をすべて説明した時点で、高義の義務は終わっていた。だが彼はどうしてもその子供が見捨てられずに、毎日病院へと通い続けた。特に頼みもしなかったけれど、弥生も大学の講義のない日には共に病院についてきた。

その間に医者から聞かされた数々の言葉に、高義は足元から指先までが震え出す程の強い憤りを感じた。

いわく、年齢はおそらく十一歳前後で、性別は男。身長は百五十センチ程度だが体重は三十キロを切っており、どう考えても痩せすぎだという。腕や足にいくつもの打撲や骨折、アザ、更には火傷《やけど》まで負っていたが、昨日今日つけられたのではない古傷も多くあって、おそらく日常的に暴力を受けてきたようだと。

怒りが極まって、高義は説明している医者を思わず怒鳴りつけてしまった。一体どういうことなんや、子供をそんな目にあわせるなんて有り得んやろう、と。

弥生が横から腕を引っ張って何とかなだめたが、当の怒鳴られたまだ年若い男性の医者は、怒り返すでもなく怯《おび》えるでもなくただただ厳粛な顔で何度も大きくうなずいて、僕もそう思います、子供がこんな目にあうなんて許されない、と言った。その目の縁にうっすらとにじんだものを見て、高義の頭からすっと血が下がる。

眠ったままの子供の枕元に座って、まだあちこちに擦り傷の目立つ頬を見つめていると、腹の底がぎゅうっと締まる。弥生が気を遣ってか、そっと高義の肩を押さえるように叩《たた》いて、部屋を出ていった。高義はうっすら浮かんだ涙を拳でぬぐう。

窓から入る陽《ひ》に照らされた子供の頬は、やはり青白かった。こんなにいい陽気なのだし、少し風に当ててやろう、と高義はベッドの奥にまわり込んだ。警察沙汰なこともあり、病院は子供を個室に入れている。少し窓を開けるくらい構わないだろう。

からから、とサッシを開けると、ほんのりと湿度と緑の匂いを含んだ五月の風が部屋に入ってきて、ふわりとカーテンが揺れた。それが気持ちよく、うん、空調の風よりこっちの方がよっぽどいい、と高義は満足げに思い、振り返って息が止まった。

子供がぱちりと目を開いて、まっすぐ天井を見つめていた。

「あっ……おお」

自分でも意味の判らない声をあげながら、高義はよろりとベッドに一歩近づく。

子供の瞳がきろりと動いて、高義の方を見た。痩せて骨の目立つ眼窩《がんか》からこぼれ落ちそうに大きな目は、白目がはっとする程に青く、頰に一気に赤みがさしてくる。

そのビームのようなまなざしに気圧《けお》されて、高義は言葉を続けられずに立ちすくんだ。咄嗟《とっさ》に名前を呼ぼうとして、名など知らないことにまた声が詰まる。

子供の目がゆっくりと、高義、その後ろの窓、揺れるカーテン、天井と、ぐるりと部屋を横切り病室の扉の方へと動いた。ベッドの脇に立つ点滴スタンドに気づいたのか、ぱちりとひとつまばたきをして、視線がスタンドをなぞるように下がっていく。その先が自分の腕につながっているのを見て、たじろいだように黒目が揺れた。子供の視線が自分から外れたことに、高義はやっと息をついて口を開く。

「ここは病院やぞ」

さっと子供の目が高義の方を見た。が、何故か視線は高義の腹部の辺りに向き、先刻のようにまともに顔を見ようとはしない。だが高義としてはその方が話しやすく、ほっと内心で安堵《あんど》の息をついてベッドをまわり込むと、元の椅子に腰をおろした。

「ぼん、名前は」と尋ねてみたが、子供は知らない外国語を聞くような顔で眉を寄せた。少し待ってみたが、答える気配はない。高義が途方に暮れて片手で頭をひっかき回すと、子供の体がびくりと震える。思わず頭に当てた手がその位置で止まった。

そのままの姿勢で息を止めて見つめると、赤みが戻ってきていた子供の頬が、またすうっと青白くなっていくのが判る。

——この手だ。

ちょうど振り上げたかたちになっていた手を、高義は隠すように背中側からゆっくりゆっくりおろした。その動きを小動物のようなすばやさで子供の瞳が追う。

誰かに日常的に暴行を受けていたらしい、という医者の話を高義は思い出した。ここの底が一瞬怒りで煮えたぎって、同時に憐憫《れんびん》の情でさっと冷える。

「……大丈夫やぞ。ここにはぼんを痛めつけるようなヤツはおらん」

先刻とは打って変わって、言葉が口からなめらかに出た。

「おってもわしが追い返したる。そやし安心せい」

子供の黒目がまた細かく揺れた。薄い唇はかっちりと閉じられ、開く気配はない。

「……そや、誰か呼んでほしい人は？　お父さんやお母さんはどこにおる？」

無言のままの相手に高義がふと思いついて尋ねた言葉に、その頬がまたいっそう青白く冴《さ》えた。閉じた唇の端が更にきゅっと巻き込まれ、固く固く締まる。

それを見てはたとひらめき、愕然《がくぜん》とした。まさか、両親が？

そんな莫迦《ばか》な話が、と思い、次の瞬間、脳内でかぶりを振った。実の子供を虐待して死に至らしめる、そんな恐ろしいニュースは腹立たしいことに日常的に起きている。

「ぼん……お父さんとお母さん……呼ばん方が、ええか」

慎重にゆっくりと尋ねると、子供の瞳がぱっと見開かれ、今度はまともに高義の目をとらえた。その必死さに、ああ、と胸がつまる。

「――判った。判ったぞぼん、安心せい。大丈夫やぞ」

高義は何度も大きくうなずき、ベッドのすぐ傍《そば》に丸椅子を寄せた。その足が床にこすれてギッ、と鳴る音にも子供の肩がびくりと震えて、ますます不憫な思いが募る。

高義はゆっくりと、シーツの上に置かれた子供の手を取った。触れた瞬間、大きく体が揺れて上半身がバネのように起き上がり、反射的に逃走体勢になったことが目からも触れた手からでも判る。

「ぼん。ぼん、ええか、よう聞け。――わしは絶対、ぼんには手を上げん」

手の甲を優しくなでると、すっかり怯えきって混乱しきった相手の目を高義はしっかりと覗き込んだ。

「そやから大丈夫や。安心してええんやぞ」

言いながら高義は、ふっとあることに気がついて子供の左手を見直した。腕には傷用のパッド、折れた指には包帯がまかれて、甲には古い傷の痕や痛々しいアザがある。

高義はその手を痛まないように柔らかく持って、表にしたり裏返したりしながらためつすがめつ眺めた。不安で満ちていた子供の目が不思議そうに揺らぐ。

「はー……これは、ええ手やなあ」

高義がぽろっともらした言葉に、子供は更に目を丸くした。

「ほら、見いや、手のひらが大きくてしっかりしとる。特にここ、母指球《ぼしきゅう》と小指球《しょうしきゅう》、ここがぶ厚いのがええ。判るか」

すっかりきょとんとしてしまった子供に、高義はそれぞれの場所を人差し指でさした。親指の付け根から手首にかけての膨らみが母指球、小指側のそれが小指球だ。

「こういう手はええぞ。土をこねるのにもってこいや」

訳が判らない、といった顔つきの子供の前で、高義の声が嬉《うれ》しそうに跳ね上がった。

「指も長いし、手が冷たいのもいい。土の水が飛ばんで済むからな。手がこれだけ大きかったら、背ももっと伸びるやろ。よう食べてよう筋肉つけたら、最高の土がこねられるわ。ぼん、これは財産やぞ」

勢いよくまくしたてる高義を、子供はまばたきもせずに見つめる。

「陶芸家にとって、この手は財産や。いい土ができればいい焼き物ができる。この手は大事にせなあかん」

自分の手のひらの上に子供の手を乗せ、高義は大きくうなずいた。

「見れば見る程、ほんまにええ手や。うん、ほんまに、ぼんはええ手をしとるなあ」

しみじみと言いながらその手を見つめていると、すうっ、と大きく子供が息を吸い込む音が聞こえた。えっ、と顔を上げた高義の息が止まる。

まっすぐに高義を見つめた子供の顔全体が、驚く程真っ赤になっていて——見開かれた目の目頭から目尻に向かって、ぷつぷつぷつ、と一気に水の球がゼリーのように湧き出したかと思うと、ぽろぽろと頬をつたって落ちた。

仰天した高義は、「えっ……」と軽く腰を浮かせて、半歩、体を引いてしまった。椅子がガタンと揺れ、ぱたり、と子供の手がシーツに落ちる。けれども子供は顔をぬぐうでもなく、同じ姿勢のままでただただひたすら、滂沱《ぼうだ》の涙を流し続けた。

「えっ……なに、どないした、どこぞ痛いんか」

おろおろと尋ねると、子供は泣きながらぐい、と強く何度も首を横に振った。その勢いと自分の涙でむせたのか、急にひゅっと喉をひきつらせて激しく咳《せ》き込む。

「おっ、おお、大丈夫か」

高義は焦りながらもベッドに近づき、子供の丸まった背中を何度もなでた。手にあたる、ごつごつと骨ばった肉の薄い背の感触に何とも切ない気持ちになる。

「……叔父ちゃん？　えっ、あれっ、どうしたん？」

背後で扉の音がして、甲高い弥生の声がした。すたすた、とベッドに近づいてきて、二人の様子に目をまん丸くする。

「目え覚めたん？　良かったぁ……なんで泣いてるん？　叔父ちゃんが泣かしたん？」

「人聞き悪いこと言いないな。いや、わしも判らんのや、なんか急に」

「ぼく？　大丈夫？　痛いとこある？　とりあえずお医者さん呼ぶわね？」

反論する高義を無視して、弥生は腰を落として子供の顔を覗き込んだ。ナースコールを押すとすぐに看護師がやってきて、それから医者も駆けつけてくる。

「いろいろ検査もしたいので、とりあえず今日はお帰りください」と言われ、後ろ髪をひかれつつも二人はそのまま帰宅するしかなかった。

次の日、午後一番に病院を訪れると、受付でしばらく待ってほしいと窓口の人に言われた。ほどなくして、先日警察に事情を話したのと同じ、小さな会議室に通される。

そこには先日とは別の私服警官の男性が待っていて、「野木《のぎ》です」と名乗った。野木が困った顔で言うには、彼等が何を尋ねても子供はがんとして口を開かず、けれどたったひとつの問いにだけ、大きく反応したのだという。つまり「きみを助けた男の人ね、岩渕《いわぶち》高義さん、この人知ってるかな？　知らない人かな？」という問いに。

子供はうなずくでもなく首を振るでもなく、ただひたすらに目を輝かせて、じいっと病室の扉を見つめたのだという。今にもやってくる、高義の姿を待つように。

自分はあの子とは初対面だが、と高義が言うと、野木はバツが悪そうな顔で愛想笑いを浮かべた。「容疑者が第一発見者のふりをすることがあるので、念の為に」と。

瞬間的に沸騰しそうになった高義に「すみません」と野木は大きく頭を下げた。「子供本人の様子と、お医者さんからの話を聞いて、岩渕さんがそんな方じゃないとよく判りました、申し訳ありません」と更に深く頭を下げる。ついてはぜひ協力してほしい、おそらく岩渕さんが傍にいてくれた方があの子も話しやすいだろうから、と言われ、高義は弥生と連れ立って病室に向かった。

病室に入ると、ベッドの上に座っていた子供がこっちを向いて、ぽっと顔いっぱいに明かりが灯《とも》ったように表情を輝かせた。頬に一瞬で赤みがさして、高義は何とも言えない、胸がきゅうっとなる感覚を覚える。この感じは知っている、いつだったろう、と思った次の瞬間に、ふっと「息子が生まれてすぐ、自分の指をぎゅっと握った時だ」と気づき、ぐらりと足元が揺らぐような心持ちがした。

ベッド脇には四脚の椅子が並び、そのひとつに三十代くらいの女性がメモを手に既に座っていた。「野木の同僚の田沢《たざわ》です」と頭を下げてくる。田沢の隣に野木と高義が座ると、弥生は少し椅子をひいて、ベッドの真横を三人に譲るかたちで腰をおろした。

「そしたら、岩渕さんにも横にいてもらうからね。安心してお話ししてね」

一番枕元に近い位置にいた田沢が、幼稚園の先生のようなやさしく弾む声をかけたが、子供はぱっと下を向いてしまった。

「まず、お名前を教えてほしいのね。どうかな」

メモを片手に聞いても子供はぴくりとも動かず、見かねて高義は口を開く。

「ぼん。大丈夫やぞ、わしがここにおる」

弥生が驚いたような目を向けてきたのが判ったが、高義は続けて声をかけた。

「この人等はぼんを守る為に話を聞きにきたんや。安心して何でも言い」

子供の肩がぐらりと揺らいで、顔がわずかに上がる。恐る恐る、といった様子で目が動いて四人を順繰りに見た。

「ぼん、名前は」

高義が聞くと、子供は一番最初に尋ねた時のように、意味が判らない、といった表情を浮かべた。それを見て高義は、もしかして「質問の意味が判らない」のではなく「答えようがない」のではないか、と直感する。

「名前……ないんか」

ごくりと唾を飲んで聞くと、他の三人がはっとした顔で高義を見た。子供はまだうつむき加減のまま、首を小さく横に振る。

「ある？　ほな、言うてみ？」と高義が誘うようにやさしく問うと、ずっと固く閉じられたままだった子供の唇が、初めて小さく開かれた。

「……ある……けど……どれ、か……判ら、ない」

板をひっかいたようなかすれ声に、高義は息を呑《の》んだ。小さな声の響きには、関西系のなまりは全く感じられない。

「お名前がいくつもある、てことかな？」

田沢がことさら明るい口調で問うと、子供は軽くうなずく。

「ママが……引っ越す度《たび》に……違う名前で、呼ぶから」

そして続いた言葉に、二人の警官の間にさっと一瞬、緊張が走った。

「ママ？　ママとずっと、一緒だったの？」

うなずく子供に、「ママのお名前は？」と田沢が聞くと、子供はまた首を振った。

「ママも……いつも、違う名前、言うから……新しい男の人と、暮らす時とか」

顔を見合わせる二人の横で、高義は慄然として膝の上で拳を強く握った。一度たりとも「正しい名前」を与えられないままこの年まで生きてきた、そんな人生がこの世にあるだなんて考えたこともなかった。

その後、数時間をかけて粘り強く、ゆっくりと彼等は子供から話を聞き出した。

子供の名前は不明。一番よく呼ばれていたのは「ケント」で、他には「ショウ」「タクヤ」「カケル」等々、八種類くらいの違う名で呼ばれたらしい。

母親が一番多く名乗っていたのは「サエコ」で、他にも「ユウナ」や「カレン」など、こちらも何種類にも及んでいた。苗字《みようじ》は「ササキ」や「イケダ」、「ハラグチ」などを名乗っていたそうだが、つきあっている相手の苗字を使うことも多く、どれが正しい苗字なのか子供には判らなかった。

年齢はおろか誕生日すら知らなかったが、ものごころついた頃から子供は母親と二人暮らしをしていた。大抵は男性の家に母親が転がり込んで別れるとよそへ移る、といったその日暮らしに近い生活をしていたらしい。勿論《もちろん》、子供は一度も学校へは行ったことがなかった。

その為、都道府県名も全部は知らなかったが、記憶力は割と良く、行った土地の名はよく覚えていた。県名や県庁所在地、著名な繁華街を北から順にあげてみた結果、北は岩手から南は福岡まで、本当に全国あちこちを放浪していたことが判った。交際相手とは誰とも長続きすることなく、一番長くて半年程で喧嘩《けんか》別れするのが常だった。

そしてその殆どの男が、ちょっと道端の石を蹴る、くらいのあっさりした感覚で子供に暴力をふるってきた。母親はそれを大抵笑いながら見ていて、時には自ら加わることもあった。

その中でも、三ヶ月前から同棲《どうせい》を始めた今の交際相手――母は「ヒロシ」と呼んでいたが苗字は判らない――は最悪で、子供は連日のように殴る蹴るの暴力を受けてきたのだという。住まいは兵庫と大阪の境辺りで、けれど場所を特定できる程の細かい記憶はない、と子供は話した。

子供が今回、こんな大怪我《おおけが》をした理由も、その男、ヒロシと母親のせいだった。

彼等は子供に、いわゆる「当たり屋」をさせていたのだという。

場所は大体、防犯カメラのない住宅街の少し見通しが悪い交差点で、出会い頭に車にぶつかったふりをして倒れるよう指示されていた。車が止まって運転手がおりてくると、物陰に隠れていた母親――腹に詰め物をして妊婦に見せかけている――が出てきて、ウチも今こんな状況だし、お互い警察沙汰にしない方が、と持ちかけ数万円の金をせびる、といった手口だ。交渉が上手《うま》くいきそうにないと後からヒロシも現れて、半ば脅すようにして金を払わせていた。

とは言え、「通報する」と言われると引き下がらざるをえず、ドライブレコーダーの映像を見て「ぶつかってないじゃないか」と反論されることもあって、「ちゃんとぶつかれ」とヒロシから叱責される日が続いた。が、車の速度があるとやはり怖くて、出ていけない。すると腹いせのように殴られ蹴られるので、ある日「もういい」と覚悟を決めた。もしぶつかって死んだとしても、それでもう痛い思いをしなくていいならそっちの方がいい、と。

それでもいざその場に立つと勇気がなくて、なかなか出ていけなかった。「この車を狙え」という合図は、少し手前の場所にいるヒロシが母親に電話で送り、彼女が物陰から身振りで伝えてくる決まりだ。だが三台指示されても前に出ることができず、明らかに母親が苛立《いらだ》っているのが子供にも判った。

このままだときっと夜にはひどいことになる、と子供は恐怖し、ぎゅっと目を閉じ、車のエンジン音が近づいてきたのに合図も確認しないまま、ぱっと道路に飛び出した。

脇腹に鈍い衝撃を受けてその場に倒れたが、それでも幸いなことにもともとの車の速度があまり出ておらず、意識を失う程ではなかった。

だが、偶然に選んでしまったその車の持ち主が、最悪の相手だった。

痛みは強かったので横になったまま目も開けられずにいると、車から運転手がおりてくるのが判った。大抵の人はそこで、「大丈夫?」といった声をかけてくるのに、相手は無言のままなのが少し子供の気にかかった。

すぐに「ショウくん!　大丈夫!」と母親の声と足音が聞こえてきて、子供はほっとした。だがいつもならその後に、「ウチの子供になんてことしてくれてんですか!」などの言葉が続くのに、それがない。すぐ近くに母親が立った気配があったが、「あのう……」と言いにくそうな声が聞こえて、それもしゅうっとしぼんでしまう。

「このガキ、あんたんとこの子か」

近づいてくる男が出した低い声は、今まで当たり屋をしかけてきた相手の誰とも違っていた。ふてぶてしくざらついていて、ひどく機嫌が悪そうだ。

「わざと飛び出してきたやろが。見えとったんぞ」

「いや、そんな、何を……うっ」

ぽすん、というどこか間抜けな響きの鈍い音と同時に、母親のうめく声がした。子供が何とか肩をひねって仰向《あおむ》けになり顔を向けると、黒い背広の細身の男の足元に母が服の下に詰めていたクッションが落ちていて、隣で腹を押さえた母親が膝をついている。

「ちょっと……！」

ヒロシの慌てた声と走る足音がして、母の横に立つと肩を抱いて立ち上がらせる。

「なんなんですかいきなり。警察呼びますよ」

「おう、呼べや」

弱々しいながらも抗議する声を嘲笑《あざわら》うように、男はあっさり答えた。

「そのガキが目ぇつぶって飛び出してきたんレコーダーにも映っとんぞ。それになんや、お前の女房、腹《はら》にクッション孕んどんのか」

男がざく、と足音を立てて近寄ると、二人は互いの肩を抱き合って一歩後じさった。

「おら、見ろや。傷ついとうやろが。なめたことしてくれよって」

男はヒロシの首をつかんで軽々と引き離し、地面に叩きつけるように突き飛ばす。

「どないしてくれんのや。修理代払えんのか自分等」

「あの、すみません、これで」と母親がバッグを探って財布を出すと、開こうとしているそれをさっと男の腕が財布ごとひったくった。倒れ込んだヒロシは男のとがった革靴のつま先で蹴られて、座ったまま後じさりながら財布を出し男に向かって放り投げる。

「あとこのガキ、置いてけ」

「えっ……?」

「どうせこん中、大した金もないんやろ。修理代足らん分、憂さ晴らしさせえ」

狭い視界の中で、ヒロシと母親がこちらをちらちらと見るのが判った。「ママ……」と、蚊の鳴くようなかすれ声をあげたけれど、「はい、はい、判りました、どうぞ」と二人が口々に言う声がして、目の前が本当に暗く翳《かげ》る。

「財布に免許証やら入っとろうが。もし警察なんぞ行ったら、判っとろうな」

「はい」

「ほなさっさと去《い》ね」

去り際にヒロシがしゃがみ込んで、子供の耳元で「ヤクザの黒塗りベンツなんかに突っ込むお前が悪い。終わったら勝手に帰ってこいや」と鋭く囁《ささや》き、さっと立ち去る。母親は一言も声をかけずに、ヒロシの腕にしがみついて逃げるようにいなくなった。

「情無しの親やなぁ……」

けっ、と地面に唾を吐き捨て、男は車のトランクからブルーシートを取り出した。後部座席のドアを開け、足元にシートを広げると子供のTシャツの襟元を後ろからつかんでぐい、と引き上げる。脇腹の痛みに加え首がぐっと絞まって、一瞬気が遠くなった。男は子供をブルーシートの上に放り投げ、隠すようにシートの端をかぶせて包み込む。

「汚すなよ。吐いたら殺すぞ」

バタン、と運転席の扉が開閉する音がして、子供の鼻先に煙草《たばこ》の匂いが届いた。体に揺れを感じながらじっとしているといつの間にか眠り込んでしまっていて、目が覚めた時には、高義に拾われた谷からもう少し奥の、広まった場所にいたという。

そこでさんざん殴る蹴るの暴行を受け、煙草の火を押しつけられて、ゴミのように放り出されて去っていく車の音を聞いていた、戻ってくるのが恐ろしいから、はいずってできるだけそこから遠ざかっている内に意識を失った、そう子供は語った。

長い話の途中から弥生は泣き出してしまって、高義はその背を叩いてなだめていた。そうでもしていないと、自分が爆発してしまいそうだったからだ。警官の二人も、最後にはすっかり涙ぐんでいた。

「ありがとうね。話してくれて、本当にありがとう」

涙声で田沢は言うと、子供の傷だらけの手を軽く指先だけ握った。

「今日はもう疲れたね。もうそろそろお夕飯の時間だし、今日はここまでね」

続けられた言葉に、もうそんな時間か、と高義は思わず腕時計を見た。病院に来たのが十二時半頃だったから、五時間近く話していたことになる。

田沢達二人と病室を出ていく寸前、高義がちらりと振り返ると、子供が疲れた顔で背を丸めてベッドの上に座っているのが見えた。がらんとした病室にひとりあんな姿で残していくのがしのびなく、「ぼん」と声をかけると子供がはっと顔を上げる。

「明日また来る。なんぞ買《こ》うてきてほしいもんあるか」

問われた言葉に、子供は訳が判らない、といった表情を浮かべる。

「別に何でも食べていい、てお医者さん言うてはったぞ。お菓子でもジュースでも、何でも好きなもん言い」

困った顔で首を傾げると、子供は小声で「パン」とだけ答えた。

「パン？　どんなんや。甘いのか。甘ないのか」

「えっと……こんな……小さくて丸いのが並んでる、あんパンのヤツ」

手で丸をつくって教えようとする姿に、弥生がまだ鼻をぐずぐず言わせながら「叔父ちゃん判った、あれやと思う、帰りにコンビニ寄るから」と言った。

「ほうか。ほなあんパンな、買うてくるしな。ぼん、また明日」

ひらりと手を振ると、子供の顔が昼間に見た時のようにぱっと明るく輝いた。

「うん、明日」

振り返されたもみじのような手が、高義の心臓にそのかたちでじゅっと焼きついた。


次の日、高義が弥生と二人で病室に入ると、子供はベッドの上で座っていた。二人を見て、ぱっと目を明るくする。弥生がレジ袋からあんパンの袋を出すと、その目がますます輝いた。細長い袋には、手のひらサイズの丸いパンが五つ並んで入っている。

袋を渡され、すぐ食べようとした子供を弥生が「ちょっと待ってね」と止めた。瞬間、まるでスイッチを切ったように子供の瞳から輝きが消え、表情もなくなる。その急激な変化に高義はどきりとした。

肩にかけた大きなバッグを覗いていた弥生は、子供の様子には全く気づかなかったようで、「じゃーん」と明るく言いながら中からビニール袋を取り出した。そこから丸い平皿とマグカップ、更には紙パックの牛乳が出てきたのを見て、光を失っていた子供の目が怪訝《けげん》そうに丸く見開かれる。皿もカップも、昔、高義が作ったものだ。

弥生はお皿をベッド脇のテーブルに置き、マグカップを部屋の隅の洗面台で軽くすすいだ。牛乳を注いで皿の横に置くと、呆気《あっけ》にとられている子供の手からあんパンの袋を取って開封する。それから丁寧に、五つのパンをお皿の上に盛った。

「ねえ？　こうするともっと美味《おい》しそうでしょう？」

弥生は背をかがめると口角をきゅっと引き上げ、満面の笑みを浮かべて子供の顔を覗き込んだ。絹糸のような光沢のある豊かな黒髪がふさっ、と頬の上にかかる。

子供はまだ混乱している顔つきで、改めて皿に目を向けた。黒みがかった濃い群青色の皿に、こんがり焼かれたパンの茶色い皮がつやっと光り、同じ色のカップには牛乳の白が冴え冴えと映える。ごくり、と子供の喉が鳴るのが高義の目にもはっきり判った。

ふふ、と笑うと、弥生は背を伸ばした。ベッドの横に椅子を引き寄せて座ると、バッグから同じあんパンの袋をもうひとつ取り出してお皿の横に置く。

「足りなかったらあかんし、夜にまた食べたくなるかもしれんし、もうひと袋置いとくわね。ねえ、お皿のあんパン、わたしとおじちゃんもひとつもらってもいい？」

高義は咄嗟に「わしはいらん」と言おうとしたが、それよりも早く子供がかくかくとうなずいた。弥生は「やったぁ、ありがとう」と手を叩いて、皿の上のあんパンを取り、ひとつを背後で立ったままの高義に渡す。「いただきまーす」とひと口かじって、「美味しい！」とはしゃぎ声をあげた。

「ほら、ほら、食べて」と弥生が手のひらで急《せ》かすと、子供はぎくしゃくとした動きでパンを手に取った。ごく小さく、端をひと口かじったと思うと、急にバネ仕掛けのように手と口が動いて、ぐいぐいと残りのパンを口に押し込む。喉が詰まったのか、一瞬動きを止めたと思うと、慌ててカップを手に取って牛乳をごくごく飲んだ。弥生がまた、ふふ、と笑うと、子供がカップを置いて彼女を見た。弥生は口をもぐもぐさせながら、「美味しいね」と言って微笑《ほほえ》む。

子供は手をぱたりとシーツの上に落として、口を開けたまま弥生を見つめた。それを見返し、弥生がもう一度「美味しいね」と言う。うなずきかけた子供の瞳から、突然、何の前触れもなく一気に涙が噴き出し、高義は息を呑んだ。

布団に包まれた自らの両膝の上に突っ伏して泣き出す子供に、弥生は「あっ……」とかすかな声をあげた。ゆっくり立ち上がり、背中にそっと手を添える。

「……大丈夫。大丈夫よ」

背中をさすりながら何度もそう繰り返す声は、すっかり涙ぐんでいる。

「知ってる？　このパン、チョコとかクリームとかもあるのよ。食べたことある？　今度はそっちも買うてきてあげるわ。わたしが好きなん、甘いチーズのヤツ。それもまた、皆で分け分けして食べよね。そやし、大丈夫よ」

涙まじりの声で話す弥生の言葉に、パンを手に立ち尽くしたままの高義の目も一気に熱くなった。渡されたものの、子供に返してやろうと思っていたパンを口に運び、ひと口かじる。前に食べたのがいつだったかも思い出せないそのパンは、甘く柔らかく、懐かしい味がした。そうだ、このパンは昔ずっと、こうやって一袋を分けて食べていたものだった……自分と正江、俊正と弥生、そして、息子と。

子供に買ったパンを、自分達も食べようと言い出した弥生の気持ちが、高義には痛い程よく判った。あの時と同じ経験をこの子にも味わわせたい、きっとそう思ったのだ。そして、これきりじゃない、また同じことをしようね、と。

口の中に広がる甘い味と裏腹に、頬の涙を高義は何故か苦く感じた。


数日間かけて話を聞く内に、子供の身の上がだんだんと判ってきた。

まず、子供は無戸籍であること。戦中や戦後すぐでもない今の時代に戸籍の無い子供がいる、というのを高義は初めて知ったが、弥生が言うには昔からあることで、社会問題にもなっているとの話だった。

女性に課せられてきた再婚禁止期間が原因で、新しい相手との子供を前の夫の戸籍に入れたくなくて出生届を出さずに無戸籍になる、というパターンが多いそうだが、今回の場合はそうではなかった。と言うのも、出先で急に陣痛がきて、たまたま目の前にあった産婦人科の町医者に飛び込んで出産したがその日の夜に赤子を連れて逃げた、という話をいつか母親が得意げに彼氏に語っていたのを子供が覚えていたからだ。そのまま出生届は出されることなく、子供は無戸籍児となった。

そして子供の話す移動期間や、テレビで見たという番組や大きな事件の記憶をあわせるに、どうやら子供の年齢は十三、四歳ぐらいだということも判った。体つきも顔つきも小学生にしか見えなかったので、高義は心底驚いた。

警察は母親や「ヒロシ」、子供を暴行したヤクザらしき男の行方を追い始めたが、どれもつきとめるのは難しい様子だった。子供が正確な場所を覚えていなかったのと、目撃者も防犯カメラの映像もなかったこと、そしてヤクザに名前や顔や住所を知られた二人はおそらく既に逃げ出しているであろうことも、発見の難しさに拍車をかけた。

けれども子供は、見つからない方がいい、とぽつりと話した。見つかればまた彼等のところに戻らなければならないから、と。そんなことは絶対にない、そんな人達のところに戻したりなんてしない、田沢や野木はそう強く子供に約束した。

そして高義に、ある提案を持ちかけてきた。

子供の里親になってくれませんか、と。

研修を受けて審査を通れば、独り身でも子供の里親になれる。本来、虐待児が里親に引き取られる場合は専門的な知識のある専門里親と暮らすべきだが、今の時点で子供が最も信頼しこころを寄せているのは高義だ。なのによその家や児童養護施設に送ったりしたら、あの不幸な子のわずかな光すら奪うことになる、それは嫌なんです、と。児童相談所とも相談して全力でサポートを努めますから、どうかうんと言ってほしい、と二人並んで深々と頭を下げられた。

弥生もその父の俊正も、当然難色を示した。二人から見た高義は、どう見ても子供の養育に向いた性格とは思えなかったし、家事はそれなりにできるものの料理はそれほど得意とは言えない高義に、成長期の子供の面倒がみられるとも思えなかった。

二人の言うことはすべてもっともで、高義は言われた瞬間には「断ろう」と思った。けれどその次の瞬間、小さく振られた手のひらの焼印が心臓でじゅっ、と音を立てて、断りの言葉が口から出るのを押しとどめた。

ひと晩考えさせてほしい、そう全員に言って、高義は家に帰った。

暗い、ひと気のない家の仏間に入り仏壇の前に座ると、線香はとうに灰になっているのに何故か香りを鼻の奥に感じる。ちぃん、とおりんを鳴らしてライターで新しい線香に火をつけると、細くたちのぼる煙の向こうに置かれた妻、正江の遺影に目を向けた。

……自分の息子もろくに育てあげることのできんかった男が子供引き取る、なんて聞いたら、お前はなんて言うやろか。

すっとんきょうな声で有り得へんわぁ、と笑うか、いや珍しい、ほな頑張りぃよ、とやっぱり笑うか。

どちらに転んでもきっと彼女は笑うだろう、と思った瞬間、気持ちは決まっていた。

子供の新しい名前は「長月駆《ながつき》」と決まった。

正確な日付は判らないものの、母親がぽろっと「あんたは九月生まれだからね」と言ったのを子供が覚えていたので、苗字は九月の和名、長月からとった。誕生日は「苗字に『月』があるなら、十五夜お月様、で十五日はどう？」と弥生が言って、今年の九月十五日に十四歳になる、と決めた。

母親から一番頻繁に呼ばれていた名は「ケント」で、つまりはそれが本名の可能性が高かった。だが本人はその名を使うことを拒み「カケル」を選んだ。高義が理由を聞くと、母親がつきあっていた男の中で、ごくわずかな「暴力をふるわない男」と一緒だった時に使われていたのが「カケル」だったから、と答えた。子供が知る中で母親の交際期間最長記録、半年を打ち立てたのも彼だった。

当時、子供は八歳くらいで、男は見た感じ五十代前半の年齢だった。母親はおそらく二十代半ばだったので親子並みの歳《とし》の差があったが、子供の目から見ても二人はとても仲睦《なかむつ》まじく感じられた。

母親は男を「先生」と呼んでいたので子供もそう呼ぶようになったが、当時の男の職業は教師ではなかった。なのにどうして、とある日子供が尋ねると、母親は嬉しそうに

「ママが中学の時の先生だったから」と答えた。その後教師は辞めて引っ越し、会社員として働いていたのだが、偶然、母親の勤め先の夜の店にやってきて再会したのだそうだ。

一緒に暮らしている間、男は子供に文字の読み書きを教えてくれた。それまでもテレビや気まぐれに教えてくれる母親の言葉から、よく見かける食べ物や乗り物の名前の文字は覚えていたのだが、本を読んだり自分で文字を書いたりは全くできなかったのだ。子供は水を吸い込む砂のようにみるみる文字を覚えてしまい、男は四則演算や九九などの簡単な計算、箸や鉛筆の持ち方まで教えてくれた。それまで子供は大体の食べ物は手づかみかスプーンやフォークを使っていて、たまにコンビニでもらった割り箸を使う時も握り箸で持つのが当たり前だった。それは母親も同じだ。

ぱちぱちと箸先を開いて閉じられるのが嬉しくて、子供が「見て！　ほら見てママ！」と見せびらかしに行くと、母親は一瞬、美しく整えられた眉をぎゅっと歪《ゆが》めた。その顔に子供はどきりとして、思わず箸を取り落としてしまう。どうしよう、また怒られる、と子供の体がすくんだ瞬間、母は唇の端に寄せるようにふうっ、と息を吐いて眉から力を抜いた。手を伸ばして子供の足元の箸を拾うと、「ほら」と手渡す。

「あたしが教えてもらわなかったこと、あんたはできるようになんのね」

どうしていいのか判らないまま、手渡された箸をぎゅっと握ってその手を見つめていると、母がぽつりとそうこぼした。

「先生みたいな……あたしにもいたら良かったんかね」

「みたいな」の後に何が続くのかは子供には判らなかったが、母親が珍しく、乱暴ながらもざかざかと頭をなでてくれたのがひどく印象的だった。直後に「ほら、もうあっち行きな、邪魔だから」と追い払われてしまったけれど、その手の感触は長く残った。

母が口にしなかった言葉はもしかしたら「お父さん」だったんじゃないか、それから数ヶ月を経て子供はそう思うようになった。一緒に暮らし始めてから四ヶ月程で、男は母親がいない時に子供にこっそり「お父さん」と自分を呼ばせるようになったからだ。

そう呼ぶ度に男は嬉しそうに顔をほころばせ、「うん、カケル」「なんだい、カケル」と答えた。「ずっと息子が欲しかったんだ」と。

今まで新しい相手と同棲を始めると、それがたとえ暴力をふるわない男であっても一ヶ月もしない内に喧嘩が始まるのが常だった子供にとって、その生活は夢のようだった。一日一日、新しい日がくる度に、「また一日続いた、もしかしたら明日も続くんじゃないか」と期待がふくらんだ。

その思いは母親にもあったようで、その頃から子供との会話の端々に「結婚」を匂わせるものが増えていった。「先生とずーっと一緒に暮らすの、どう思う?」「あんた、弟か妹、欲しくない?」など、その度子供は、大きくうなずいて同意していた。

けれどある日の晩、男は突然、強い腹痛を訴えのたうちまわり、母親が急いで救急車を呼んだ。突然の七転八倒に怯える子供を家に置いて、母親は病院についていった。

部屋の隅で震えながらまんじりともできずに待っていると、明け方になって母親だけが家に戻ってきた。その顔は目が落ちくぼんで濃いクマが見え、髪も乱れていて、普段の美しくメイクされた姿とは別人だった。

「——出るよ。手伝いな、自分の荷物つくって」

押し入れの奥から引っ張り出されたボストンバッグをぽい、と投げ渡されて、子供は混乱した。「どうして？　先生は？」と聞くと、母親は自分の荷物をまとめる手を一瞬止めて、「死んだ」と一言言った。

子供は「うそ……」と呆然《ぼうぜん》と呟《つぶや》いて手からバッグを落とす。母親はさっとそのバッグを拾うと、それで頭から勢いよく子供を殴りつけた。

「ぐずぐずしない！　ここ、先生の家だからね。死んじゃったから、もういられない。今月の家賃まだ払ってないから取り立てがくる。その前にさっさと出てくから」

服や化粧品を乱暴にバッグに詰め込みながら、母親はふと顔を上げ、部屋の隅の洋服ダンスの一番上の引き出しから男の財布を取り出した。中を開いてお札を全部抜き取りバッグに押し込むと、財布は床に投げ捨てる。

自分の荷物ができあがると、母親はまだ混乱していて服すら殆ど詰められていない子供の手を、ぐい、と引いて家を後にした。それ以来、その土地には行ったことがない。けれども「先生」との日々は、子供にとってすべてが忘れられない思い出として鮮明に刻まれた。男に呼ばれた「カケル」の名は特別なもので、だからこの名を使いたい、そう子供は高義達に話し、漢字は「変に凝らない方がいい」と高義が言って「駆」と決まった。

初めてできた自分の戸籍をものめずらしげに眺める駆に、高義はまたあの胸のきゅうっとなる感じを覚えた。その思いのまま「カケル」と呼びかけると、駆はびっくりした様子で左右を見回し、それからゆっくりと高義を見上げる。

「……お前の名前やぞ。これから先ずうっと、一生、お前は『駆』や」

高義のその言葉をまるで吸い込むかのように、駆は大きく胸をふくらませ、細く長く息を吸い、ひとつうなずいた。

駆の怪我が治ってリハビリもほぼ済むまでには、ひと月ちょっとかかった。その後は児童養護施設に入ってそこから近い中学校にしばらく通っていたが、やはりどうしてもなじめなかったらしく、半月もしない内に学校へ行けなくなってしまった。

そこで施設の職員などと相談した結果、高義の家から通いやすい距離にあるフリースクールに通わせよう、と決まった。同年代との接触機会が極端に少なく、母親以外の人間と長期間をすごしたこともない駆は、今後もっといろいろな年代の他人と時間をかけて触れ合っていくべきだ、と話がまとまったからだ。

手続きがなかなか進まない間、高義は施設にいる駆にまめに会いに行った。だがあまり頻繁に来られると、親が会いに来ない子供達がやっかむので配慮してほしい、と言われ、週に一回、フリースクールの後に少しだけ会うことにした。

だが通い始めてやはりひと月もしない内に、高義は駆の顔色があまり良くなく、施設の暮らしで一度はふっくらとしてきた頬からまた肉が落ちてきた、と感じる。

子供でも大人でも、とにかく「他人」と一緒にいることに大変な緊張を感じている様子だ、少しずつほぐしていくしかないと思う、とフリースクールの責任者に言われ、高義は考え込んだ。そんなに辛《つら》いなら、別にもう通う必要なんてないんじゃないか。

そんな思いをちらっとこぼすと、俊正や弥生からは当然のごとく反論を受けた。あの子は「普通の子」なら当たり前にしている筈の体験を全くしていない、それは明らかな虐待だ。少しずつでもそれを取り返してあげるのが大人の務めではないか、と。

二人の意見は確かに正しい、高義も頭では判っていた。だがやはり、「ずっと辛い思いをしてきて、この上なおさら、まだ辛いと感じる場所にとどまる必要があるのか」というわだかまりをどうしてもぬぐい去ることができなかった。

そんなとある週末に、高義は結局この間は採取できなかった土を改めて採りに行くことにした。その前日に、俊正の家で駆も一緒に四人で昼食をとっている最中、天気の話題の流れからその話になると、駆が「一緒に行きたい」と言い出した。

「あの山行って、大丈夫か」と高義は問うたが「大丈夫」と言われて連れていくことにした。軽トラックで山に向かう間、駆は殆ど口をきかずに全開にした窓からずっと外の景色を眺めていた。高義は時々ちらりと、その透き通るような肌の横顔を見やる。

舗装された普通の道から林道に入って、がたがたと山を登っていく間も、駆の様子は全く変わらなかった。高義はすっかり安心して、車のスピードを上げる。

いつもの場所に車を停めて、荷台から道具をおろす。駆が急いで駆け寄って、細い手に何枚もの麻袋を抱え込んだ。茂みを抜けた先に急に大きく空間が広がったのを見て、駆は一瞬その場に立ち尽くす。

どきりとしながら高義は振り返ったが、駆の表情には特に大きな動揺は読み取れなかった。ただ単に、急に目の前が開けたことに驚いただけのように見える。

高義は崖から土をシャベルで掘り、駆が口を開いて持った麻袋に次々と放り込んだ。八分目くらいまで土を入れると口を縛って脇に置き、また新しい袋に土を詰める。その袋が安定したところで駆がぱっと手を離し、最初に詰めた袋を運ぼうとして手をかけた。が、子供の腕力では持ち上がりすらしない。ぐっ、と袋の口を引っ張ったまま一ミリも動けずにいる姿に、思わず高義は声をあげて笑った。

駆はまるで雷に打たれたみたいにぱっと袋から手を離し、まじまじと高義を見た。誰かの大きな笑い声を初めて聞いた、そんな顔をしている。

それを見て高義は、こんな風に笑ったのがいつぶりなのか全く思い出せないことに気がついた。勿論、今の駆くらいの年齢には声をあげて笑っていた筈だが、それはもう地面の奥底に埋まって見ることのできない地層のように、暗く固く沈んでいた。

明るく笑った直後に急に唇を引き結んで黙り込んだ高義を、駆は不安げな、おろおろとしたまなざしで見つめた。黒目が落ち着きなくきょろきょろと動いている。

それを見て高義は、一度大きく深呼吸した。困り顔の駆を見ていると先刻の可笑しみがまた舞い戻ってきて、今度は柔らかな笑みとなって唇にともる。

「……土、重たいやろ。そんな持ち方ではよう上がらんぞ」

その微笑みと柔らかい口調に、駆はぱっと表情を明るくして肩から力を抜いた。

「口のとこだけ引っ張ったかてダメや。こう、ちゃんとしゃがんで膝ついて、下から抱えて肩にもたして足の力で持ち上げる。立ったまんま腕の力だけで持ち上げてたら、あっちゅう間に腰いわすからな」

言いながら一度少しだけ持ち上げてみせ、「やってみ」とまたおろした。駆は言われた通りに腰を落として片膝をつき、自分の身長の半分程もある袋を抱きつくように抱え込んで全身に力を入れたが、それでも袋は全く上がらなかった。色白の頬が真っ赤になった姿に、高義はまた、ふふっと笑い声をもらす。

「もっともっとようさん食べて、体つくって鍛えなな。駆が土運べるようになったら、わしもだいぶ楽ができるし」

高義はそう明るく続けたが、何故か駆の顔がまた曇った。

まさにカチリ、と電灯のスイッチを切ったかのようにはっきりと切り替わった表情に、思わず高義は「なんじゃ」と声を出してしまう。

「どうした……ああ、しんどい作業、手伝わされんのが嫌なんか。そらそうやなあ」

ぐるっと頭をめぐらせ、高義は思いついてそう言った。が、軽い気持ちで言っただけの言葉に、駆は更に顔を青白くして、何度も首を勢いよく横に振る。

「おお、なんや。どうした、目まわすぞ」

駆の動きのあまりの激しさに、高義は目を丸くして両肩に手を置いた。置いた瞬間、細いな、とそのいたいけさに胸が痛む。

「どうしたんや。何がそんなに気に入らん。言わな判らんぞ」

高義の手の下で、駆は一度大きく肩で呼吸すると、すとんと力を抜いた。うつむいたまま、ぽつりと小さな声を出す。

「……手伝いたい、けど……時間があんまり、なくて」

訳が判らず、高義は「じかん？」とすっとんきょうな声をあげる。

「学校……行って、勉強……全然、判らないこと、多いから……時間が、かかって……高校、行った方がいい、って、皆言うから……来年、受験するのに、このままじゃ全然、間に合いそうになくて、だから……ほんとは、手伝いたいのに、時間が」

ぽつぽつと話す内容を聞いて、ああ、と高義は自分も肩から力を抜いた。駆の肩から手をおろすと、軽く腕を組む。

「……ぼん。駆」

うなだれたままの相手に呼びかけたが、駆は顔を上げようとしない。

「なあ……ほんまのこと言うたら、どうなん……学校行くんと、わしんとこで窯の手伝いすんのと、どっちがええん」

だが高義の問いかけに、駆はぱっと顔を振り上げた。

「手伝い！」

その勢いのまま放たれた声に、高義は胸元をぎゅっとわしづかみにされた気になる。

「僕、いい手だ、ておじさん言ってくれた。向いてる、って。だから僕、焼き物やりたい。おじさんと一緒に仕事がしたい。学校なんかもう行かなくてもいい」

今までで一番、はきはきと早口で言われて、高義は熱いものが喉元にこみあげてくるのを感じた。だが最後の一言がどうしても気になり、口を開く。

「今の学校……どうなん。楽しないんか」

尋ねると、駆はつい今しがたの勢いが嘘《うそ》のようにみるみるしぼんだ。

「楽しいこと……ない訳じゃ、ないけど……嫌なことも、多いから」

「そうなんか……じゃあ何で行くん」

中学校に行けなくなった時には、もう本人の意思以前に、行く、と思っただけで足が一歩も動かない状態になってしまった、と施設の職員から聞いた。フリースクールには今のところ通えているだけ、中学よりはまだマシなのだと思っていたのに。

「……行かないと……ちゃんと、いい子にしないと、おじさんちに、行けないよ、って……行っても連れ返されて、施設か他の里親さんのところに行かされる、って」

駆がうつむいてためらいがちに言った言葉に、今度は高義の顔色が変わった。

「はぁ？　なんやそれ、誰がそんなん言うた。どの先生や、言うてみ」

口調がきつくなるのに、駆がびくりと肩を揺らした。高義ははっとして、内心で何度も自分の胸を内側からなでおろして気持ちをなだめる。

「……あの……先生じゃ、なくて……他の子達、一緒に授業受けてる」

駆にそう言われて、先生ではなかったことに気持ちが落ち着き、だが別の意味でまた腹が立った。子供がたわいない意地悪で後先考えず言っただけ、それは判るが、その言葉にこんなにもガチガチにこころもからだも縛られる子がいるというのに。

「それ先生に言うたんか」と念の為尋ねると、案の定駆は首を横に振った。

「告げ口するのはいい子じゃない、って」

告げ口されるようなことをする自分達はどうなんだ、と高義はまたむかっ腹が立ったが、何とか飲み下した。フリースクールの教師には何人か会ったが、誰もが安心感の持てる相手だった。生徒同士がこんなやりとりをしていると知ったら、当然ちゃんと叱って指導してくれるだろう。

けれど、知らなければ手の出しようがない。そして「達」と言うからには複数だ。

「判った。ほな、もう行かんでもええ」

あっさりと言い切った高義に、駆はぎょっとした表情を浮かべて顔を上げた。

「高校、行きたいんか？」

高義が聞くと、駆はその顔つきのまま首を横に振る。

「ならもう中学かて行く必要ないやろ。わしのとこで修業して陶芸家になったらええ」

駆の頰に一瞬でぱあっと赤みがさし、次の瞬間、また白く戻った。

「でも……先生も、弥生さん、達も……高校は行けって、言うよ。高校行って、できたら大学も行って……その間に、自分が何になりたいのか、決めればいい、って」

そりゃそうだ、と高義は思う。俊正親子は真面目で、言うなれば「ちゃんとした大人」「真っ当な人達」だ。長いつきあいだし、そこがいいところではあるが、しかし。

「陶芸家以外に、なんかなりたいもんあるか？」

「ない！」と即答されて、高義は思わず微笑んだ。片手をゆっくりと上げて、ぽん、と駆の頭の上に置く。

「ほな、わしが言うたる。——今はまだ、学校に毎日通うんは駆にとっては負担が大きすぎる。しばらくは家にいて、気持ちが落ち着いたらまた学校に戻す。高校も、一年遅れになってもちゃんと行かせる。本人もそう希望してるから、って」

噛《か》んで含めるように言うと、駆は手の下から困った顔で高義を見上げた。

「僕、全然希望してない」

高義は思わず破顔して、またぽんぽん、と駆の頭を軽く叩いた。

「そらそうや。判ってる。嘘も方便、てヤツや」

「……ほうべん、って？」

不思議そうに聞かれて、高義は意表をつかれた。そうか、知らないのか。

「ええっと……そうやな、仏さんの……ああ、まあええか、うん、つまり、ええ嘘、良い嘘やな、それと悪い嘘がある、ちゅう話や」

「良い……嘘？　嘘は全部……悪い、嘘つきはダメだ、てママが」

真面目な顔でそう言われて、高義は内心で「子供に当たり屋なんかさせた親がよくもまあ」とまたもむかっ腹を立てた。が、顔には出さずにひとつうなずく。

「まあ基本はそうや。それは悪い嘘、ちゅうことやな。そうやな……誰かを傷つけるとか、だましてお金盗《と》ったりとか、そういう嘘はあかん。けど、誰も傷つけん、皆の為の嘘、ちゅうもんもある。そういうのは良い嘘や」

それでもまだ不安そうな顔をしている駆に、高義は更に大きくうなずいてみせる。

「駆が学校行くのやめて陶芸家目指して、誰か困ったり嫌な思いするか？」

そう尋ねると駆は数秒考えて、すぐに首を横に振った。

「やろ。で、このまま学校行き続けんの、駆は嫌やろ？　しんどいんやろ？」

続けての問いに、駆はこくんとうなずく。

「うん。で、わしはすぐにでも、駆がウチ来て、わしの手伝いして、一緒に仕事ができたらほんまに助かる。なあに、何年かして、駆が一人前の仕事するようになったら、誰ももう高校行けとか言わん。そしたらどうや、先刻の嘘、どっか悪いことあるか」

「……ない！」

またぱあっと顔と瞳を明るく輝かせて、駆はまっすぐに高義を見上げた。その姿に、高義は何とも言えない幸福を感じる。

「よし。そしたら週明け、わしが学校行って話したる。もう行きたくないとこ行ってやりたくないことやらんでええぞ、駆」

「うん！　ありがとう、おじさん！」

駆はぴょん、と大きく飛び跳ね、小さい両手できゅっと高義の右手を握った。その手の感触に、目頭が熱くなるのをこらえて空いている手でまた頭をなでる。

「よし。そしたらこれから、わしのことは『師匠』や」

「ししょう?」

きょとんとする駆に、高義は笑った。

「まあ『先生』やな。けど、そうやな、学校の先生と違《ちご》うて……仕事だけやのうて、生活全部、人生全部面倒みる、言《ゆ》うんか……とにかく駆のことはわしが全部引き受ける。そういう『先生』になる、いう話や」

怪訝な顔で高義を見上げていた駆の瞳が、ぽっと灯《あか》りがともったように輝く。

「……うん。判った、師匠」

そして握った手にぎゅっと力を込めて、片頬にひと筋の涙を流した。


高義は自分のこしらえた「嘘」をまず俊正親子に話した。二人は即座に反対したが、それは高義にとっては予想通りで、ここから何としても言いくるめないと、と内心で腕をまくった。が、俊正が相談を持ちかけたフリースクールの教師が、意外にもあっさりと「それもいいと思います」と言い出し、三人はそれぞれ驚く。

「少しずつ馴染《なじ》んでいく、というやり方はむしろ良いと思います。何せこんなに大きく環境が変わった訳ですから。信頼できる人のところで興味のあることに取り組んで、社会に対して安心感を身につけたところで改めて通信なり夜間なりの高校に入る、というのは悪くない手段です。勿論その間にも基礎学習は続けた方が良いと思いますが」

三十代後半くらいの女性の教師はそう話すと、三人に他校のフリースクールのパンフを渡し「まずは皆さんでもう一度相談なさってください」と言った。

改めて駆もまじえて四人で話をし、本人の希望が強いのを見て二人は折れた。しかしそのフリースクールは今通っているところよりも更に遠くなることが判り、これにも駆は首を横に振った。

それで弥生は、塾の講師をしている幼馴染に「家庭教師を頼めないか」と連絡をとった。相手はふたつ返事で引き受けてくれ、駆が高義と同居を始めた暁には、週に三回ペースで勉強を教えにきてくれることとなった。

高義の家は、広い敷地の中に家と工房とが分かれて建てられている。家は三代前の当主が建てた純和風の建築で、長年の間に水回りや断熱などあちこちリフォームされてはいるが、今も殆どの部屋が和室だ。駆の部屋はまだ先代夫妻が元気だった頃に使っていた、二階の大きめの和室に決まった。基本的な生活に必要なタンスや布団などの家具類はあったが、勉強用の机や椅子はなく、高義は軽トラックで家具屋やホームセンターをまわって様々なものを買い揃えた。

諸々《もろもろ》の手続きを終え駆が高義の家に来たのは、出逢《であ》った日から四ヶ月後だった。

*

その日のことを、駆は三年が経った今も鮮明に記憶している。

家に着いて少ない荷物を解くのもそうそうに、高義に「駆専用に、お茶碗《ちゃわん》とお湯呑み、カップもいるわな。何色がいい」と尋ねられたのだ。

正直なところ、当惑した。色に「好き嫌い」があるかどうかなんて、駆は考えたこともなかったのだ。食器は勿論、服も大抵、母の男のお下がりか、母親が万引きしてきたものだ。それを言われるがままに使って、「好み」なんて頭に浮かびもしなかった。

咄嗟に答えを出すことができなかった駆に、ははっ、と高義は笑った。

「そら、そんなすぐには決められんわなあ。これからずうっと、使うもんやしな」

駆の心臓がずくん、と動いて足先まで体が熱くなった。これからずっと、ここで。

それは胸が痛くなる程望んだ「保証」であると同時に「不安」でもあった。「先生」の時と同じだ。あの時のように、目の前に差し出された「保証」を固く握ってしまって、それがもし突然失われたらと思うと、想像するだけで視界が真っ暗になる。

「ようし、ええもん見したるな。特別やで」

駆の思いなど露知らず、高義は玄関を出ると奥の倉庫に向かった。シャッターを開けて倉庫に入ると、一番奥の背の高い木の棚の鍵を開け、扉を開く。

「初代からのえりすぐりや。どれも売るのはもったいのうてな。ウチの家宝や」

高義はびっしり並んだ木箱からいくつかの器を取り出して、そのひとつを駆に手渡した。黒地に吹雪のように白色が散った抹茶碗だ。

「それはお茶の道具でな。お抹茶を飲むのに使う、楽茶碗《らくぢゃわん》いうもんや」

駆はおっかなびっくり、手の中の茶碗を眺め回した。駆が知っている「茶碗」はどこにでもあるご飯茶碗くらいだ。その知識で見ると正直なところ、この茶碗はかなりごつごつとして、いびつに見える。

「変なかたち……」

思わずぽろっともらしてしまって、駆ははっと口をつぐんだ。しまった、嫌われる。けれど高義は一瞬目をまん丸くして、それから豪快に笑った。

「そやろ。それが『楽』っちゅうもんや。ろくろ使わんと、こう、手で直接、土をこねてつくるんやな。だからそんな風にいがんだかたちになる。それがええ、そういう自然なもんが美しい、ちゅうて喜ばれる器や」

いびつで歪んだかたちが良い、そんなことを聞いたのは初めてで、駆は更にまじまじと手の中の茶碗を見た。整っていない、こんなにでこぼことしたものに「美」があるだなんて、全く理解ができない。

だがそれと同時に、ぽこりとこころがふくらんだ。

陶芸を教わりたいと思ったのは、何よりもまず「生まれて初めてそのままの自分を褒められた」という喜びからだ。だがその次の理由は、「手綱」や「手段」、いわば計算からだった。陶芸を学ぶ、とさえ言えば高義は喜んで手元に置いてくれると判っていたし、進学など考えられない自分には確かな技術を身につける必要がある。だから「陶芸」はあくまで「道具」に近い認識だったが、今の高義の言葉にこころが動く。

いびつでいい。歪んでいていい。そこには「正しく整ったもの」とは違う、確かな「美」が存在している。そんな世界に触れたのは初めてだった。

駆はそうっと、指の端で器の表面をなでた。つるりとした黒地の触感と、ざらついた白地の感触の違いが肌に面白い。果たして自分に、こんなものがつくれるだろうか。

じいっと茶碗を見つめる駆を、高義は微笑ましく見下ろした。

「『楽焼』はつくった人間の手がそのままかたちに出る。面白うて……ちょっと怖い、器やな」

思ってもみない言葉が出てきて、「こわい？」と駆は高義を見上げる。

「うん、そうやなあ……まあろくろで作ったもんでもそうなんやけど、手だけでつくってく器っちゅうのは特になあ、その人の手もこころもかたちに出るからな。それを他人様に売る訳や。覚悟っちゅうもんがいるわなあ」

駆はもう一度、手の中のその厚みのある器を見た。「覚悟」という単語は漫画やアニメで何度か見かけた程度で、基本的に「戦闘」関連の単語だと思っていた。日常の器に何故そんな言葉が使われるのか、よく判らない。

けれど「つくった人間の手とこころがかたちに出る」という論にはどきりとした。自分の本当の主張や心底の望み、そんなものを他人に伝えるところを想像すると、唇が強く引っ張られてぐいとひきつられるような感覚が起きる。言った瞬間、怒鳴られたり殴られたりするのではないか、と本能的に思うからだ。

だが本当に、つくった人間のこころから現れた「歪み」こそが美しいのなら、自分にもいつか、「本当に美しい器」がつくれるのではないか?

「言うても駆にはまだまだ先や。土練り三年、ろくろ十年、窯焚き一生、言うからな」

駆の内心など全く知らない高義は、機嫌良く言って茶碗を箱に収めた。

「つちねり……?」ときょとんとする駆に、棚の奥の箱を出しながら高義は説明する。

「陶器が土からできてるんは判るやろ。かたちをつくる前に、まず土を練るんや。それをマスターすんのに三年。ろくろ、土をのっけてぐるぐる回して器のかたちにするもんやな、それが十年。最後に窯に入れて焼く訳やけど、それには一生修業しても足らん、ちゅう、まあことわざ、ちゅうか、言い習わしみたいなもんやな、この世界の」

高義は引き出した箱を棚や床の上に置き、箱に入っていない器は駆に直接手渡す。

「まあ言うてもなあ、窯はウチももう電気とガスやし、昔みたいに薪《まき》で火加減調整して、ちゅうんとは違うから、そこは大分、楽さしてはもろてんねやけどな」

手の中の豆皿や茶碗を見ながら、駆はこくんと唾を飲み込んだ。

ここに来る前、里親制度は基本的に十八歳で終わりなのだと聞いた。また「保証」だ。たとえも、ただの「住み込みの見習い職人」としてなら居続けることはできる。自分が本気で職人を目指せば、少なくともこの先十年は置いてもらえる、そんな「保証」。

「ああ、これ、しまっとくのももったいないし、玄関にでも飾ろか」

奥からひときわ大きな箱を引っ張り出して、高義は傍らの段ボール箱の上に置く。中から直径が四十センチ近い大きな皿が出てきて、駆は思わず「わあ」と声をあげた。目に痛い程の白地に堂々とした富士《ふじ》山と翼を大きく広げた鷹《たか》、その二つに比べてやけに可愛《かわい》らしいつるんとした茄子《なす》が青い線で描かれている。

「わしの爺《じい》さんがつくったもんや。縁起もんやな。一富士二鷹三茄子《なすび》」

またきょとんとする駆に、高義は笑いながらその言葉の説明をした。初夢に見ると縁起の良いもののベストスリーだ、と。

「ウチに駆が来た記念や。縁起がいい日になるようになあ」

ざっとその場を片づけて、高義は大皿とスタンドを持って玄関へと向かった。靴箱の上に置かれていたごちゃごちゃしたものを床におろして、お皿をどんと飾る。ほどなくしてやってきた弥生と俊正も、玄関に入るやいなや歓声をあげてお皿を褒めた。

歓迎会に、とずらりとご馳走《ちそう》の並んだ食卓に、弥生や高義が食器を出した。高義のものは当然だが、弥生や俊正にも専用のご飯茶碗や湯呑みがある。

「駆はとりあえず、これ使い。お客さん用や」

高義は食器棚から縁に赤と金のラインが入った麻の葉模様の茶碗と湯呑みを出してきて、駆の前に並べた。

「明日から土、触っていくで。最初につくるんは、自分のお茶碗とお湯呑みやな」

置かれたそれを、駆はじっと見下ろした。つまりそれまでは、自分はここでは「お客さん」でしかない、そういうことだ。

一日も早く「自分の茶碗」が欲しい。

この場所で「お客さん」ではない、「家族の一員」になりたい。

次の日からさっそく、高義は駆を工房に連れて入った。

工房は二階建てで、一階にも二階にも作業場がある。が、二階は昔、職人が大勢いた頃には使われていたのだそうだが、今は半分倉庫になっていた。

引き戸を開き中に入ってすぐ左手、二階にあがる階段の下のデッドスペースには大きなケージがあって、犬のシロタがいる。拾われてきた当時、高義の母親は自宅で寝たきりの介護生活を送っており、家の中に犬をあげるのを高義が嫌った。その上、かわいがってくれる職人も家族も工房にいる時間の方が長かった為、シロタも工房を「自分の場所」と決め込んで、食事も睡眠もそこでとるようになったのだそうだ。正確な年齢は不明だが、多分十二歳くらいだと弥生は言っていた。

施設にいる間にも弥生と一緒に何度か散歩に行ったが、いまだに慣れない。シロタは柴犬より若干大きいくらいのサイズだったが、ペットを飼ったことのない駆はそれでも少し怖かった。幸いシロタは、弥生にはよくなついているが駆にはどうも無関心のようで、ちらっと駆達を見てもしっぽすら動かさない。

工房は向かって左が作業場、真ん中に大きな机、右側がミニキッチンといくつもの棚、といった感じにざっくりと空間が分かれている。棚と言ってもいろいろで、シンク脇の小さい食器棚をはじめ、つくったものを置く木の棚や資料の置かれた本棚、釉薬《ゆうやく》の材料がしまわれているものもある。正面突き当たりの扉の奥には窯がある、と高義は言った。

「ようし、始めよか」と高義は壁際に並んだ大きなポリバケツのひとつを開けた。中にはやはり大きなビニール袋が入っていて、みっちりと目の詰まった綺麗《きれい》な茶色の土が入っている。高義はそこから一キロの砂糖の袋二つ分くらいの大きな塊と、大人の両手ですっぽり包めるくらいの小さめの塊をとって、大机の上にある木の板に置いた。

土を練る作業は、全体を均一な状態にする為の「荒練り」、それから中に入った空気を抜く「菊練り」の二段階が必要だ。荒練りについては土練機《どれんき》という専用の機械があるが、まずはどちらも自分の手でできるようにならんといかん、と高義は語った。

だが初めて土を触る駆には、当然ながらどちらもてんで上手くできなかった。まず渡された土が意外な程固くて、どうにも歯が立たない。自分の前に置かれたものより二倍以上大きな土を、何の力も入れていないかのような手つきであっさりと練り上げていく高義の姿に、駆は目を丸くした。

一日中格闘しても結局上手くはいかず、「土をこねるのにもってこいの手だ」と言われたのに、と口惜《くや》しさと悲しさが入り混じった。土練り三年、と高義は言っていたけれど、三年なんて言葉は永遠と同じで、あまりにも遠い。今だ、今できなきゃ何の意味もないのに、と苦い思いで床についた。

その翌朝、布団の中で駆は驚愕した。体中が痛くて、まるで起き上がれない。

今までずっと、殴られたり蹴られたりして痛い思いをしてきた。だがそれとは種類の違う痛みで、何が自分の身に起きたのか判らなかった。横になったまま呆然としていると、「どうした、寝坊か」と高義が部屋に入ってきて、目を開けている駆の姿にきょとんと首を傾げた。

「体が痛くて動けない」と恐る恐る話すと、高義は一瞬目を丸くし、豪快に笑った。

「そら筋肉痛や。昨日踏ん張りすぎたな」

聞いたことのない単語に、駆はますます不安が募った。何か奇妙な病気なのか。

「筋肉、体の使いすぎやな。頑張らせすぎたわ、悪かった。弥生に怒られるなあ」

高義は笑いの残る声で言いながら部屋を出ていき、すぐに戻ってきた。手には湿布の箱と塗るタイプの薬の容器を持っている。

高義は駆の頭の側にまわって「ほれ、起きれるか」と両腕の下に手を入れ、よいしょ、と抱き起こした。駆は痛みにぐっと顔をしかめて唇を噛み締める。

「痛いな、すまんなあ。まあでも怪我や病気とちゃうしな、自然の摂理や。今までこんな、全身の筋肉使うようなこと、したことなかったんやろ。……ほれ、湿布貼ったる、パジャマ脱ぎ」

駆は一瞬ためらった。そんなことは絶対にないと判っている、判ってはいるが、服を脱がせてから暴力をふるう相手が多かったからだ。母親が「破れたらもったいない」とか「血がついたら洗濯が面倒くさい」と口をとがらせるせいだった。

「どうした？　……ああ、痛いんやろ、腕上げるの」

駆の背後の位置にいる高義は、何も気づかずに笑みを含んだ声でからかい気味に言った。その声音に、駆の緊張が少しほどける。「ううん、大丈夫」と小声で言ってボタンを外すと、駆はできるだけ腕を上げないようにしながらするりと上着を脱いだ。

「……しかし、相変わらずほっそいほっそいなあ……」

高義は小さくため息をつくと、湿布を取り出してぺたりと背中に貼った。その瞬間、びくん、と釣り上げた海老《えび》のように激しく駆の体がひきつって、驚いて身をひく。

「えっ、あの、えっ……？」

伸ばした足に突っ伏すような体勢で、駆は声にならない声であえいだ。一体これは何なのか。痛さとも違う、冷たいような、でも熱くもある、びりびりとした刺激。

「……自分、湿布初めてか」

呆《あき》れに近い驚きを覗かせた声で高義が問うと、駆は突っ伏したまま何度もうなずく。

「ほうかあ……なんや、何でも初めてやなあ」

高義の声がわずかに湿った響きを帯びた。ふう、と息をつくと、駆の体を起こす。

「そんならなあ、もう、明日からすごいぞ。全部が初めてや」

楽しげに、どこか歌うように話す高義の声に、駆は湿布からじんじんとしみ込むひんやりとした、けれど奇妙に熱気もある感覚が、心臓にまで入り込んでくる気がした。

高義は「今日は寝とき」と駆に言いつけ、下から朝食を運んできた。食事の後に鎮痛剤を飲まされ、うとうととしだした駆を寝かせて部屋を出ていく。

その背を見ながら、夢うつつのまま思った。

明日からなんかじゃない、もう全部が初めてだ。自分だけの為にご飯をつくってもらって、運んでくれて、食べさせてくれて、薬もくれて、「ゆっくり寝ろや」と布団をかけてくれる。

全部が、初めてだ。

そんな初めてだらけの日々が続き、三年が経った。

第二章

風の強い日だった。

門のすぐ内側をホウキではきながら、駆はため息をつく。

庭の塀沿いに生えている大きな金木犀《きんもくせい》の木は、九月末に一斉に花を咲かせた後、十月に入ってしばらく経つとどんどん花が落ち始める。木の真下で塀にもたせかけて置かれた高義の古い自転車のサドルの上にも、ふんわりと花が積もっている。

駆がこの家に来てすぐ、高義は電動自転車を駆用に買った。ところが買った当人がそっちを気に入ってしまい、電動の方を二人で代わる代わる使って古い方は放《ほ》ったらかしになってしまった。門の内側とはいえ鍵も付けたままで、「その内捨てる」と言いつつ、面倒なのか何かしら未練があるのか、ずっと残している。

それにしても、はいてもはいても終わらない、と甘い芳香を放つ木を見上げると、薄い何かの袋が空中を飛んできて、門の外に突き出した枝の先にひっかかった。駆は門を出ると、手を伸ばして小さくジャンプしたが、ぎりぎりで届かない。

ホウキの柄を高く上げてつつき落とすと、アスファルトの上に落ちたカラフルな色の菓子袋を拾い上げた。もう少し背が高かったら、あれくらい簡単に届くのに。

袋を持った手と、先刻までそれがひっかかっていた枝とを駆は交互に見た。手が大きいからきっと背も伸びる、高義はそう言っていたが、結局駄目だった。先月十七歳になったけれど、もうこの先も伸びないだろう、と駆は判っていた。本来なら成長期である時期に、ろくな栄養をとっていなかったのだから。

そうは言っても、この家に来た頃には百五十センチぐらいだったが、十七歳の今は百六十センチ少しある。ここに来て一年半くらいの間にぐんと伸びて、その時は駆も内心「もっと伸びるかも」と期待していたのだったが、この半年ぴたりと止まったままだ。

「駆くん」と、坂の下の方から声がかかって駆はそちらに顔を向ける。

「ご苦労さん。けどこんな風強かったら、もうはいてもはいてもおんなじちゃう？」

小さく手を振りながら笑顔で坂を上がってくる弥生の姿に、駆は目を細めた。風がまた強く吹き、弥生はセミロングの黒髪を押さえる。金木犀が強く香る中にも鼻先をかすめる、髪から流れる柑橘《かんきつ》とミントの香りに、駆はぎゅっと袋を握りしめた。

……もう少し背が高かったら良かったのに。

つい今しがた思ったことを、先刻とは違う意味あいでまた思った。駆と弥生は身長がほぼ同じだ。もし数センチもあるヒールを履けば、彼女の方が背が高くなるだろう。

もう少し背が高ければ、並んで歩いても「姉弟」に間違われないかもしれないのに。じくり、と胸に苦甘さを感じながら、駆は家に入っていく弥生の後を追った。

「これ、お裾分け。梨。お客さんにもらったん」

弥生は台所のテーブルの上に紙袋をとすんと置いた。弥生の父・俊正は彼の祖父の代から会計事務所を営んでおり、今年三月に大学を卒業した弥生も、既に税理士資格を取得して父親の仕事を手伝っている。事務所は自宅を兼ねており、場所はここから歩いて五分とかからない。高義と俊正は、まさに生まれた時からの幼馴染で同級生だ。

「ありがとう」と駆が礼を言って紙袋から梨を取り出していると、弥生が「なんかすごいいいい匂いする」とコンロに置かれたおでんの鍋を覗いた。赤ん坊の時から毎日のように出入りしている彼女にとって、高義の家はもはや第二の実家のようなものである。

その隣で駆は、梨をひとつひとつラップにくるんだ。別々にビニール袋に包み、ヘタを下にして野菜室に入れる。そのやり方も、おでんの作り方だって、もともとは全部、弥生に教えてもらったのだ。それまでの駆は、炊飯器でご飯を炊いたことすらなかった。

「おう、来とったんか」

すると玄関の方から、のそりと高義が姿を現した。

「うん。あ、駆くんに渡したんやけど、梨。佐倉《さくら》さんにもらったん。お裾分け」

「ああ、佐倉さん。……あそこは今えらい儲《もう》かってはんねやってな」

どっかりとテーブルの前に腰をおろす高義に、駆は急いで急須と湯呑みを用意しお茶をいれた。少し前に取引先がひとつなくなったせいか、この数日機嫌が悪い。

「去年、娘さんが若い人向けの食器セットとかインテリアとかつくらはったでしょう。あれが大当たりして。おかげでウチも助かってます」

高義達の住む東福寺《とうふくじ》と泉涌寺《せんにゆうじ》の周辺一帯は、昔に比べると数は減ったものの、今も市内有数の窯元がいくつも存在している。俊正の事務所は昔からその多くの税務を請け負っていて、高義のところも先々代からずっと世話になっていた。

「ウチは大した儲けにならんですまんな」

「今更。そもそも叔父ちゃんとこはスペシャル割り引き価格でやってんねやよ」

高義の不機嫌さをものともせずに、弥生は明るく笑った。こんな状態の高義に向かって朗らかに対応できるのは弥生くらいで、その度、駆は驚嘆する。自分には到底、そんな勇気はないからだ。怒られるのが怖い、のではなく、嫌われるのが怖くて。

「そらありがとさん。……ああ、今日おでんやし、食うてくか。俊正も呼びいや」と高義はあっさり言って、ぐびりとお茶を飲み干すと風呂場の方に姿を消した。

「はーい。……ラッキー、助かった」

弥生は丸い垂れ目でいたずらっぽく駆にウインクした。携帯を取り出し連絡を入れると、ものの十分としない内に俊正が現れる。俊正がバッグから煮物や卯の花《うのはな》などのおかずが入ったいくつもの保存容器を取り出すと、弥生が中身を器に移していく。それを並べて、横におでんの鍋を置くと、ずいぶん卓の上がにぎやかになった。

風呂から出てきた高義がタオルで汗をぬぐいながら、「おう、豪勢やな」と嬉しそうに言って椅子に座った。どうやらすっかり機嫌が直ったようだ、と駆は自分も嬉しくなっていそいそと冷蔵庫から瓶ビールを出し、栓抜きと一緒に高義の前に置く。大人三人にビール、駆に麦茶が行き渡ると、「じゃ、今日もお疲れ様。乾杯！」と弥生が明るく言って、かちん、と駆のグラスに自分のグラスをぶつけてきた。

普段は二人だけのしずかな食卓がたちまちにぎやかになって、駆は思わず微笑む。こうして四人で卓を囲むのはとりわけ楽しい。大体週に一度は、こうしてどちらかの家でご飯を食べる夜があった。

「ああ、ありがとう。早《は》よ駆も飲めるようにならんかなあ」

二本目のビールを渡すと、俊正は嬉しそうに受け取りながら歯を見せて笑いかけてきた。「うん」と駆も笑ってうなずき、椅子に腰かける。

本当は駆はビール、いやアルコール全般が嫌いだった。子供の頃、母親やその彼氏にいたずら半分に何度も飲まされ、その度に吐いたからだ。

だが高義の家で暮らし始めて、その嫌悪感は少しずつ薄らいでいった。こんなに楽しそうに、味わいながらお酒を飲む人達がいるんだ、と生まれて初めて知ったのだ。今は素直に「二十歳になったら皆とお祝いの盃《さかずき》をあげたい」と思えるし、そんな未来が本当に来るかもしれないのがたまらなく嬉しい。

けれど湯気の向こうでにぎやかに話す三人を見ていると、嬉しさと同時にふうっと体が宙に浮いたような感覚に陥る。

……ああ、これはいつもの「あれ」だ、判ってる、良くない。

頭では判っていながら、とめどなく流れ出す思考を止めることができない。

——本当はこれ、全部夢なんじゃないのかな。もしも夢じゃなくても、いつかの「先生」の時のように、ある日突然、終わるんじゃないのかな。

そういう気持ちは、ここへ来た当初からずっとあった。毎晩毎晩、深夜にはっと目を覚まし、ここがどこなのか、隣に自分を殴る相手はいないか、飛び起きて周囲を見回すことがしょっちゅうだった。その度にひどい寝汗をかいてパジャマも寝具もぐっしょり濡《ぬ》らすのを見て、高義は病気を疑い駆に精密検査を受けさせた程だ。

それでも時間が薬となって、深夜の悪夢も、一日中ずっと続く不安も、少しずつ少しずつおさまってはきていた。けれど回数が減った分、時々ふっと襲われる不安は奇妙に深く、厚い壁のように駆の肩にのしかかっていた。

すぐ隣に座っている高義、向かいに並んで座る俊正と弥生、その姿がテレビ画面の向こう側にいるみたいに遠く平面的に見える。

「――のか、駆」

急にくっきり名前が耳に飛び込んできて、駆ははっと顔を上げた。俊正がきょとんとした顔で、駆の前のとんすいを指さしている。

「おでん、もういらんのか？　まだちょっとも食べとらんのに」

「あっ……うん。ううん、食べる」

慌てて答えると、駆は急いで、選びもせずに適当な具を自分のとんすいに盛った。器越しに、指先に柔らかい熱が伝わる。とんすいは薄いベージュの地色にぽつぽつと鉄粉の斑点が目立つ鉄粉引の品で、勿論高義の手作りである。

おでんの大半を平らげ、駆はご飯をよそいに立ち上がった。食器棚を開いて、そこに置かれた自分と高義、弥生親子のご飯茶碗に、胸がきゅっとなる。ああ、お茶碗が並んでる。それぞれ大きさも色も、かたちも違う四つの茶碗。

駆は自分の茶碗を手にとった。縁は白に濃い青色の細いライン、同じ青の地に、小さくもかなり明るい黄色で描かれたレモンが、帯のようにぐるりと胴体をまわっている。湯呑みは縁と胴体の地の色は同じで、大きいレモンが二つ描かれたものだ。

隣に置かれた弥生の茶碗は、ぱっと見、本物と見間違えるくらいにリンゴの皮の表面に似ていた。つやつやと赤く光る肌のところどころに白みがかった斑点が描かれ、薄黄緑の筋が入っている。

その茶碗にご飯をつぐと、弥生の前に置いた。もう既にお酒がまわったのか、弥生は「ありがとう」と目尻と頰に薄く赤みを帯びた顔で口角をぐっと上げ、上目遣いに微笑みを見せる。先刻とは違う意味でまた胸がきゅっとなるのを感じながら、駆は自分の茶碗と湯吞みを持って高義の隣に座った。

茶碗を手に持つと、指の腹からじわっと温かい。盛られたご飯から炊きたてのほかほかの白飯の匂いが漂って、鼻腔《びこう》の裏全部にぺたりと張りついて胃の底までしみた。口に入れると一切の冷たさも固い塊もない、柔らかくそれでいて弾力もある、ひと粒ひと粒が歯の間でほぐれていく心地よさ。

こんなご飯が食べられるなんて、考えたこともなかった。

何のおかずもなくても、白米だけでどんどん箸が進む。

こんな食卓につけるなんて、考えたこともなかったんだ。

次の日、朝から高義はでかけていた。陶芸組合の組合長の孫の結婚式に俊正と共に出る為だ。式や披露宴は日中だったが、旧知の人間が大勢来ることもあり、「間違いなくそのまま宴会突入やから、今日は二人とも遅いで」と俊正がゆうべ笑って話していた。

昨日窯入れをしたので、今日は内部の器を冷ます為に放置する予定だ。基本的に、高義が留守の間に駆がひとりで窯のスイッチを操作することはない。さすがに空の窯の掃除はひとりでもやらせてもらえるが、「何があるか判らんから」と焼きと取り出しの作業とは必ず高義が在宅の時に行われた。

だから朝からやるべき仕事は特になかったけれど、駆の体はもうすっかり早起きが習慣になっている。今日も朝の六時に起きて高義と朝食を食べ洗濯をして、迎えに来た俊正と一緒に送り出したところだ。

台所で片づけをしながら、駆はゆうべも使った自分の茶碗を改めて眺めた。茶碗の内側は白で、底の部分に青い丸、その中に小さくレモンが描かれている。

一日も早く自分の茶碗が欲しい、そう思った駆だったが、完成には実に九ヶ月以上の時間がかかった。その時にも土練りはまだ完璧にはできなくて、結局、高義が準備してくれた粘土を使ったものだった。

駆は片づけを終えると、家を出て小さい中庭を横切って工房に入った。いつもの癖で、ついちらっと左手隅、シロタのケージがあった空間を見る。当然ケージはとっくの昔に片づけられて、今は道具の入った箱が置かれているだけだ。

駆は奥の金属製の棚から、分厚くずっしり重たいファイルを何冊も取り出した。大机の上に置いて開くと、カラフルなタイル状の陶片を貼りつけた台紙が現れる。釉薬の色をみる為、小さいサイズで焼きあげたテストピースを貼ったものだ。

ここへ来て陶芸を教わり始めて三ヶ月が経った頃、高義はそのファイルをずらっと並べて見せてくれた。「お茶碗をつくるにあたり、この中に好きな色はあるか」と。

当時、「色に好き嫌いがある」ことすらよく判らなかった駆は、当惑した。けれどせっかくの申し出なので、目を皿のようにしてファイルをめくる。ピースの数は恐ろしい程多くて、その内に目がチカチカしてめまいすらしてきた。

必死にページをめくっていると、開いたままの工房の入り口から「こんにちは」と弥生が顔を覗かせ、駆はほっとした。「出先で美味しいカステラもらってん、おやつにせん？」と彼女は近づいてきて、テーブルの上のファイルに目を輝かせる。

「わあ、久々に見た……え、これ、何をつくるん？　あ、お茶碗？」

二人を交互に見ながら尋ねる弥生に駆がうなずく。

「へえ、そうなん、やっとやね。……え、で、何色にするん？」

またも答えることができずに、駆は曖昧に首を傾けた。

ただ、こうして様々な色を眺めていると、目にはっきり飛び込んできて印象に残る色と、あまり興味をひかれない色があることにだんだん駆も気づいてきた。今のところ、彩度の高い、子供向けのアニメのようなくっきりとした色が目につく。逆に白や灰色、深緑やくすんだ赤などの、いわゆる「地味な色」にはあまり気持ちが動かない。

「あ、わたしがベースにした色、これよ。綺麗でしょ」

弥生はファイルから何枚も台紙を抜き出して並べると、その中の黄色みがかった赤色のピースを指さした。

「駆は男の子やからな。もっと落ち着いた色の方がええやろ」

その赤を見た瞬間、綺麗だ、と思った駆のこころに水をさすように高義の声が飛んだ。

はっと唇を引きしめると、高義はファイルを取って更に何枚も台紙を並べる。

「ああ、これとかええんちゃう？　こっちも悪ないなあ」

そう言って高義が指さしたのは、暗く沈んだ青色やツヤのある黒、ざらっとした灰色など、どれも見事に駆が「地味だ」と思った色だった。どうしよう、と混乱する。

高義が好きな、高義に気に入ってもらえる色を選ばなければ、そう焦りながら駆は無理にあちこちに目を動かした。喉の奥で心臓がせわしなく動くのを感じながら、必死で頭を回転させる。相手が好きな色を選んで、「さすがやな」と感心してもらいたい。

……でも、その選んだ色を、この先ずっと「自分のお茶碗」として使うの？

ふっとよぎった思いに、ますます焦りが強くなった。それはこれからのここでの生活を、自ら彩りのない、灰色のものにしていくような気がしたから。

「――もう、駆くんいくつやと思ってんの？　お爺ちゃんじゃないんやから」

パニックに陥りかけていた駆の耳に、ことさらに明るく高い声が飛び込んできた。はっと顔を上げると、目があった弥生がぱちり、と大きくまばたきをしてみせる。

「そんなん全然面白くないわ。ご飯が楽しなくなるでしょ。……あ、これなんか良くない？　こっちもむっちゃ素敵」

そう言って弥生が指さしたのは、たった今駆が見ていた明るい黄色やオレンジだった。駆がはっとして彼女を見ると、もう一度しっかりと目を合わせて「大丈夫」と言うかのように小さくうなずく。

「弥生、そらお前の好みやろ。駆が使う茶碗やぞ」

呆れ顔で言う高義に、弥生はつん、と唇の先を上げてみせた。

「そんなん判ってる。でもそもそも、どれもむっちゃいい色やもん。どれ選んだかてきっと素敵よ」

弥生はそう言うと、歯を覗かせて駆に笑いかけた。その笑顔に、駆はきゅっとちぢこまっていた心臓が一瞬でふくらんで、温かい血が足の先まで流れてくるのを感じる。

「まあ、そやな。どれも皆、親父《おやじ》や爺ちゃんの代からあれこれ工夫してこさえた色や」

高義の声がふっと柔らかみを帯び、駆の全身から更に緊張が抜けた。ああ、これならもう、きっとどの色を選んでも大丈夫だ。ありがとう弥生さん。

駆は深呼吸してもう一度ピースを見渡した。どれを選んでも大丈夫、そうは言ってもやはり多少は高義の好みに添うものを選びたい。

ゆっくり動いていく目が一点で止まった。明度も彩度もくっきりと高い青色だ。

先刻高義が指さした青色は、かなり黒みがかったくすんだ色だった。けれどどちらも間違いなく「青」と呼べる色で、これなら自分の希望も高義の好みも同時に満たせる、そう思えた。ピースを指さすと、弥生が本当にそれでいいの、と確認するようなまなざしを向けてきたので、小さくうなずく。

「……うん、いいねえこの色。爽やかやわ」

やさしい声で弥生が言うと、高義も「うん、悪ないな」と大きくうなずいた。駆の肩からほっと力が抜ける。

「じゃあ、この色一色でいくか？　他の色でラインひいたり、模様とか入れるか？」

するとまた新たな選択肢が出てきて、駆は面食らった。さすがにもう何も思いつかずに口ごもっていると、弥生が「ええっと……ああそしたら、これ！　これどう？」と駆が先刻見ていたあざやかな黄色を指さした。どきん、と駆の心臓が跳ねる。

「あー、色の取り合わせとしてはそら悪ないけど、派手すぎんか？」

「それは叔父ちゃんの腕次第じゃない？　どぎつくならんような、そうやねえ、細いラインにして入れるとか、小さい勾玉《まがたま》模様にするとか」

「ああー……うん、そやな、それは……アリかしらんな」

組んだ腕をほどいて片手を顎に当て、じいっとピースを見つめる高義の姿に駆は息を呑んだ。その瞬間に高義の集中力がぐうっと高まって、みるみる意識が内側に沈み込んでいくのが、傍で見ていてもはっきりと判ったからだ。

無意識にしているのか、高義は顎に当てた指で皮膚を何度もぐいぐいとひねった。慣れているのか、弥生は唇にわずかに笑みをたたえたまま、その姿を見守っている。

「そうやな……」

もう一方の手がふいに動いて、何もない空中で茶碗を持つしぐさをした。まるで手の中に本当に茶碗があるかのようにゆっくりとまわして、一点で止める。

「小さい……そうやな、楕円みたいな……ああそうや、レモン」

誰に聞かせるともなく口の奥でぼそぼそと呟いたと思うと、高義はぱっと手をおろして駆の方を見た。

「駆、レモン好きか」

突然の問いに駆はきょとんとした。レモン？

「あ、レモン！　それむっちゃいい！　青にレモン。なんや地中海っぽくない？」

弥生は小さく飛び上がって手を叩いた。さすがに駆もレモンくらい知ってはいるが、そのたとえは全く判らなかった。実を言えば、加工品ではない、生のレモンを食べたことは一度もなく、好きかどうかなんて考えたこともない。けれど弥生の喜ぶ姿と、この黄色が使えることが単純に嬉しく、駆は反射的にうなずいた。「うん、好き」と。

「よし、そしたらレモンの模様入れるか。そうやなあ……こう、細かいのを二、三列、ラインみたいにぐるっと」

「うわぁー……素敵」

感にたえない、といった声をあげて、弥生はうっとりと中空を眺めた。その横顔がはっとする程澄んでいて、駆はぎゅっと心臓が収縮するのを感じる。

「湯呑みの方もおんなじ地色にして、そっちは一個か二個、大きくレモンの模様いれる、いうんはどうや」

言いながら高義はすたすたと歩いて、棚からスケッチブックと色鉛筆をとってきた。ぐるりとめくって白いページを出すと、今言ったばかりの茶碗と湯呑みの模様をさっと描いてみせたのに駆は目を見張る。

「むっちゃいい……これ普通に売れるん違う？　わたしもおんなじの欲しいもん」

あざやかに描き上げられたデザイン画を見て、弥生は声をあげた。お揃いの食器が使える、と駆の顔が明るくなったが、高義は気づかず、「あかん」と言い放つ。

「これは駆の模様、駆の為にこさえるもんや。駆が使う、駆専用のウチだけのデザインや。よその誰でもが使えるようにはせん」

あかん、と言われた時にはどきりとした。けれど、続いた言葉に先刻よりももっとはっきり、胸の中に明るい火がともったような思いがする。高義が自分に、自分の為だけに考えてくれた、この世にたったひとつのデザイン。

「お前のリンゴ茶碗、あれかて欲しい言う人いたやろ。けどあれはお前のもんや。そやしよそへはつくらん。それとおんなじ」

不服そうな弥生に高義が言うと、彼女は小さく肩をすくめて駆を見た。駆は何を言えばいいのか判らず、曖昧にちらっと笑ってみせる。ごめん弥生さん、お揃いはきっと嬉しいけれど、それよりももっと、この家に「自分専用のデザイン」がある方が嬉しい。

「ようし、そしたら今日からさっそく、試作品つくっていこか」

スケッチブックを置いて、高義はテストピースのファイルを片づけていく。駆が手伝おうとすると、弥生が「その前にカステラ食べよ。お茶いれるから」と陽気に言って、ミニキッチンの方に歩いていった。

言葉通りその日から徹底的に茶碗づくりに取り組まされた駆だったが、結局できあがるまでにはそこから更に半年を要した。土の段階で自分では綺麗につくれた、と思っても、焼いてみると何だか思っていたより小さかったり大きかったり、持ってみても手になじまなかったりと、なかなか上手くはいかなかったのだ。

あの時に初めて、「かたちの奥深さ」というものを知った気がする。

あれから三年、今はもうすっかり見慣れたテストピースを見ながら駆は思った。ぱっと見ただけでは、大きさの違いくらいしか判らなかった。けれどいざ試作品を持ってみると、ちょっとした厚みや胴のふくらみ、口の開き具合、手に感じる重さ、唇が触れる部分の厚み、そんなわずかなことが大きな差になることを知った。それは、造形としてどちらが優れているか、という話ではなく、自分の中に存在する純粋な「好み」に拠《よ》るのだとも気づかされた。様々な形状のものを手に持ち、中にご飯を入れて口に運んでみて初めて、「自分はこういうかたちのものが使いたい」という感覚が自分の中にはっきりと存在するのを知ったのだ。

いくつものテストピースに触れながら、駆は当時の自分を思い返していた。

あの頃ははっきりと目に飛び込んでくる、強い色ばかりに気をひかれた。でも今は、灰色がかった青や、いぶし銀のような白、沈んだ深緑など、いわゆる渋好みな落ち着いた色の良さが判る。それぞれに見合ったかたち、見合った模様があることも。

……いつかこんな色合いで、「楽茶碗」をつくってみたいな。

薄めの赤錆色《あかさびいろ》のピースに触れながら、駆は内心でそう呟き——次の瞬間、母屋の方から電話のベルの音が耳に飛び込んできたのに、はっと顔を上げた。慌てて工房を飛び出すと、門扉の外で何かがふいっと動いたのが視界の端に入る。

急ぐ足を止められないまま、えっ、と目だけで追うと、黒い人影は立ち止まらず、すばやく立ち去っていく。家に走り込んで電話に出るとただのセールス電話で、駆は高義に教えられた通り「大人が誰もいないので判りません」と相手の言葉を無視して言い切り、電話を切った。

改めて庭に出て道路を見回してみたが、そこにはもう誰の姿も見当たらない。胸の中を黒く薄い雲がさっと横切る。ここに来た頃、頻繁に経験した感覚だ。高義に保護された後、警察はそれなりに捜査をしてくれたようだったが、結局母親もヒロシも、あのヤクザ者も見つけることはできなかった。しばらくは背格好の似た相手を見かけただけで、全身が硬直する思いを味わった。

だが三年以上の月日が経って、その感覚もかなり薄らいだ。そもそも三人とも、自分のことなんか探してもいないだろう、と考えられるようにもなった。わざわざ探し出してどうこうしよう、なんて考える程、あの人達は自分に興味を持ってはいない。けれどこうして具体的な人影を見てしまうと、さすがに少し気持ちがざわざわする。

今日は高義の帰りが遅いことも判っているのでなおさらだ。

……カレーでもつくって、弥生さんを呼ぼうかな。

そう思いつくと、少し胸が軽くなる。だが、自転車で買い物に行き、家に戻ってくると、ゆるくカーブした坂道の先にある門の前にまた人影が見えた。背の高い男が、首を伸ばすようにして中をうかがっている。

ぶわっと鳥肌が立って自転車を旋回させそうになったが、ぐっと踏みとどまった。どう見てもあの時のヤクザともヒロシとも体格が違う。駆はペダルをこがずに地面を足で蹴って、音を立てずにそろそろと進んだ。黒いジーパンに丈の長い薄水色のジャケットを着て、癖のある髪を長めに伸ばした鼻の高い横顔。年齢は三十歳前後だろうか。

駆は自転車からおり、ハンドルを引きながら慎重に近づいていった。すると男性がころんと丸い大きな目を更に見開き、きょとんとした顔で駆を見る。

「あの、ウチに何か御用ですか」

「……えっ？　えっ、君、誰？」

駆が意を決して声をかけると、ごわっとした紙のような、コントラバスの弦を何本かいっぺんに弾いたような、独特の響きの声で聞き返された。駆は軽く面食らいながらも、ちょっとむっとする。なんか失礼だ、この人。

「あなたは誰ですか」

駆がぶっきらぼうに聞き返すと、男性の太い眉がぴょんと上がった。

「あ、ああ……うん」

細かくうなずきながら、少し首をまわして門の中を見渡す男性の目元や口元に、一瞬笑みのようなものが浮かんですぐに消える。その表情の意味するものが判らずにただ見守っていると、男性は唇から小さく息をもらして駆を見下ろした。

「……あのさ、ここ、犬おったやん？」

脈絡のない問いに、駆はまた面食らった。聞かれた理由は判らないまま、いたことは確かな事実なのでうなずくと、相手の目がぱっと明るくなる。

「今どうしてる？　あの奥にまだおる？」

工房の方を指さす男に、駆は首を横に振った。

「死にました。一年半くらい前に」

駆の淡々とした答えに、男は「えっ……」と絶句した。

「え、えっ……なんで」

「ガンで……骨のガンだ、ってお医者さんが」

濃い眉をぐうっとひそめて、男は工房の方に目を向けた。

「ガン……そうか……じゃあ、だいぶ、苦しんでた……？」

「はい」と駆はうなずいた。シロタは足のガンが発覚してから、数ヶ月ももたなかった。

「そうか……」

ぎゅっと下唇を噛み締める姿に、また「この人は一体誰なのか」と疑問が浮かぶ。

「あの……どうして、シロタのこと」

探るように尋ねると、男は何度かまばたいて、わずかに濡れた目で駆を見た。

「君は……ここで、働いてはるん？」

結局質問に答えてはいないのだが、何故か先刻のような不快感は起きなかった。その尋ねる声がずいぶん柔らかく、そしてシロタの死に対してかなりショックを受けているようだったからだ。

うなずくと、男は「ふうん」と軽く驚きを含んだ声をあげた。

「そうなん……え、けど君、中学生やんね？」

せっかく気持ちが落ち着いたのに、駆はまたむっとした。やっぱり失礼だ、この人。

「十七です」と駆は更に無愛想に答えた。男は額を指で弾《はじ》かれたように軽くのけぞり、背中を曲げて大きく頭を下げてくる。

「ごめん！　ごめん、申し訳ない」

何度も早口に謝られて、駆は何だかむっとしている自分が莫迦らしくなった。「もういいです」とまた淡々と言うと、男は再度「申し訳ない」と頭を下げた。豊かな髪がばさばさと揺れて、それを大きな手で照れくさそうにかきあげる。

「いや、でも……それでも、十七でも、結構早いね。すごいな」

急にストレートに褒められて、駆は意表をつかれながらも、ちょっと誇らしい思いになる。男はふう、と息をついてまた門の内側を見た。

「うん……俺も、そう。そうやった。昔」

相手の言葉の意味が判らず、「えっ？」と駆の声が高くあがる。

「昔の話。……前はここ、もっと職人さんようけおってんけど、皆辞めてしもてん。その話聞いてる？」

少し遅れて駆はうなずいた。十年近く前に高義の妻が急に亡くなった後、高義と職人達が衝突することが多くなり、次から次へと辞めてしまったのだと、以前弥生や俊正から聞いたことがあった。

「俺もそのひとり。……昔、ここで働いててん」

ひょい、と指で工房を指さすのに、「えっ！」と駆の声がまた跳ね上がった。急に相手への親近感と好奇心が増す。だからシロタのことも知っていたのか。

高義の父親が代を継いだ頃からこの工房にはたくさんの職人がいて、それこそ小さい工場並みに大量の商品をつくっていたと聞いている。全盛期には量産品が京都中のあちこちの小売店、土産物屋に置かれ、料亭に特注品をつくったりもして、かなりの羽ぶりの良さだったそうだ。平成に入ってバブルが弾けてからは需要ががくんと減って、人もかなり減らしたそうだが、それでも六、七人くらいは常に職人がいたらしい。

「あのっ、あの……どうして、辞めてしまったんですか」

なのに何故皆いなくなってしまったのか、当の高義に聞く勇気は勿論なかった。弥生や俊正に詳細を尋ねてみても、いつも言葉を濁されてしまった。実際どんなことがあったのか、喉に刺さった小骨のように、ずっとこころの奥で気にかかっていたのだ。

男は立体的な唇をきゅっとひねるように歪めて、駆から目をそらして門の中を見た。

「まあ、そうなぁ……うん、えらいモメたからなあ、あん時は。ああ、ほら、親方キッついやろ、ほんま。怒鳴るわキレるわ。君もえらい言われてんちゃう？」

親方、というのが高義を指すことは判ったが、それ以外の話はとんと判らず駆は返事ができなかった。この家に来てすぐの頃、町内会の女性を怒鳴りつけたのは聞いたことがあるし、しつこい訪問販売やセールス電話に怒っているのも見たことがある。けれど、仕事のことで高義が駆に怒ったことは一度もなかった。

とまどいながらもとりあえず首を横に振ると、男の目がきろんと丸くなった。

「えっ？　えっ、そうなん？」

「師匠が……仕事で怒鳴ったりなんて、一度も」

ぱちり、と音が聞こえてきそうなまばたきをすると、男はわずかに口をすぼめた。あまりにも意外だ、と言わんばかりの顔つきに、ちくりと何かが駆の胸を刺す。

師匠が仕事で、自分にキツく当たらないのは……単に自分が、未熟だからじゃ？　子供の見習いのようなもので、一緒に仕事をする職人仲間とは到底呼べない、そういう扱いだから……真剣に向き合っている訳ではないから、怒鳴らないのでは？

「まあ……一応相手を選べるくらいの頭はあった、ちゅうことか、あの人も」

男が口の奥で小さく呟いた言葉に、駆の胸のつかえが更にきつくなった。同時に、師匠たる高義への言い草にかっと血がのぼる。何だこいつ、そんな態度だから師匠だって怒鳴ってきたんじゃないのか。

「師匠は立派な人です」

だから怒鳴られたのなら、それはあなたが悪いんじゃないですか、と続けたいのを何とか飲み込むと、男はじっと駆を見下ろしてきた。まつ毛の濃い、くろぐろとした目で見つめられると、何故だか自分の方が悪い気がしてきて、駆の背中を汗がつたう。

「……まあ、そうなんやろ。君がそう言うんなら」

ぼそりと呟くと、男はくるりと背を向け歩き出していく。

「えっ……え、あの。あの、寄っていかれないんですか」

慌てて声をかけると、男はこちらに背を向けたまま手を振った。

「久々に近く通ったしシロタのこと気になって覗いてみただけやから。……あ、俺が来たこと、親方や他の人には黙っといてくれるかな」

駆が答えられずに立ちすくんでいると、男は足を止め振り返った。苦笑いを浮かべ、両手を合わせて頭を下げてくる。

「バレたらまたモメるから。そやし悪いけど、黙っといてくれんかな。この通り」

皆に隠し事をするのは気が進まなかったが、いかにも申し訳なさそうな顔つきに、駆は仕方なしにうなずいた。男はまた深々と頭を下げ、足早に道を曲がって消えていく。

駆は深く息を吸い込み長く吐き出すと、頭を一度大きく振って門扉を開いた。

それから三日後のことだった。

その日もまた、高義はでかけていた。来月の紅葉シーズン真っ盛りに、この辺り一帯の窯元がそれぞれ店を出す陶器市が開かれるので、その打ち合わせに行っているのだ。例によって夜はそのまま飲み会になるだろうから帰りは遅い、と。

「そっかぁ。明日は親戚の赤ちゃん見に行くし、明後日はもう発《た》つし、無理かな」

駆からそれを聞いたあかりは、そう言って肩をすくめた。灰川《はいかわ》あかりは弥生の五歳年上で、近所に住む幼馴染である。大学卒業後、塾の講師をしていた彼女に、弥生が駆の家庭教師を頼んだのだ。だが二年後、彼女から、実は塾の講師を辞めて長期旅行に出ようと思っている、授業はオンラインで、頻度が落ちても構わないか、と相談された。

駆はすぐに承諾した。もともと高校に行く気はなかったし、その時点で一般的な普通科の高校の教科書の半分程は学び終えていた。高義が最初にもくろんだ通り、日々熱心に陶芸に取り組む駆の姿を見て、進学せずともいいんじゃないか、と俊正も認めてくれている。弥生はそれでもまだ、「夜間でもいいから進学した方が」と主張してはいたが。

あかりは大学時代に中型のバイク免許を取得していて、今は日本中を旅しながら動画やSNSへの投稿で収入を得ていた。長身ですらっと痩せて、髪もさっぱりと短く、竹を割ったような性格のあかりは、駆にとってとてもつきあいやすい相手だ。

「あ、メッセきた……今は出先で仕事中やけど、夕方には顔出せるって、弥生」

携帯を見ながらあかりがそう言い、駆は良かった、とうなずいた。ひとりっ子の弥生にとっても、あかりは姉のような存在だ。会えたら喜ぶだろう。

「なら晩ご飯、ウチで一緒にどうですか」

「うん！　ならバイク置いて、また来るわ。バイクあったらお酒飲めへんし」

大きなリュックを軽々と肩に乗せ、あかりは玄関に向かった。見送りに後をついていくと、玄関を一歩出た瞬間、彼女が立ち止まる。

「え、え……いや、ちょっと待って！」

あかりはリュックを地面に投げ出して走り出した。駆が驚いて首をまわして見ると、門の外にこの間見た男が目を大きく見開いて立っている。——さっと踵《きびす》を返そうとする姿に、あかりがまた声を張り上げた。

「ちょっと待ってって！　ミツル？　ミツルやろ！　なんで逃げんのん！」

あかりを追いかけようとしていた駆の足がぴたりと止まった。あかりは門扉を大きく横に引いて、逃げ出そうとしていた男の腕を後ろからぐい、とつかむ。男は足を止め、観念したかのように大きく空を仰いだ。

……ミツル。

いつかどこかで聞いたその名が、どくん、と心臓の動きと一緒によみがえった。

——叔父ちゃんとこ、息子さんがおってん。ミツルくん。わたしの従兄。

弥生の声が、今発せられたもののように耳元で響く。あの、涙まじりの悲しげな声。

——もう、いいひんの。

あかりにぐいぐいと引っ張られ、男はしぶしぶといった様子で門の中に入ってくる。その、大きな体から伸びる黒い影に、駆は強いめまいを感じて後じさった。


あかりは男を家に押し込むなり、いろいろと質問を繰り出そうとした。が、相手はそれを片手で止めると、玄関から奥の仏間へと迷うことなく進む。駆が恐る恐る覗くと、男は仏壇の前に座って線香をあげ、おりんを鳴らして両手を合わせていた。さすがのあかりも、むすっとした顔で両腕を組んで男の背を無言で見守っている。

座布団から立ち上がった男を、あかりはダイニングキッチンに引っ張り込んだ。食卓の椅子に、上からぐいぐいと押しつけるように座らせる。

「あんた今までどこでどうしてたん。なんであんな、いきなり出ていったん」

両手を腰に当て、厳しく問い詰めるあかりに男はまた軽く手を振る。

「まあ……あっちこっち。いろいろ。親父とモメたしさ。出ていけ、言われておう出ていくわ、でそれっきり」

「はあ？　何それ、ふざけてんの？　あんたさあ、弥生がどんだけ心配したと思って……なんなん、連絡のひとつもできんかったん？」

「携帯なんか置いていったもん。……弥生には……そら悪いことしたと、思ってるよ」

二人の口から出る「弥生」の名に、駆はまた、心臓が勝手にどくどくいい出すのを感じた。あの時の黒く濡れた弥生の瞳が、ありありと脳裏に浮かぶ。

「そんな簡単に言う!?　どうかしてるわ！　……じゃあなんで、急に戻ってきたん？」

「戻ってきた……つもりは、ない」

「はあ!?　何言うてんのあんた、正気!?　どうかしてんちゃう！」

「ちょっと……様子見に、来ただけ。戻ってきた訳やない。また出てく。そやし……弥生には黙っといて、俺が来たこと」

あかりは腰に両手を当てたまま、大きく胸をのけぞらせて深く深く息を吸った。目にも止まらぬ速さで右手が動いて、うなだれている男の頭をべしっ、と叩く。

「あほっ！　そんなことができるか！」

大声で怒鳴りつけると、あかりはさっと携帯を取り出した。ものすごい速さで両の手の指が動き、一瞬でぴゅんっ、と音を立ててメッセージが送られる。「ちょっ……」と慌てた様子で男が手を伸ばしたが、あかりはさっと身をかわして携帯を背に隠した。

「あんた判ってんの！　七年やで！　七年！　あんたが出てって！　あの時弥生がどんだけ泣いたか……今もどんだけ、あんたのこと待ってるか、それ判らんとは言わさへんからな！」

　父親と喧嘩して息子が家出した、誰もが高義の逆鱗《げきりん》に触れまいと黙っていた。それを自分が勝手に「死んだ」と思い込んでいた、やっと駆にもその事情が飲み込めた。十七歳の駆にとって、「七年」はもう考えが及ばない程、はるか昔の話に感じられる。

　あかりの携帯が音を立てて鳴って、彼女はそれを耳に当てた。話しながら、大股で玄関の方に向かっていく。駆がその背を目で追っていると、男が大きな音を立てて息を吐き出し、肩を落とした。思わずそちらを見ると、男もちらりと目を上げて駆を見る。

「……あかりがいるとか、思いもせんかったわ」

　答えが欲しい訳ではないようで、駆の反応を待たずにぼそぼそと言葉を続ける。

「SNS、見てたからさ……もうこっちには殆どいんくて、あっちこっち飛び回ってるんやと思ってた。まさかこんなタイミングで出くわすとか」

　男は大きくため息をついて前髪をかきあげると、額を手で支え、ひじを椅子の背についた。駆が何も言えずに黙っていると、また、ちらりと目だけで駆の方を見やる。

「ほら、シロタの……よう考えてみたら、どっかのペット霊園とかにお墓あったりせんかな、思って。場所聞きたくて、うまいこと親父や弥生に見つからんように君に声かけれんかな、思って覗きに来てんけど……まさか、あかりがおるとはなあ……失敗した」

　ぶつぶつ言いながら、男ははたと額から手を離して左右を見回した。

「あれ、そういえば、親父は？　工房？」

真正面から顔を向けられて、駆は一度大きく深呼吸する。「親父」という気安い呼び方と、「息子」という単語が脳内をぐるぐると何周も空回りしている。

「……今日は、寄り合いで……来月の、陶器市の」

「ああ！　あれか！　そうか、そういやそんな季節よなあ……うわあ、懐かしい」

ぱっと明るくなった声に、駆はたじろいだ。人の好《よ》さそうな笑顔に、ますます気持ちがひるむ。目の前にいるのが高義の「息子」だという事実が、どうしても飲み込めない。

「あれ俺むっちゃ好きやったわ。普段はほら、家で小売りとかはせんから、直《じか》にお客さんと話せることとなんか基本ないやん？　目の前で器、手にとってもらっていろいろ話できるのがほんま楽しくてさあ」

紅葉の時期に開かれる陶器市は、それを目当ての人も多いが、東福寺や泉涌寺の紅葉を見にきてたまたま、という客も多かった。三年前の九月にこの家にやってきた駆は、その年の市には全く出ていない。いきなりの接客が無理なのは勿論、突然やってきた駆のことを、地元の人間達がまだまだ受け入れていなかったことも大きな理由だった。

その次の年も、家の庭先に設営した販売ブースには出ず、裏で梱包《こんぽう》や品出しだけをした。去年は弥生の強い勧めもあってブースには出たものの、ひたすら会計や包装に徹して、客との会話はほぼゼロだった。見も知らぬ大勢の客達にいろいろ話しかけられるのは、駆にとって緊張と苦痛しかない時間だったのだ。

……それを、楽しい、と。

どこか異物を見るような目で、駆は男を見つめた。実際、当の高義だって、町内から年々減っていく窯元を盛り上げる為のイベントだと判っているから参加しているにすぎなくて、客のあしらいはひどく悪い。売上げの大半は、弥生と俊正親子の愛想でまかなっているようなものだ。

この人が本当に、師匠の息子なのか。

少なくとも見た目は全然似ていなくて、駆は心底いぶかしんだ。同時に、先日この男が高義に対して否定的な態度だったことを思い出す。見た目も中身もこんなに似てないのなら、そりゃそりも合わなくて当然だ。

なのに戻ってくるなんて、と軽い憤慨を覚えながら、駆は一度深呼吸した。そうだ、シロタのお墓だ……場所を教えて、とっとと出ていってもらおう。

目の前で陶器市の思い出を楽しそうに語り続ける男に、駆は無言で背を向けた。「えっ？」と声をあげるのを無視して仏間に向かうと、仏壇の下の引き出しからペット霊園のパンフレットを取り出し男の前に戻る。

「シロタのお墓、ここです。共同の納骨堂があって、そこに入ってます」

「あっ……あっ、そうなん。ありがとう」

男は驚いた顔のままパンフレットを受け取って、裏面に書かれた住所を見た。

「それ、あげます。ウチは次にまたお墓参り行った時にもらってくればいいんで」

だからとっととといなくなってください、と言いそうになるのをこらえて言葉を切る。

駆の内心を知る由もない男は、ちらっと歯を覗かせて笑い、小さく頭を下げた。

「ありがとう。……大事にお供養、してくれてんねんね。ほんまに……ありがとう」

嚙み締めるような口調でストレートに礼を言われて、駆は鼻白んだ。自分の中の相手への悪意が、ひどく醜いもののように感じられて。

何も言えずにいると、外から戻ってきたあかりが男の手元を見て眉を跳ね上げた。

「あんた、逃げる気なん？　許さんよ、言うたやろ、どこにも行かさへんで。少なくとも弥生がここに来るまでは、どこにも行かさへん。弥生、後の仕事、お父さんに全部任せてタクシーで戻ってくる言うてるから。大人しくし」

抗議の声をあげようとする男を、あかりはぴしっと言い放って黙らせた。それから何故か、ちらっと駆の方を見る。

「……ミツル、あんたこの子に自己紹介した？　もしかしてまだ？　いきなり押しかけて名乗りもせんとか、ずうずうしいにも程があるんちゃう？」

「いや、押しかけてきたっちゅうか無理やり引っ張り込まれた、ちゅうか……」

口の奥でぶつぶつ言う男を、あかりはぎろっと睨《にら》んだ。

「ああ、うん、悪かった……ごめん、ほんまやな。名乗ってもいんかったわ」

男はさっと立ち上がって、駆に右手を差し出す。

「岩渕充《みつる》。ミツル、は充電のジュウの字。岩渕高義の……ひとり息子」

改めて目の前に立った相手の体格の良さと大きな手、そして「ひとり息子」という響きに、駆は思いきり突かれた大鐘のように、脳がぐわんぐわんと音を立てて揺れた気がした。めまいをこらえて奥歯を噛んで立ち尽くしていると、手を握り返してこない駆に充は不思議そうに首を傾げる。その様子をどう判断したのか、あかりは充の手をさっと叩き落とすように払って肩を引っ張り、強引に元の椅子に座らせた。

「こいつ、あたしと同級生なんよ。昔っからつかみどころがないっちゅうか、どっか間が抜けてるっちゅうか、空気読めんヤツで」

どことなく言い訳がましく響くあかりの口調に、駆は曖昧にうなずいた。あかりと同級生なら、早生まれでなければ今年二十七歳。自分より十歳年上になる。

だからこんなに体が大きいんだ、と一瞬思って、すぐ打ち消した。たとえあと何十年経ったところで、自分の身長や肩幅がここまで大きくなる筈がない。

差し出された手のひらの大きさに、こころが震えた。自分の手をとり「手のひらが大きくてしっかりしとる」「ええ手や」と呟いた高義の声がありありと耳によみがえる。

あの時、師匠の脳内には誰の手が浮かんでいたんだろう？

「こっちは駆くん。長月駆。この家に来て……えーっと、三年くらい？」

「あ、はい、ちょうどそれくらいです」

ずぶずぶと意識が沈み込みそうになる駆を、あかりの高い声が引き戻した。急いでうなずくと、充がまた目を大きくして駆を見る。

「え、通ってるんじゃなくて？　ここに住んでる、てこと？」

その通りなので素直にうなずくと、充は驚愕した顔で駆とあかりを交互に見た。

「えっ、じゃ、親父と？　二人で？　マジで？」

「そうよ」と何故か鼻高々な表情で、あかりはつい、と顎をそらす。

「むっっちゃむちゃ、かわいがってんのよ、おじちゃん、駆くんのこと」

ぐっと声に力を込めてあかりが言うと、充は一瞬、きゅっと唇を引き締めて黙った。

「……なんで、そんなことになったん？」

しばらくして、充は打って変わって落ち着いた声でそう尋ねた。自分に聞いているのかあかりに聞いているのか判らず、駆があかりを見ると、彼女はちらっと駆を見返して
「しっ」と唇の動きだけで伝えてくる。

「さあ、どうしてでしょう。知りたかったら今日はもう、どこにも行ったらあかんよ。弥生と、それからおじちゃんが帰ってくるまではここにいること」

「あのな、あかり」

「あんた知りたくないん？　一体なんで、あのおじちゃんが十代の男の子と、仲良く二人暮らしできてるんか」

からかうようなあかりの口調に充は一瞬、ぐっと押し黙った。

「……いや、それはほんま、あかんて……俺と親父が会《お》うても、何もいいことない。モメて怒鳴りあって胸ぐら突き飛ばして終わるだけや。それこそ弥生が泣くわ」

ややあって返された低く真面目な声音に、あかりの片眉がきゅっと上がった。駆は改めて不思議な思いがする。実の父親と子なのに、そこまで仲が悪いとは。

「……それは判らんよ」

あかりは軽く腕を組み、こちらもぐっと落ち着いた声でしずかに言った。

「おじちゃん、変わったよ。ほんまよ。そら今かてしょうもないこと言うてくるヤカラにはきっついきっついけど……でも全然、変わったよ」

充は眩《まぶ》しいものでも見るかのように眉根に皺《しわ》を寄せあかりを見つめると、ふい、とその目を動かして駆の方を見た。

「それは……この子の、駆くんの、おかげで？」

「あたしは、そうやと思う」

大きくうなずいて答えるあかりに、駆は胸の辺りがこそばゆく、そわそわする感覚を味わった。自分にとって師匠はずっと優しいひとだったけれど、かつての高義を知る人からはそんな風に見えているんだ、ということが何故かひどくこころを騒がせる。

ふっと顔を伏せて「ふうん……」と口の奥で呟くと、充はすっと立ち上がった。「ちょっと」と慌てて声をかけるあかりに軽く手を振ってみせる。

「大丈夫、おるよ。出ていかん。おるから……少し、部屋で待っとくわ」

言いながらすたすたと階段の方へ向かっていく充に、あかりが一拍おいてはっと顔を上げた。「ちょっと！」ともう一度声をかけながら後を追いかける。駆は訳が判らないままそれに続いた。部屋？

二階は階段を上がった一番奥が、かつて先代夫妻のものだった駆の部屋だ。手前の北向きの部屋は、高義と妻の正江が若い頃に使っていたそうだが、今は「下の方が楽だから」と、昔、高齢になった父母の介護に使っていた仏間をそのまま自室として使っている。その二部屋とは別にもうひとつ部屋があるが、そこは誰も使ってはいない。だってそもそも、あの部屋は。

二階に上がった充は、迷うことなくその部屋の戸を開け、そのまま完全に固まった。

畳のしかれた部屋の中には、殆ど何も置かれていない。隅に踏み台や折りたたみの椅子、今の季節はまだ使わないストーブなどがあり、押し入れの中には客用布団のみ。つまりこの部屋は、駆にとって「物置」という認識しかなかった。

立ち尽くしたまま充は大きく胸をふくらませ息を吸って、しずかに吐き出す。

あかりが「充……」と遠慮がちに名を呼んで、そっと腕に指で触れた。

「……親父か」

がさついた声で充が言うと、あかりは曖昧にうなずく。

「うん、そやけど、でも」

ふいっ、と急にスイッチが入ったように充が動いて、部屋に入ると押し入れを開けた。頭を中に突っ込んで上の方まで覗き込むと、顔を戻してまた大きく息をつく。

「……そやからさ」

ぼそりと呟かれた声に、あかりが「えっ？」と聞き返した。

「やから、嫌やねや……こんなんできるヤツ、親父と思えるか？　会う気になんかなるか？」

いきなり激しく声を荒らげると、充はぐい、とあかりを腕で押しのけて部屋を大股に出ていった。階段を足早に降りていく音を聞きながら、あかりは肩を落とす。

その姿に恐る恐る駆が「あかり先生……？」と声をかけると、あかりはゆっくり顔を上げた。わずかな苦笑を浮かべ、駆を見返す。

「……この部屋、充の部屋やってんよ」

駆は思わずぐるっと周囲を見回した。息子がいたからには部屋はあっただろう、と思ってはいたが、それは高義が使っていた方だと思っていた。子供が使っていた部屋を、いくら亡くなったとはいえ空にはしないと考えていたのだ。

「おじちゃんがさ……充のもん、全部捨てはってん。充が出ていった後」

駆は絶句してもう一度部屋を、開けられたままの押し入れを見た。誰かが日常的に使っていた跡など、一切残っていないこの部屋。

「勉強机も、ランドセルも、教科書も、制服も、卒業証書も、なんもかんも……友達と集めてたゲームのカードも、写真のアルバムも、好きだった動物の図鑑も……充のもんは、充の……二十年、ここですごした全部、何ひとつ残らず、捨ててしまわはったん」

衝撃を受けている駆の脳裏に、一階の食器棚が浮かんだ。自分と高義、弥生親子と四つの茶碗が並んだ棚。亡くなった妻や先代夫妻が使っていたものは箱に入れて奥にしまわれていて、来客用の茶碗もいくつかあるが、他に特別な一点ものはない。

かつては確実に一緒に並んでいただろう、充の専用茶碗。それも……捨てたんだ。

言葉を失っていると、玄関の引き戸ががらりと開いて閉まる音がした。ああ、出ていったんだ、そう思ったけれど、さすがのあかりも止める気力を失ったのか、その場を動こうとはしない。

どうするべきか判らないまま、とりあえず下へおりようと駆が階段に足をかけると、

「――ミツくん！」

と甲高い弥生の声が外から響いた。

駆ははっとしてあかりと顔を見合わせると、先を争って階段を一気に駆けおりる。がらりと引き戸を開けて外に飛び出すと、門のすぐ外で、困ったように立ちすくむ充の胸元を両手でつかまえ、弥生が号泣していた。

あかりが一目散に二人に駆け寄っていくのを、駆は動けずに見つめていた。弥生があんな風に身も蓋もなく、子供のように泣きじゃくっている姿を見るのは初めてだった。弥生はかなり涙もろい。ドラマや映画は勿論、子供が事故にあったようなニュースでもよく涙ぐんでいる。だがそれはいつもしずかで、ふと見ると音もなく涙が頰を転がり落ちていて、泣き声ひとつ立てなかった。雫《しずく》は流れ落ちる前にそっとハンカチやティッシュに吸い込まれ、まるで何にもなかったかのように、けれど目の縁がほんのりと赤みを帯びた横顔を、駆はいつも吸い込まれるような思いで眺めていたものだ。

けれど今の弥生は、まるで駄々をこねる幼児のように泣き声をあげながら激しく首を振り、両の手の甲が白くなる程きつく、充のシャツの胸元を握りしめていた。絶対に離さない、という強い意志が、距離を通しても駆の目に感じられる。

あかりは二人の間に立って両方の肩に手を置くと、同時に門の中へと引っ張り込んできた。のろのろと歩きながらも、弥生は充の服をつかんだ手を離そうとはしない。

「……充、ごめんやけどやっぱりできんわ。あんたをこのまま、みすみす帰すことはできん。この弥生見たら……あたしにはようできんよ」

泣きじゃくる弥生をじっと見つめて、充は「……うん」とかすかなうなり声でうなずいた。ぽん、と弥生の頭の上に片手を置くと、ほんの一瞬、泣き声が途切れる。

「大きなったなあ……びっくりした、どこの……お嬢さんかと、思ったわ」

ひたと見下ろした目を一ミリも他に動かすことなく呟かれた充の声は、駆が今まで聞いたものとは全く違った。まるで一番寒い冬の日に使う分厚い羊毛の毛布のように、柔らかくあたたかい。弥生が何か答えようとして、涙で喉が詰まったのか、しゃくりあげながら何度も咳き込むと、充はうっすら苦笑を浮かべてそっとその背をなでる。

「けど、これは変わらんなぁ……ちっちゃい時とおんなじや、何かっちゃ大泣きして、人のとこ駆け込んで」

笑みを含んだ声に、弥生はかすかにうなって、どん、と拳で充の胸を叩いた。そのまま何度も何度も、両の拳で打ちつけるように叩き続ける。充は破顔して「ごめん」と言うと、もう一度大きく揺するように弥生の背をなでた。

そのまま背中を押されて玄関へとうながされた弥生は、引き戸の前の駆から涙まみれの顔を隠して中へと入る。あかりは先刻投げ捨てたリュックを片手で拾って、もう片一方の手で立ち尽くしたままの駆の肩を軽く叩いて家へと入っていった。

一拍遅れて駆が中に入ると弥生の姿はなく、洗面所の方で水を使う音がした。充は肩で大きく息をつき、またダイニングキッチンに戻っていく。

「けど、ほんまに……どうするん？　今、どこに住んでんの？」

リュックを椅子にどすんと乗せて、あかりがためらいがちに尋ねる。

「うん、まあ……ほんまに、あっちこっちの窯元さんとこ、渡り歩いててさ。最近は砥《と》部《べ》の方の窯の家にお世話になってる」

言いながら充は、ひょい、とシンクを覗いた。シンクにかけられた水切りカゴには、お昼に使った食器が入っている。

「夏に松山に遊びに行った時、地元のフリーペーパーがあってさ。そこに松山の料亭さんが載っててんけど……その店にある、親父のオブジェが紹介されててん」

駆とあかりが思わず見ると、充はカゴの中のお皿や湯呑みを、感触を確かめるかのようにそっと指で触れている。

「あんなんつくってたとか、全然知らんかった。実用一辺倒の人やと思ってたからさ……そんで気になって、ちょっと調べてみて」

妻を亡くした後、高義はあちこちで土を採取し試作するようになった。が、できた粘土は普段つくっている普通の食器には向かない、使いづらいものが多かった。それを使っていたずらごころでつくってみたのが、水石《すいせき》を模したオブジェだ。

水石とはもともと中国の石を愛《め》でる趣味が日本に伝わって発展したもので、自然の山や滝を連想させる、趣のある形状の石を飾って鑑賞する文化だ。石を置く盤には陶磁器が用いられることが多く、高義も盤だけなら注文を受けて何度かつくったことがあったが、どうせなら上の石も、ぱっと見では石と見分けがつかないようなものを陶器でつくって置いたら面白いのではないか、といわば遊びでつくった品だった。それをある時、のれん分けする弟子の為に食器をつくりたい、とやってきた馴染みの料亭の主人がいたく気に入り、いくらでも払うから分けてほしい、と頼まれたのだ。

ただの遊びだから、と渋る高義に、主人は驚く程の金額を持ちかけてきた。妻が死に職人が皆出ていってしまい収入が激減していた高義は、まあそんなにもらえるのなら、とやはり軽い気持ちで作品を二つ三つ相手に売った。主人はそれを自分の店と弟子の店に置き、やってくる客に自慢をし——半年もしない内に「自分も欲しい」という注文が、個人からも別の店からも届くようになった。

つくりすぎるとかえって良くない、レアものにして価値をあげた方がいい、と俊正が助言し、それからは「山石陶《さんせきとう》」と名づけて年に数点程度をつくるようになった。妻が生きていた頃には及ばないが、それでも収入は格段に上がった。

「写真で見ただけやけど、まあ、悪うはなくて……土とかつくり方とか、気になって」

ふらふらと動く指がレモン模様の茶碗に触れて、駆はどきりとした。それまでは表面に触れるだけだった指が、しっかりと茶碗を持って取り上げる。

「お世話になってる窯のご夫婦、十日くらい海外行く、言うんで、その間ちょっと、こっち覗きに来てみよかな、て……シロタのこともずうっと気になってたし、そんで」

茶碗を顔の真ん前まで持ってきて、くるくる動かしながらためつすがめつ見る姿を、駆ははらはらしながら見守った。あの高さでもし落とされたら無事ではすまない。

「……ふうん」とかすかに鼻を鳴らして、充は茶碗をカゴに戻した。その指の動きがいかにも繊細で丁寧で、駆は内心でほっと胸をなでおろす。

「親父がおらんなら、ちょうど良かった。土とか工房とか見せてくれん、駆くん」

急に声の調子をがらっと変え、やけに朗らかに言われて駆は動揺した。食器を見ていた時の真剣な、薄暗い場所を目をこらして見るようなまなざしがさっと消えている。

駆は相手の笑顔を見ないようにして、一度大きく深呼吸した。

「……師匠の……許可が、なければ……できません」

うつむいたまま、それでもはっきり言うと、充は「成程《なるほど》」とやけに大きくうなずいた。

「そらそうや。そんなん聞いた俺が悪い。ごめんな」

あっさり謝られ、驚いた駆が顔を上げると、充は笑顔を覗かせいたずらっぽくウインクしてみせる。

「今のナシな。君に聞いたんナシ。……俺が勝手に、見てまわった、てことで」

えっ、と駆が聞き返す間もなく、充は大股にダイニングキッチンを出ていった。慌てて追いかけようとすると、洗面所から飛び出してきた弥生がそれを遮る。

「えっ、どうしたん？　ミツくん出ていったん？」

あたふたとする弥生に「大丈夫、そやないよ」とあかりが答えて、すばやく後を追っていった。とまどう弥生に、駆は急いで先刻の話を要約して伝える。

「そうなん……今、砥部に……そうなんだ」

弥生は手に持ったままのタオルをそっと顔に押し当て、またあふれてきたらしい涙を吸い取らせた。化粧を完全に落とした、目元がわずかに腫れて内側から細かく散らしたように赤みの浮かんだ頰は、ひどく幼く、どこか心細く見える。

――抱きしめたい。

初めて見るその表情に、突然胸の底からうわっと湧き上がってきた思いに駆は狼狽《ろうばい》した。ここに来てからずっと、弥生は頼れる姉で憧れのひとで「こんな女性が恋人だったらどんなにか素敵だろう」と思っていた。けれどそれは子供が「先生と結婚したい」と言うのに似ていて、肉体性はほぼ伴っていなかった。なのに今初めて、そして強烈に「このひとに触れたい」という感覚が全身を揺るがす程に満たすのを駆は感じていた。

「……弥生さん」

何を言うつもりなのか自分でも判らないままかけた声は、ひどくかすれて小声で、弥生は気づかずにすたすたと玄関の方へ歩いていってしまった。仕方なく駆も後に続いて、一緒に家の外に出る。

「はー、すっごいな……これが元の土かあ」

充は工房の壁に沿って広げられた乾燥中の原土や、乾いた原土を入れたポリバケツをしげしげと見ながら、感心しきりの声をあげる。

採ってきた土を粘土にするには、乾燥させ砕いて水で練って寝かせる必要がある。途中で大きい石や木の根などのゴミは取り除くが、細かい石はそのままだ。全部綺麗に取り除き、キメの細かい土にして使うやり方もあるが、扱いは難しくなるものの、この方が焼いた時の表面の土味《つちあじ》がいい感じに出るから、と駆は高義から聞いていた。

土を採ったり加工したりするのは駆も手伝っているが、オブジェをつくる作業そのものは完全に高義が行っていて、駆は教わりすらしていない。「まずは基礎を身につけんと」と言われて、高義の作陶の手伝い以外は、ごく普通の食器や花器をひたすらつくり続ける毎日だ。それも、一から駆がつくったものはほぼ「まだ売り物にはならん」と言われ、つくってはつぶしつくってはつぶしで、焼きにまわしてもらえる分はごく少数だった。

「あー……変わらんなあ」

工房の引き戸を開くと、充は感慨の込もった声でうなった。数歩入ってふっと目を階段の下、かつてシロタのケージがあった場所に向ける。「……いや、変わったな」と小さく呟き、その前に立ってしばらく手を合わせた。

その姿に、駆は勝手に入ったことに抗議もできずにいた。充はぱっと顔を上げ、また元の明るい様子で辺りを見てまわる。

「これは……確かに……面白いな」

駆が止める間もなく、充は壁際のポリバケツの中を覗き込んだ。水分が飛ばないよう、ぴったり上を塞いだビニール袋の口を開いて中の土に触れる。

「おー、結構ボロっとしてんなぁ……こんなん練れんのかな」

興味津々といった様子でひとりごとを言う充に、駆はつい「それはまだ新しいので」と口を出してしまった。「あっ、そうなん？」と嬉しそうに顔を上げる姿に「しまった」と思う。

「もっと寝かせたヤツあるん？」

うきうきと弾んだ声で聞かれて、駆はうなずくでも否定するでもなく、曖昧に首をゆらゆらと振った。このひょうひょうと楽しげな様子に、ついつられてしまう。

駆の返事を待たずに、「こっち？」と充は並んだ別のバケツをひょいと開けた。指で触って、「ほんまや、全然違う！」と更にテンションの上がった声を出す。

「ちょっとあんた、勝手に触らんときいよ、おじちゃんに怒られるよ」

見かねて声をかけるあかりを無視して、充は長袖の黒いTシャツの袖をぐっとまくりあげると、子供の頭くらいの量の土をつかみ取って大机の上の木の板にぽん、と投げ出した。無造作に両手でつかんで、ぐい、とひねるようにして軽く練る。

その腕の動きに、駆ははっと息を呑んだ。三年前にここへ来た翌日、悪戦苦闘する自分の前で、さっさっ、とまるで柔らかいパン生地でも練るかのように軽やかに鮮やかに土をこねていた高義の手つきと同じものだったからだ。

――いや、同じじゃない、違う、と駆は思い直した。高義は駆より十センチ近く背が高く、けれど男性としては平均的な、いわゆる「中肉中背」ながっしりめの体型だ。だが背丈もあり腕も長い充が土を練る姿は、どこかダンスのようだった。軽やかで躍動的で、何の力も入っていないように見えながら、腕の筋肉がぐいぐいと動いている。目はきらりと輝き、今にも鼻歌を歌い出しそうなくらい楽しげでいきいきとした顔つきだ。

「帰ってきた……ほんまに……ミツくん」

すぐ横で小さな声がしてはっと見ると、弥生が駆の隣に立って、土をこねる充の姿をじいっと見つめていた。また涙がいく筋も頬をつたって、口元に当ててたタオルに吸い込まれていく。

「懐かし……ずうっと……何回も何回も夢に見てんよ、ミツくんがここで、ああやって土こねるとこ」

弥生は呟くように駆に言いながら、タオルを両手で持って目元に押し当てた。

「夢に見た次の日はいっつも、予知夢かもしれれん、今日こそミツくん帰ってきてるかもしれん、て朝イチで工房覗きに行って……でもいなくって……けど……やっと」

七年、という月日の重さが、急にずっしりと肩にのしかかってきて駆は唇を噛んだ。自分が知っているのはたった三年、だが弥生がその間こうして、一日一日、こころの中で充への思慕を編んでいたことには気づきもしなかった。

「もう諦めてた、ほんとにまた見られるとか、思ってもみんかった……嬉しい」

タオルにうずめたままの横顔を、駆は苦い思いで見やった。完全に諦めて忘れてくれていたら良かったのに、と刺々《とげとげ》しい思いがはっきり浮かび、我ながらどきりとする。

充はいつの間にか、作業台から手回しの小型のろくろや水を入れた洗面器など、勝手知ったる様子でひと揃い道具を取って大机に並べていた。練った土からひとかたまりをろくろに乗せ、じいっと見下ろしながら喉の奥でわずかにうなる。

「そやなぁ……どういうかたちが向くんかなぁ、この土は」

口の奥でぼそぼそと呟きながら、目線は土にぴたりと据えたまま、充は片手を顎に当てた。土を練った指にはまだ汚れが残っていて、けれど全く頓着することなく、親指の先と曲げた人差し指の第二関節とで顎の下の皮膚を何度も軽くねじる。その癖は自分の脳内のイメージに完全没入している時の高義と全く同じで、駆はまた息を呑んだ。

「確かに、器にするより塊のまんま、オブジェにしたなるなぁ……でも……」

なおもぶつぶつ言いながら充は顎から手を離した。顎の下にはしっかり土の汚れがついてしまっているが、それに気づきもしない様子で両手をすっと土に据える。

ぐい、と円形につぶしてどしどしと表面を叩くと、さっさっ、とすばやく端をひねりあげかたちをつくる。あっという間に、ご飯茶碗と抹茶碗の中間のような、ごつごつとしつつも伸びやかなかたちが現れた。

その瞬間、駆の中で何かが大きな音を立てて動いた。

高義に似た動き、高義と同じ癖、けれどもっと軽やかに爽やかに、あんな扱いにくい土で、こんなにもあっさりと美しいものをつくりだす大きな手のひら。

――手だけでつくってく器っちゅうのは特になあ、その人の手もこころもかたちに出るからな。

いつかの高義の言葉が耳の裏側で殷々《いんいん》と響く。

隣でタオルを少しずらして目だけを出して、充とその器とを吸いつくように見つめる弥生の横顔。

音を立てて割れたこころの底から、ふつふつと熱く昏《くら》いものが噴き上がっていく。

なんなんだ。なんなんだ、この人は。なんでこんなに、何もかもを持っていて……何もかもを自分から、かっさらっていくのか。

そこに「自分」という言葉が含まれたことに、駆は内心、激しく動揺した。今までそんな風に、周囲の人間と自分とを絡めて考えたことがなかったからだ。

母親もその歴代の彼氏も、たったひとりの「先生」を除いて皆、駆から何かを「奪う者」だった。だから駆の手の中にはろくなものが残らなかった。高義に引き取られてから、改めて自分がこれまで置かれていた環境は異常なんだと駆も理解したけれど、他人と自分を比較して「いいなあ」などと考えたことはない。自分は「持たざる人」で周囲は「持っている人」、ただそれだけのことだった。「持っている人達」が彼等の間でどうやりとりをしていようが、自分には関係がない。自分は外からいつもそれを眺めているだけで、決してかかわることのない、分断された存在だとごく自然にとらえていた。

それなのに今、生まれて初めて、駆は目の前の相手の「自分が持ったことがないもの」と「自分の手からもぎとられていくもの」に対して、目がちかちかするくらいの怒りに似た熱さを覚えていた。

「ああ、けど、ちょっとちゃうかなぁ……もうちょい、なんかこう……」

駆のまなざしに気づきもせずに、充はそう呟いて今つくったばかりの碗をあっさり片手でつぶした。頭のてっぺんまで熱を帯びていた意識がさっと引き戻されて、駆は思わず「えっ」と声を出してしまう。その声に初めて周囲から見られていることに気づいた、という様子で充が目をあげ、にかっと笑った。

「大丈夫大丈夫。トライアンドエラーよ」

　朗らかに言いながら、充はまた土の塊をひねり始める。

「土はさあ、何でも来いやから。なんぼ外しても全然オッケーや。とんでもないもんつくっても、むちゃしょーもないもんになっても、何度だってやり直せるし、いくらだってつきあってくれる。懐が深いよな。俺みたいなんがこうして続けられんのも、相手が土やからや」

　煮えたぎっていた駆の脳が、一瞬で冷えた。

　目の前に広がる工房の空間に、三年前、最初にろくろを触った日の光景が重なる。

　――駆が家に来た数日後、高義は大砲の弾のようなかたちの土を電動ろくろに置いた。スイッチを入れると低く柔らかいモーター音が流れて、くるくると土がまわり出す。傍らに置いたバケツで手と土をよく濡らして、下から上へ、上から下へと何度も土を持ち上げては下に押し込んでいく、そのなめらかな動きに駆は目を見張った。

「土殺し、言うんや」と高義は言った。「しっかり中心の芯を出して、綺麗にまっすぐにせんと、この後上手くかたちがつくれんからな」と。

　それから土の上の方を直径が十数センチくらいの円筒状に伸ばして、上から指三本分くらいの位置を軽くへこませた。てっぺんを綺麗につるんとさせると、一度ろくろを止め立ち上がって、入れ替わりに駆を座らせる。

「手をしっかり濡らして、ここに当てて……そうそう、動かさんとそのままな」

言いながら高義は、ろくろのスイッチを入れた。手の中でするするとぬめった土が動き出す感触に、駆はびくっとする。

「動くな動くな。そのまま。親指を真ん中に置いて、ぐっとつっこむ……そう、ええぞ」

言葉と後ろから添えられる手に従って土の中心部分に親指を押し込むと、中心にぽかりと穴ができた。高義はそこに更に駆の両の親指をつっこませ、上に動かす。と、空いた穴が大きくなった。

「一度指濡らして、うん、そうや……手と土はいつでもしっかり、水で濡れてる状態にするんやぞ。まめに水をつけんのを忘れんようにな」

駆が言いつけ通り手に水をつけ直すと、高義はぐるぐる回っている土を指さした。

「まだ大分厚めやろ。これを薄くする。親指を中に入れて他の指を外に出して、そっと土をはさむ……ああ、まだはさむだけ、力は入れるな」

高義は駆の手と同じかたちにした自分の指を、空中ですうっと上げてみせた。

「力は入れんと、こうやって何回か上に上げてみ」

言われた通りにやってみたが、ただ当てているだけのつもりでも、ぐるぐる回る土が壁のようになってぐいぐい手を押してくる感じがする。

「そうそう、ええぞ……もっかい手を濡らして……そしたら今度は、おんなじように手ぇを動かしながら、こう、ファイルを上から引っ張り上げるみたいに、親指と外の指とではさんだ土をすうっと上げて……そうそう、……あっ」

急にぐいっと親指をとられる感触がして、薄くなり始めていた側面がぐにゃり、と大きくよれた。駆ははっ、と息を吸い込む。——どうしよう、失敗した。

さっと頬から血の気が引くのが自分で判った。目の前の土は、無惨に歪んでよれよれになって、それでもまだぐるぐるとまわり続けている。

どうしよう、ダメにしてしまった……怒られる、いやそれよりも落胆される方が辛い。

「なんだこいつ、使い物にならないな」と思われる、そう考えただけで心臓がきゅっと縮まる。瞳にうっすら水の膜が張ってくるのを感じながら下唇を噛むと、頭の上から大きな笑い声が降ってきた。

「おお、やったな」

仰天して見上げると、高義はにかりと歯を見せて笑顔を向けてきた。

「最初は誰でも絶対やるんや。こう、ぐいっと、手を持っていかれる感じがしたやろ？」

言葉もないままこくこくとうなずくと、高義もうなずき返した。

「土に言うこときかせようとするからや。土には土の思惑っちゅうもんがある。それに添いながら、同時に自分の思うところにかたちをもっていくんや。相手がどう動きたいんか考えながら、それを邪魔せんように、かつ自分の思う方に伸ばしていく。対話やな」

そう言いながら高義は中腰になって、よれよれになった部分の土をさっと取り除いた。脇の棚に置いて、残った土を先刻と同じように頭の部分を綺麗にかたちづくる。

見る影もなくぐちゃりとなった土の塊を見ながら、駆は浅く呼吸した。誰でもやる失敗とは言え、自分がこれをダメにしてしまったことに変わりはない。

「ごめんなさい」

反射的に口にすると、高義が「ん？」と不思議そうな顔で駆を見た。

「これ……ダメにしてしまって、ごめんなさい」

高義の方を見られず、涙をこらえながら駆は小さく言った。駆の目にはもう使い物にならなく見えるひしゃげた灰色の塊は、何だか自分の姿のようでひどくみじめに思える。

だが高義は土くれを見ると、ああ、と声をあげて笑った。

「こんなんまた練り直したらしまいや。土やもん。なんぼだってやり直せる」

駆は思わず「えっ？」と声を大きくして高義を振り仰いだ。

「粘土やからな。また集めて使える。基本、焼かん限りはなんぼだって元に戻せるで」

言いながら高義は、手を伸ばしてろくろのまわりに散ったカラカラに乾いた土のかけらを取った。指につまんで駆に向かって軽く振ってみせる。

「これかてまだ使えるよ。水につければ元の土に戻る」

駆の目が大きくまんまるになった。今や涙はすっかり引っ込んでいる。

「土には失敗なんてないんや。いくらだってやり直さしてくれる。なんぼ失敗したって飲み込んでくれる。こっちが身をひかん限り、いくらだってつきあってくれる。そういう、情の厚い、懐の深い相手、それが土や」

駆は言葉を失って、とくとくと語る高義をじっと見つめた。既に泥が乾き始めてはりついている指先から、ぼうっと熱が上がってきて、頬の内側から顔が熱くなる。

いくら失敗してもいい。いや、「失敗」じゃない……どれだけ上手くいかなくたって、土はずっと、辛抱強く、自分の相手をしてくれる。自分さえ諦めなければ、決して離れず、傍にいてくれる。

ああ……このひとに出逢えて、良かった。この場所で本当に、良かった。

自分はここで、師匠と二人、ずっと土と向かい合って生きていきたい。

駆の中で、自分と高義と陶芸、それら三つが固く固く結び合った瞬間だった。

「あんたそれ間違ってるで。『トライアンドエラー』やのうて『トライアルアンドエラー』が正解」

あかりの呆れた声に、駆ははっと我に返った。何度かまばたきして見直すと、再度茶碗らしきものをつくっている充の横で、あかりが腕を組んでいる。

「さすが。教師やってたってほんまやねんなぁ」

何故か嬉しそうに言いながら、充はまたあっという間につくりあげた器を見つめた。先刻より更にずいぶんといびつな、けれど指のあたりそうな部分はつるっとなめらかなラインを持つ、「触れてみたい」という気持ちにさせられる碗だ。

ああ、この人は本当に……師匠の、息子なんだ。手つきや癖や動きのように表に見えるものだけじゃない。骨の髄まで、こころの芯まで……この人は、師匠の息子なんだ。

そこにしっかりと太くよられた綱のようなつながりを見出《みいだ》して、駆は胃の腑《ふ》から苦いものが上がってくるのを感じた。自分には届かない。単純な技量の話ではない、もっと深く、ひとの根本的な、魂に近いところで二人はしっかりとより合わさっていて……自分はたかが三年前によそからやってきた、飛び込みの他人だ。

苦さは喉の中をはいずり上がって、奥歯から舌の上を満たした。どこかに吐き捨てたかったけれど、そんなことはできずにじっとこらえる。

母親の彼氏の中には、母といちゃつきたい時に駆がいるのを嫌がるタイプが何人かいた。夜中でも外に出ているよう言われ、アパートを出て振り向くと、窓から母親の笑い声が聞こえる。あの時の何とも言えない、自分だけが明るい場所から押し出されて手も声も届かない遠い場所にいる、そんな感覚と今のそれとはとてもよく似ていた。

苦さを噛み締めていると、ふいに隣で弥生が小さな声をあげる。

「あれっ？　あれ、なんか……あっ、鳴ってない、電話？　母屋の」

一瞬すべてを忘れて、駆ははっと耳をすませた。確かに聞こえる。

急いで工房を飛び出すと、駆は母屋に走った。居間の隅に置かれた電話の受話器を上げ「もしもし」と言うと、『おう、駆か』と高義の声がして全身が固まる。どうしていいのか判らず息を止めていると、高義は勝手に話し始めた。

『今日な、坂田《さかた》さん用事あって、飲み会なくなってな。帰るし、夕飯頼めるか。……あ、面倒やったら何か買って帰るぞ。何が食べたい』

駆の背骨がぎくりときしんだ。返事ができずにいると、高義の声が不審そうに曇る。

『どうした。なんかあったか』

「あっ、ううん、あの……あの、今日、あかり先生が来てて」

『へえ？　あかりちゃんが？　むっちゃ久しぶりちゃうか……へえ、それで？』

「あの、弥生さん、呼んで……一緒に夕飯食べよう、って、だから今から、買い物行こうと思ってて」

『ああ、そなんか。ほなら買い物して帰るわ。歩きやからちょっと時間かかるけどええよな？　ちょっと待ってや、メモするし、何を買うていったらええか言うてくれ』

駆は心ここにあらずなまま、口任せに適当な食材をいくつか高義に伝えた。電話を切ると大きく深呼吸して、いつの間にか後ろにいたあかりを見る。

「師匠、飲み会なくなったから、帰ってくるって……買い物頼んだから、多分あと四十分くらいはかかると思うんですけど」

「――えっ！」とあかりはすぐさま、家を飛び出していった。駆が後を追って外に出ると、すぐに工房から三人が一緒に走り出てくるのが見える。

「イヤまずいて。いきなりはまずいて、やっぱり」

ざかざかと歩きながら、充は大きく手を振って言った。

「なんなん充、今更逃げる気？」

「ちゃうって。ちゃうよ。さすがにもう、それは……せんよ」

弥生の大きな瞳がぱっと曇るのを見て、充はもう一度手を振る。

「けど、いきなりは無理や。ちょっと作戦会議させてえや。連絡先渡しとくし、まずトシ伯父さんと話さして。それでちょっと……どう話もってくか、考えるから」

充はジーパンの後ろポケットから携帯を取り出し、弥生に示した。弥生の目が明るく輝き、自分のそれを取り出すと連絡先を交換しあう。

「ホテルの場所どこ？　部屋番号も教えや」

唇をとがらせてびしびしと尋ねるあかりに、充は苦笑いする。

「連絡する。……大丈夫、もう逃げんから」

傍らに立つ弥生に、充はふっと優しく微笑みかけた。門に歩き出しかけて、急にくるっと振り返る。何だ、と駆が思っていると、充はまっすぐ、駆に向かって歩いてきた。

「親父の……家のこと、いろいろ世話かけてごめんな。それから、シロタのことも……ほんまに、ありがとう」

面食らって何も言えない駆に、充は深々と頭を下げた。

「多分、ごたごたさすわ。ほんま、申し訳ない。……でももう、逃げんのはやめた」

ぱっと顔を上げると、歯を覗かせて笑う。

「あのレモンの茶碗、むちゃくちゃいいわ。気に入った。……じゃ、また」

駆が何か言葉を返すのも待たずに、充はさっと手を振り大股で門を出ていった。


とりあえず最初の予定通りバイクを置いてまた来るから、とあかりは帰っていった。高義の帰りを待つ間、弥生はぽつぽつ、昔のことについて駆に話してくれる。

かつての高義、更にその先代はまさに、「昭和の昔気質《むかしかたぎ》の頑固職人」だった。仕事は見て盗め、まず数年は黙って下働きだ、怒鳴られて辞める程度なら素質がない。

そんな中でも職人達が働き続けたのは確かに時代もあったが、まず先代と高義が腕も稼ぎも良かったことと、高義の妻・正江の存在が大きかった。彼女は持ち前のバランス感覚で、気難しい高義達と職人の間をとりもっていた。毎日どっさり美味しい食事をふるまい、職人本人だけでなく家族の誕生日や記念日まで覚えていて盛大に祝ったり、高義が頑固なのは陶芸に対する強い思いからで根は愛情深い人なんだ、ということをふとした態度や会話の中からすくい上げて彼等に伝えたり、と。

その一方では、職人達が高義の腕をどれだけ信頼しているか、親方として頼りにしているかをさりげなく高義に伝えて、ひとりひとりがこの工房にとって大事な財産なんだ、と双方に肌で感じさせていた。高義が正江を、ぶっきらぼうながらも大事にしているのが傍から見ていて伝わるところも、職人達の高義への信用を高めていた。

だが早すぎる正江の死ですべてが変わった。

正江の死は突然だった。進行の速い質《たち》の悪いガンで、発見時にはもう手遅れだった。

当時工房にいた職人は、高義と充を含めると七人だった。高三だった充が一番若く、高義は五十代半ばで、雇われ職人達は上は六十代、下は三十代後半だ。

高義は正江が死んだその日の夕方から、もう工房に復帰していた。そして仕事に戻らない職人達を怒鳴りつけた。勿論、死んだ正江の息子である充にもだ。

だが「あれは辛さの裏返しだろう」と職人達は判っていた。高義が正江の存在をどれほど必要とし大事にしていたか、それは彼等の目にも伝わっていたからだ。

しかし日に日に、高義と職人達の間に溝ができ始めた。

それは当時まだ中学生だった弥生にもはっきりと判った。高義がキレて怒鳴っても、職人側には「あんなん言うのも、あのひとがあんたの腕に期待してるからよ、家ではよう褒めてんねやで」ととびきりのおかずを持たせ、高義側には「あんな言い方したら伝わるもんも伝わらんでしょう、明日ちゃんと教え直してあげなさいよ」とたしなめる正江はもういない。昔に比べ仕事が減って給料も目減りした上、正江がいた頃にはタダでふるまわれていた食事や仕事着の洗濯がなくなったことも関係の悪化を手伝った。

正江の死から半年後、最初に辞めたのは最年長の六十代半ばの職人だった。先代の頃から長く働いていた彼は高義の癇性《かんしょう》にも理解があって、正江と同じように高義と他の職人との間をとりもつことが多かったので、いなくなった後はますます工房がギスギスとした。それからわずか五ヶ月で、残り四人の内の三人が辞めた。

正江の死から二年が経って、最後に残ったのは三十代後半の、充を除いて一番の若手の男性だった。当時二十歳の充は彼と同じ大学の二回生で、子供の頃からかわいがってくれた彼を兄のように慕っていた。若い彼が最後まで残ったのは、高義の腕を心底尊敬していたのと、充のことがかわいく不憫でもあったからだと思う、と弥生は話した。

その頃、大口の取引先が数件続けて引き上げてしまい、高義の不機嫌さは日々加速していた。取引先が手を引く理由は、不景気だけではない。高義が相手方とモメてしまうせいで、正江が亡くなってからずっと、商売の規模は小さくなる一方だった。

「このままじゃダメですよ」

そう自分は親方に言ったんだ、とすべて終わった後で俊正の事務所に訪ねてきた彼は語った。取引先の多くはその商品を扱うのをやめた訳じゃない、よそに取引を移しただけなのだ。それは価格面も含め、向こうの意向を汲《く》もうとしないこちらにも原因がある。もう少し譲歩や話し合いをして、互いが納得できるいい関係を保たなければ。

「充くんもその場にいましたが、クビを覚悟で言いました。充くんには申し訳ないけど、でもこのまま岩渕の窯が先細るのは、あの子の未来を塞ぐことにもなるから」

諫言《かんげん》を聞いた高義は、予想通り激怒した。

ウチがつくるのはそんな安手の品じゃない、くだらん注文をいちいち聞いていたらキリがない、半人前の癖によくそんな口がきけたものだ、と高義は顔を真っ赤にして激しく彼を罵倒した。そして、傍らにあった道具立てに使っていたガラスのカップをぱっとつかんで、振り返りざま投げつけた。カップはぽす、と軽い音を立てて彼の胸に当たり、ぽとりと落ちたが割れずに床を転がる。

「――親父！」

隣の作業台で心配そうに二人を見守っていた充が、顔色を変えて立ち上がった。

たちまち二人は激しい言い争いになった。それはぶつかりあう激流のようで、彼には口をはさむ余地さえなかった。彼自身も興奮していて内容の詳細は覚えていなかったが、最後には高義も立ち上がり、二人が互いの胸ぐらをつかみあった。「お前なんか親じゃない」「こっちこそお前を息子とは思わない」「出ていけ」「出ていく」と怒鳴りあうと、充は身につけていたエプロンを投げ捨てて工房を飛び出していってしまった。

彼は追いかけようとしてはっと気づいて足を止め、高義の前に立った。

「辞めます。長い間お世話になりました」

そう言って深くおじぎをしたが、高義は彼を見もせずに作業台に座って、無言でろくろを回し始めた。砂を噛むような思いで彼はもう一度深々と頭を下げ、十数年間働いた職場を後にした。

工房から出たのと同時に、門扉の音が聞こえた。はっとして駆け寄り、「充くん！」と声をかけたが、充は振り返らずに坂を駆けおりて角を曲がって姿を消した。

「親方は口はきついですけど、手をあげたり、暴力をふるったことは一度もなかった。それが……僕も衝撃でしたけど、充くんにはもっともっと……心底、ショックだったんでしょう。でもその時は、親子喧嘩の末の、ただの一時の家出だと思ってたんです」

いかにも申し訳なさそうに肩をすくめて、彼は俊正と弥生に頭を下げた。彼の話通りなら、その時既に、充が姿を消して十日が経っていた。

タイミングが悪いことに、充が消えたのはお盆の直前だった。弥生の母方の祖父の新盆で、俊正達は早めに田舎に帰省していた。当時高一だった弥生が使っていたのはまだＰＨＳで、田舎では電波も入らなかったので充とは連絡をとっていなかったのだ。

戻ってきて初めて、二人は充が消えたことを知った。充の部屋は完全に空っぽで、充の食器も、充がつくった陶器もすべてが割られ、携帯は契約を切られていた。最後に残っていた職人の姿も見えないことに気がつき、連絡をとって初めて、二人はその日、何があったのかを知ったのだ。血相を変えて問い詰めたが、高義は「自分から出ていった、もう二度とウチの敷居をまたがせる気はない」とだけ答えて後は完黙した。

更にそれから半年以上後になって判ったことだったが、高義は充の大学に後期の学費を振り込んでいなかった。大学からの連絡にも「本人にもう大学に行く気がないから払わない」と伝えていた為、学費未納で除籍扱いとなっていた。

「それで、七年帰ってこんかってんから……叔父ちゃんのこと言えた義理じゃない、ミツくんだって充分、頑固よねえ。似たもの親子やわ、ほんま」

ちらりと歯を覗かせて笑った弥生の瞳はしっとりと濡れていて、駆はまた胸が甘さと苦さでぎゅうっと詰まるのを感じた。抱きしめたい、という強い思いと、けれどそうしたい相手のこころには他の男のことしかない、という事実が胸を灼《や》く。

「ちょっとお父さんに電話してくる。説明して……これからのこと、相談してみるわ」

そう言って居間を出ていく背中を見送って、駆は小さくため息をついた。ゆっくり立ち上がって急須と湯呑みを洗って、水切りカゴの中の自分達の食器にはっとひらめく。しまった、工房のあの器、多分そのままだ。

急いで母屋を飛び出すと、駆は工房に走り込んだ。引き戸が開いたままの工房はひどくがらんとして見え、次の瞬間、駆はそう感じた自分に鈍い衝撃を受ける。

ほんの一瞬。充が工房にいたのはほんのわずかな時間で、それなのにあの大きくていきいきとした存在は、この場を完全に支配していた。高義と二人、あるいは今日のように高義がいなければ駆ひとりで使うこの場所、それを「がらんとしている」なんて感じたことは今まで一度だってなかったのだ。それなのに。

駆は鼻から大きく息を吸って音を立てて吐き切ると、大股に机に歩み寄る。板の上に残されたままの充のつくった碗に手を伸ばそうとして、手がきゅっと止まった。そのまま指だけが、無意味に宙を空回りする。

——できない。

これもつぶして元に戻さないと、そう頭で判っているのに何故かできなかった。抹茶碗に似た、けれどずいぶんいびつなかたちの、自由さに満ちあふれたその姿。

駆はもう一度深く呼吸すると、使われなかった土だけを元のバケツに戻し、平らにならしてつかみとった跡を消した。充の器を小ぶりの木の板に移して二階に上がる。最近、高義は腰の調子があまり良くなく、二階へは殆ど上がらなくなっていたのだ。

それでも用心して、部屋の奥、使わなくなった道具や本が積まれた辺りに板を隠した。どうしてつぶせないのか、そんな問いがちらっと浮かぶのを強く頭を振ってかき消す。

下におりてふと時計を見ると、高義から電話があってから既に一時間以上が過ぎていた。戻る前に隠せて良かった、と思いながらも、どうしてこんなに遅いんだろう、と不思議に思う。まさかと思うが、充と帰りがけに鉢合わせでもしてしまったのか。

不安な思いで工房を出ると、まさにちょうど、買い物袋をさげた高義が門から入ってきた。あっ、と思う間もなく、向こうも駆の姿に「あっ」と声をあげる。

「駆……お前、大丈夫か」

何を聞かれているのか全然判らずきょとんとすると、高義は気が抜けたような顔つきになって笑った。その笑顔に、どうしてか駆の胸がぎゅうっと痛む。

「下の、加藤《かとう》さんとこ、隣が空き家になってるやろ。あそこ、スズメバチが出てな」

思いもよらない話に駆の目が丸くなった、高義の家から数十メートルくらい坂を下ったところにあるその家は、もう何十年も前から空き家で壁や屋根もぼろぼろだ。

「先刻、帰ってくる途中で加藤さんに捕まってな。頼むから見てくれ、言われて見たら、空き家ん中に、まあでっかい巣ができとって。もう黒雲みたいにハチがぶんぶんうなってんねや。まあでもウチの辺には見当たらんなあ、良かった」

ふう、と肩から力を抜いて笑いかける高義に、駆はまた胸の痛みを覚えた。

「ああ、そんでな……ウチも昔、軒下に巣つくられたんやわ。そん時はスズメバチ専用、てごっつい殺虫剤使って追い払ったんやけど、また来たらかなわんと思って何本か余計に買うてあってな。加藤さんそれ覚えたはって、使わしてほしい言わはって」

高義は言いながら、駆の背後に向かって軽く買い物袋をかかげてみせた。えっ、と駆が振り返ると、怪訝そうな顔をした弥生が玄関から出てくるところだ。

「ただ、もうどこに置いたか……わし倉庫見てみるさかい、駆、母屋の台所の床下収納と、二階のわしの部屋の押し入れの段ボール、見てみてくれるか」

近づいてきた弥生に買い物袋を渡すと、高義は返事を待たずに倉庫の方へ歩いていった。きょとんとしている弥生に今の話を説明しながら、駆は弥生と家の中に戻る。

床下収納には殺虫剤自体がなく、駆は二階に上がった。押し入れを開けると上の段に冬布団があって、下には衣装ケースや段ボール箱がいくつか入っている。手前のものから順に覗いてみたが、それらしきものはない。体を殆ど突っ込むようにして奥にあった段ボール箱を二つ三つ引っ張り出すと、駆はそのひとつを開いた。

中には観光地のパンフレットやペナントのような雑多な土産物がごちゃごちゃ詰められていた。ここにはないだろうな、と思いつつも、念の為ひとつひとつ取り出して底まで見てみると、一番下に、赤い表紙のぶ厚いアルバムがある。

生まれて初めてアルバムを見た駆には、その正体が判らなかった。なんだかやけに厚くて大きい本だ、なんだろうこれは、と膝の上に乗せてぺらりと開く。

そこにあったのは、おそらく中学に入学した時の弥生の写真だった。紺地に襟と袖口にくっきり白いラインの入ったセーラー服を着て、俊正と並んで中学の門の前に立っている。制服姿で高義と正江と一緒に撮られたものや、家の庭でシロタを抱きしめて弾けるような笑顔を浮かべた写真もある。

だが規則的に並べられた写真の間に、何故か一枚分の隙間があった。

思わず先をめくっていくと、どうやら一番最後のページから見始めてしまったようだ、と気がついた。小学校を卒業した弥生や、職人達が工房で喋《しゃべ》っている写真、拾われてきたばかりのシロタの写真もあって、だんだん時間が遡っていくのが判る。

そしてその大半のページに、最初に見たのと同じ、不規則な空間があった。

……息子の写真がない。

何ページか見ていく内に、駆はそれに気づいた。

写真すら捨ててしまったんだ。

たぶん、と奇妙な安堵感が胸の中に沼のようにたまった。時が遡るにつれ不自然なスペースは増え、写真の中の弥生はどんどん幼くなり、母親らしき女性と共に写り、ついには赤ん坊になった。その辺りではもうかなりの写真がはがされていて、幼い充がよほど赤ちゃんと一緒に写りたがったのだろう、と駆は想像する。

そこからは一ページに一、二枚、仕事関係らしき人や町内のお祭りらしき写真があるくらいで、ページを繰る手もどんどん速くなり——その動きが、ぴたりと止まる。

最初のページだ。

そこには一枚しか写真がなかった。それまでの写真より、四倍くらいの大きさがある。

だが何が写っているのか判らない。

初めはただの白い紙だ、と思った。大きかったこともあって、それが写真だとは最初認識できなかったのだ。でも違う、と次の瞬間気づく。

白い紙の端に黒いペンで、日付と共に「充　誕生」の文字があったからだ。

駆は呼吸が浅くなるのを感じながら、ページの端にそっと指をかけた。爪で透明なフィルムをひっかけると、つまんでめくり上げる。

ピーっ、とかすかな音をたててフィルムをめくると、伏せられた写真をそっと引っ張った。表面は台紙ののりに少しくっついていて、軽い抵抗を感じる。

ぱり、と乾いた音を立てて写真がはがれた。

そこに現れた、満面の笑みを浮かべた赤子の顔に、駆はたじろいだ。膝からすとん、とアルバムが斜めにずり落ちる。

写真には他の人の姿はなく、赤ん坊の顔だけが大写しになっていた。小さな拳が顔の横で握られ、にっかりと三日月のように笑みを浮かべた瞳が、黒くきらりと光っている。駆は息をついて、その目を見返した。指先が無意識に細かく震える。笑顔の上に、ぽつり、と雫が落ち、駆は我に返った。

……捨てなかったんだ。

腕で涙をぬぐい、熱いものを触るかのようにせわしなく写真を元に戻すと、駆はアルバムを箱の底に放り込んだ。取り出した雑貨を、埋めるようにどんどん載せていく。

捨てられなかったんだ。

また目の奥がじわりと熱くなって、駆はまばたいた。

日用品の何もかも、この家に存在していた記憶のよすがのすべて、体からもこころからも引きはがして捨ててしまった、消し去った、それなのに……あの一枚だけは、裏返すことしかできなかった、捨てることができなかったんだ。

そこに高義の充に対する雷のような苛烈さに似た愛情を感じて、駆の胸はうずいた。

——羨ましい。

その言葉は地面から激しく噴出する熱い蒸気のように駆の体内にほとばしった。その勢いがあまりに強く、駆は思わず、胸を抱え込むようにして背中を丸める。

なんなんだ。なんなんだ、あの人……あの、息子。

こんなにも強烈に愛されている。なのにそんなこと知らん顔で、家を捨て親を捨て弥生を捨てて、ここを出ていった。なら出てったきり戻ってこなきゃいいのに、あんなのんきな様子でしれっと舞い戻ってきた。

駆は弥生が話した二人の諍《いさか》いの様子を思い返した。今も作業台にいくつも置かれているガラスのカップ、あれはもともと、プリンが入っていたものだ。丈夫だけれど、大きさは片手ですっぽり持てる。

たかがあんなカップひとつで。

胸を押さえながら、駆ははあっ、と熱い息を吐いた。

あんなもの、軽く胸に投げられたくらい何だと言うんだ。たかがそんなことで「暴力」だなんて莫迦げてる。たったそれだけで言い合って家を飛び出すなんて。

「暴力」というのはそんなもんじゃない。

駆の体中の骨が、今は遠くなったかつての痛みをきしきしと鳴らした。

なんで自分じゃなかったんだろう。自分ならたかがそんなことで、ここを、あのひとを捨てて出ていったりはしなかった。絶対に絶対にしなかった。片時も傍を離れなかった。

それなのに。

くうっ、と喉の奥から小さな泣き声がもれるのを必死に抑え込んで、駆は肩で大きく息をついた。また腕でぐい、と涙をぬぐって、ふう、とどうにか上半身を起こす。

すん、と鼻をすすった瞬間、外から高義の怒号が聞こえた。

「──弥生！　弥生、なんやこれは！」

駆の全身が、きゅっと固まった。下からせわしなく走り出す弥生の足音が聞こえる。

「どういうことや！　説明せい！」

今まで聞いた中で一番激しい高義の声に、駆は膝が震えてくるのを感じながら一度深呼吸した。何とかして体を動かそうとするが、全身がかちかちにこわばっている。

「あいつか……あいつが来たんか！　ここに！」

はっ、と駆は息を呑んだ。全身の硬直が解け、身を翻して部屋を飛び出す。一気に階段を駆けおりて靴もはかずに外に出ると、弥生が口元を押さえて立ちすくんでいた。

弥生の背中越しに、庭に立った高義が見える。

その手には、充のつくった器を載せた板があった。

ひゅっ、と駆の喉が鳴った。高義の目に駆の姿が写っているのかどうなのか、その顔色は赤黒く、カンカンに怒っているのがはっきり見てとれる。

殺虫剤、きっと倉庫にはなかったんだ。それで工房の二階を探しに行ったんだ。あそこは今は半分、物置みたいになっているから。駆はぐっと、両の手を握った。

「いつからじゃ！　いつ戻ってきた！　ずっと……ずっと、わしの知らん間にしれっと出入りしとったんか！」

「違う！　叔父ちゃん、違うってば！」

弥生はぎゅっと自分の胸元を押さえて、吐き出すように叫びながら首を振った。

……判るんだ。

その光景を、何故か自分だけ遠く、テレビの映像を見ているかのように感じながら、駆は唇を噛んだ。

たったひとつの茶碗。それを見ただけで……他の誰かがつくったんじゃない、息子がつくったものだと……七年経った今でも、ひと目で判るんだ。

「――お願い！　お願い……ねえ、叔父ちゃん、お願いやから！」

弥生は涙が飛び散るのをぬぐおうともせず、背中を折って高義に懇願する。

「わたし見たいの。もう一度見たい。工房で、叔父ちゃんとミツくんが並んで座って、ろくろの音して、魔法みたいにどんどんどんどん、新しい器ができあがってって……世界で一番好きな眺めやった、あれがわたし、もう一回見たいの！」

弥生の悲痛な叫びに、高義は唇を引き締め、何かに押されたように額をそらした。

「ミツくんだけがいたって嫌なの。叔父ちゃんだけではさみしいの。ミツくんと叔父ちゃん、二人が一緒で、二人の器が窯から出てきて、ピチピチ音して……きらきら輝いて宝石よりもずっとずっと綺麗かった、わたしあれがもう一度見たいの！」

ぴくぴくと頰をひきつらせながらも、高義は固く唇を結んで無言で立っていた。その目がきゅっと動いて、弥生の後ろに立ち尽くしている駆を見やる。そのまなざしに、駆は心臓が上から針で釣り上げられるような感覚を覚えた。

「……いらん」

殆ど唇を動かさずに高義が呟く。

「あれはもうわしの息子やない」

「叔父ちゃん、待って……！」

板を持ったまま背を向け、工房に戻っていく高義を、弥生は慌てて追いかけていく。

その背を呆然と見送りながら、駆は火傷しそうに熱い蒸気と、キシキシと冷えたドライアイスの煙とが陰陽《いんよう》マークのようにぐるぐると胸の中をめぐりだすのを感じた。


夕食会は中止となり、それから数日がすぎた。

結局あの日から、充は一度も顔を見せていない。

弥生はそれでも、前と同じようにほぼ毎日やってきてはいたが、その姿を見ると高義はふいと姿を消した。母屋に来れば工房に、工房にくれば母屋に、夜にやってくるといつの間にか外に出ていて、酒を飲んで遅くに帰ってくる始末だ。俊正が一度話をしに行ったが、とりつくしまもなかったと言っていた。

弥生の話では、充は一度砥部に戻って、世話になった窯元に挨拶をして引き払ってくるそうだ。こちらではひとまず、京都駅の近くのウイークリーマンションを借りることにしたらしい。

高義は駆にも、先日のことについて何も言わない。前と同じように淡々と日々の仕事をこなしているが、口数はめっきり減った。

それから十日が経った。

第三章

その日、買い物にでかけた京都駅近くのショッピングモールで、駆はトイレに携帯の入ったカバンを置き忘れた。セールの買い物で大量にレジ袋を抱えていたせいで、ついカバンも一緒に持っているつもりになってしまったのだ。

帰る途中で気がつき急いで引き返すと、カバンは無事に案内所に届けられていた。一応、財布の中身と携帯を確認すると、弥生から大量に不在着信が入っている。

高義はもともと携帯を持っていなかった。だが駆が家にやってきた時、弥生が駆にも高義にも携帯を持つよう命じたのだ。これからはここで二人、家族として暮らすのだから、万一の時に互いに連絡が取れなかったら困るでしょう、と。

高義は何か思うところがあったのか、すぐに「判った」とうなずいたので、駆も携帯を持つことにした。が、結局殆ど使っていない。高義も操作を覚えられず、先日のように駆に電話をする時も、公衆電話や出先の相手の電話を借りて、駆の携帯あてではなく家の固定電話にかけてくる有様だ。だからそんな画面を見るのは本当に初めてで、駆は狐《きつね》につままれたような気持ちで弥生の携帯にかけ直した。

『あっ、駆くん？　良かった、つながった……ごめん、よう考えたらメールかメッセしたら良かった。もう、ちょっと焦ってしもて』

「こっちこそごめん、携帯お店に置き忘れちゃって、取りに戻ってた」

『ええ、そうなん？　なくならんで良かったねぇ……あのね、実はね、叔父ちゃんがぎっくり腰にならはって』

「ええっ？」と駆の声が大きくひっくり返った。

高義が腰を痛めたのは工房の外の土を中へと運ぶ途中だったそうだ。その場で倒れてしまったが、手元に携帯はなく、道からも死角になる位置だった為に通行人にも気づいてもらえず、弥生がやってくるまで一時間近くその場で動けずにいたらしい。

仰天した弥生は救急車を呼ぼうとしたが、高義はそれを止めた。「そんな大げさな、みっともない」「今日はとりあえず家で寝て様子をみる」と。

だが弥生ひとりでは高義を家に運ぶのは無理だった。俊正は税理士仲間の会合にでかけていて留守だったので、駆に電話をかけたが何回鳴らしても出る気配がない。

『……そやし、呼んだんよ。ミツくん』

「えっ!?」

『だってしょうがなくない？　わたしひとりじゃよう運ばんもん。肩貸そうとしただけで叔父ちゃんむちゃくちゃ痛がるし、担ぐなんて絶対無理やし。ご近所さんに見られんのも救急車呼んで目立つんも嫌でしょ、言うたら黙ってしまったわ。叔父ちゃん見栄《みえ》っ張《ぱ》りなんよ。弱ってるところ、知り合いに見られるのが嫌いなん。困ったひとやわ』

「まあそうだけど、でも……でも、師匠、許したの？」

いたずらっぽい口調に駆はめまいがした。恐る恐る聞くと、弥生はからからと笑う。

『そら怒鳴られたよう。けど怒鳴るのも痛いみたいで、すぐ黙ってしもて。そやし言い返したったん、「ミツくん息子やないんでしょ、ほな他人でしょ、通りすがりの他人さんに助けてもらうのと何が違うん？」って』

弥生の明るい声を聞きながら、駆は絶句した。激怒している最中の高義にこんな口がきけるのは彼女しかいない。おそらくその昔、高義の妻がそうであったように。

電話を切ると、駆は全力で自転車をこいで家に帰った。門を開けて庭に入ると、母屋の玄関の前に弥生が立っていて、駆に気づいて小さく手を振ってくる。

「おかえり。……中、今、二人なん。放っておいてる」

駆からレジ袋のひとつを受け取って、弥生は目線でちらっと家の方を見た。

「大丈夫なの……？」

「だから今、怒鳴れんのよ叔父ちゃん。腰に響くみたいで」

くすっ、と笑って言うと、弥生は先に立って家に入った。残りの荷物を持って後に続くと、弥生の「あれ?」という声が聞こえる。急いで覗くと、充が仏頂面でダイニングキッチンのテーブルの椅子に座り、頰杖《ほおづえ》をついていた。

「出てけ、てさ」

短く言って立ち上がると、充は弥生と駆の手からレジ袋をとった。

「その一言以外、何も言いよらん。運んだったのに、礼もなしや」

中身を出して食品を冷蔵庫に入れながら、充は肩をすくめた。

「腹立つやろ? そやし……置いてきたった。がっつり」

きょとんと「何を?」と尋ねる弥生に、充は軽く仏間の方に顎をしゃくってみせる。

駆はたまらず前に出て仏間へ急いだ。ふすまをからりと開けて、息が止まる。

部屋の真ん中にしかれた、高義が横になっている布団のまわりに虹がかかっている。

いや、違う、と駆は大きくまばたきして改めて部屋を見た。

布団のまわりには、びっしりと色とりどりの陶器が置かれていた。食器もあれば花瓶らしきものや香炉のようなものもある。

駆の後ろで、弥生の「うわぁ……」というとりした声が聞こえた。

「スーツケースに詰められるだけ詰めてきたったわ。……俺の、七年分や」

足の踏み場もなく置かれた陶器の数々を、駆は言葉もなく見つめた。どれもが鮮やかに光って、のびのびと曲線の多いフォルムがたまらなく自由だ。手にとってみたい、使いたい、自然にそんな思いが湧いて駆は下唇を噛んだ。

「叔父ちゃん、綺麗ねえ」

弥生が涙まじりの声をかけたが、背を向けて寝ている高義は身じろぎもしない。

「具合どう？　お夕飯、つくるから。これ使うね」

弥生はひょい、といくつかのお皿やボウルを選んで拾い上げ、台所へと消えた。

「……駆か」

と、布団越しにしゃがれた声がして、駆は飛び上がった。

「あ、あ、うん、ごめんなさい」

「おかえり」

何も考えず反射的に謝ったところに、ごく普通の挨拶をされて駆は一瞬口をつぐんだ。後ろで充が、小さく息を吸い込むのが聞こえる。

「……ただいま」

その息の音を聞きながら、また反射的に駆はそう口にしていた。そのやりとりを充に聞かせたい、そんな気持ちが急激に巻き起こったのだ。

「片づけてくれ。持って帰ってもらってくれるか」

向こうを向いたままの高義の言葉に、駆は思わず後ろを振り返った。充がちらりとこちらを見て、小さくうなずく。

「……うん、判った」

駆は答えて、畳に膝をつくと陶器を集め始めた。隣で充も、同様に片づけ始める。

高さが二十数センチはある、ぼってりとした椎《しい》の実のような壺《つぼ》を手にとり、駆は内心うなった。頂点の、木の実ならとがった側のところが小さな蓋になっている。実用性は正直よく判らないが、何とも言えないあたたかみがあって目にも手にも心地いい。

「それ好き？」

すると隣から小さく声がかかって、駆ははっとそちらを見た。皿を片づけながら、充が目を細くして笑いかけてくる。

「あげるわ。部屋に置いて」

駆が咄嗟に答えられずにいると、布団の方から「全部持ち帰らせえ」と高義の声がした。息を飲み込み、無言で首を横に振って突き返すと、充は苦笑いをして受け取る。

大きなスーツケース二つにすべての器をみっちり詰め込み、部屋がすっかり片づくと、高義がもぞもぞと起き上がろうとしてうめき声をあげた。駆がびっくりして駆け寄ると、「手洗いに……手伝ってくれるか」と言われて急いで肩を貸す。が、立ち上がらせようとすると高義が痛みに声をあげ、どうすることもできずに途方に暮れた。

「代わるわ」

ぽん、と後ろから駆の肩を叩いて、充がしゃがみ込んだ。ふい、と無言で顔をそむける高義を無視して、腋《わき》と膝下に手をさしこむと軽々と抱き上げる。

そのまま去っていく二人を見送って、駆はため息をついた。敷布団からずり落ちた枕を戻そうと手にとって、指先に感じた感触に手が止まった。——濡れている。

枕の端、ちょうど高義の顔の上半分にあたる布地が、じっとりと湿っていた。

……泣いて、いたんだ。

ずん、と重たい衝撃が駆の胸に落ちた。

息子のつくったきらきらとした陶器に囲まれ、こっそりと泣いていたんだ。

駆は胸がつぶされるような思いを抱えて、とぼとぼと台所へ戻った。何も知らない弥生は、ひどく嬉しそうに駆にあれこれと食事の下ごしらえの手伝いを頼む。

やがてできあがった夕飯に、駆は目を見張った。手羽元と大根とゆで卵を甘酸っぱく煮た煮物、茄子の揚げ浸し、じゃがいもと玉ねぎの味噌汁《みそしる》、柿とほうれん草の白和《しらあ》え。どれもがよりすぐりの、高義の好物ばかりだ。

弥生はおかずを充と高義の器を混ぜて盛った。メインの煮物は、端が驚く程薄くつくられた、白地に薄青い線が放射状に入った充の大皿。茄子は薄めの抹茶色をしたぽってりした高義の煮物碗に。他のものも似た色合いの食器でまとめて、駆の目にもはっとする程はんなりとまとまった、雑誌にでも載せられそうな綺麗な食卓が仕上がった。

「叔父ちゃん、ご飯できたよ」

弥生が寝ている高義に声をかけると、すぐに「いらん」と声が飛んできた。彼女は肩をすくめて充にちらっと目を向け、目線で仏間を示す。充は少し不本意そうにしながらも、しぶしぶ仏間に行って高義の布団をはいだ。

「なんや、触るな」と文句を言う高義を無視して、ひょいと抱き上げる。その間に弥生は高義の椅子を引いて、連携プレイでさっと座らせてしまった。食卓の料理に気づいて、ごくり、と高義の喉が動いたのを駆は見てとる。

「食べるよね、叔父ちゃん」

嬉しそうに言い切って、弥生は答えも聞かずにどんどん料理を取り皿に載せた。高義の前にずらりと並べると、自分もいつもの椅子について「いただきます」と手を合わせる。駆は高義の機嫌をうかがいながら、その隣に座った。充が弥生の横、いつもなら俊正が使う椅子に腰かけようとすると、「勝手に使うな」と高義の声が飛ぶ。

充は鼻白んだ表情を浮かべ、落としかけた腰をまた戻した。立ち去ろうとする、その手を弥生が「座って」とぐっと押さえる。

「弥生……！」

怒鳴り声は出せないものの、顔を赤黒くする高義を、弥生は黒目を光らせて見返した。

「わたし、助けてもらったの。通りすがりのこの人に。そやしこれはお礼。わたし、叔母ちゃんにも叔父ちゃんにもお父さんにも、人にお礼もできんような人間に育てられた覚えはないん」

泣く寸前のように震えた、けれどきっぱりとした口調で言われて、さすがの高義も黙ってしまった。弥生はもう一度手を合わせて「いただきます」と言うと、食器を手にとって食べ始める。

駆は緊張しながらも自分も「いただきます」とおかずを皿にとった。気を張り詰めすぎて食欲も感じていなかったのに、ひと口食べた瞬間、「美味しい！」と思わず声が出てしまう。弥生は普段から料理上手だが、今日は本当に絶品の味だ。

目尻の涙をさっと指先でぬぐって、弥生が「ありがと」とにっこりと笑った。


結局その後、高義は不承不承ながらも夕食を全部平らげた。

高義を布団に戻して、充はダイニングキッチンで今夜の相談をする。

「夜、トイレ行きたなった時とか困るよなあ……やっぱりおった方がええんかな」

「そりゃ、いてくれた方が有難《ありがた》いけど……」

お茶を出しながら、困った顔で弥生は首を傾げた。そんな二人に、駆はああ、自分がもっと体格が良くて腕力があったら、とつくづく無念に思う。

「ほな、泊まるわ。なんかあったら駆くんにも申し訳ないしな」

ぱっと目を向けられ、駆は思わず顔を伏せた。充の言い方が、「部外者」の駆には迷惑かけられないから、という意味を含んで聞こえて、どうにも苦々しい気持ちになる。

「でも、どうしょう……週末、陶器市やのに」

カレンダーを見ながら、弥生はますます困った様子で眉を寄せた。そういえばそうだ、あと四日しかない、と駆もはっとする。

「叔父ちゃん、どうやろ、それまでに治ってくれるかなぁ……いざとなったら、ミツくん手伝ってくれる？」

「いや、それはさすがにあの親父が許す訳がないわ。まあ、あかんかってもトシ伯父さんと弥生と駆くん、三人おったら充分ちゃう？　どうせ親父がおったかて接客にはいっこも貢献しいひんねんから、おらんくてもそんな大差ないよ」

「言い方」と弥生はきろっと充を睨んで、それでも口元にくすっと笑みを浮かべた。

「まあねえ、それはそやけど……でもやっぱり、いてくれた方が心強いもん」

「……そんなもんかね、あんなんでも」

充が小さく言うと、弥生は大きく首を縦に振る。

「そうよ。わたしずっと見てきてんから。この七年ずっと叔父ちゃんの隣にいたん、わたしよ。今の叔父ちゃんは、ミツくんが知ってる叔父ちゃんとは全然違うから」

力強く言いながらにっこりと笑顔を向けられて、駆はどきんとする。

「それ、あかりも言うとったわ。そんなに……変わったん？」

「うん。……駆くんが来てくれて、ほんまに良かった」

充からも視線を投げられ、駆はあの時のように胸がこそばゆくなる感覚がした。それはソーダ水のようにしゅわっと全身をかけめぐり、駆の口元が勝手にゆるむ。

「駆くんがいてくれんかったら、わたし多分、七年も待てんかった」

けれど、続いた弥生の言葉に、その心地よさが一瞬で消えた。

「毎年毎年、こころが冷たく硬く小さくなってく気がしてて……もうあかんかも、もう保《も》たんかも、て思ってた、だけど……駆くんが、叔父ちゃんの家に来てくれて」

駆の胸の内を知らずに、弥生は微笑みながらも涙を含んだ声で話し続ける。

「それからは……叔父ちゃんがだんだん変わっていって、昔の、ううん、昔とはまた違う、でもミツくんや叔母ちゃんがいた頃の、ほんとに好きだった、楽しかった、あの頃毎日感じてたあったかい感じがどんどん、戻ってきて……ああ、これをミツくんに見せたい、見せなきゃ、こんな素敵な場所になった工房にミツくんもいてほしい、って……それで自分を支えられた、待ち続けられたん」

頬につたった涙を手の甲でぬぐって、弥生は改めてにっこりと微笑んでみせた。

「……悪かったわ」

充はぼそりと言って、テーブルの端に置かれたティッシュの箱をつかんで「ん」と弥生の前に置いた。弥生は「ありがと」と笑ってティッシュを取ると、盛大に鼻をかんでみせ、また笑う。何の言葉も見つからないまま黙っている駆に照れたような笑みを向け、弥生は帰っていった。

充はもとの自分の部屋から客用布団をおろしてきて、高義の寝ている仏間の隣の客間にしいた。間のふすまを開けて、「夜、隣おるからな。入り用やったら呼んでや」と声をかけたが、高義は全く反応しない。ダイニングキッチンに戻った充は、やれやれ、と駆に肩をすくめてみせた。

この相手と二人きりになりたくない、と駆が小さく頭を下げ部屋を出ようとすると、

「駆くん」と充が呼んだ。

「もし良かったら、話聞かせてくれん？」

「……何の、ですか」

かすれた声で聞くと、充はちょっと唇の端を曲げて笑った。冷蔵庫から瓶ビールを取り出すと、食器棚から高義作のタンブラーを勝手に取り出して注ぐ。

「親父の。……この三年、君とどんな風に暮らしてたんかな、あの人」

よいしょ、と椅子に腰をおろしてぐっとビールをあおる充を、駆はじっと見つめた。

「弥生達には、ざっくりとしか聞いとらんのよ。君がお母さんと一緒に暮らしてたんやけど、事故にあって、怪我してるところを親父が見つけて、お母さんがどこ行ったんか

判らんくなったんで親父が引き取ることになった、て」

充の言葉に、駆はああ、と軽い驚きと共に安堵と信頼を感じた。充という「身内」に対してであっても、自分の個人的な事情を弥生達が勝手に話していないことに。

「なんか俺からしたらさ、親父がそんなんする、て想像もできんくて……子供の世話なんか、俺のことも弥生のことも、みんな母さんに任せっきりやったし」

子供、という単語に駆の胸にちくりと針が刺さった。正しいことは判っている。ここにやってきたのは十四歳で、それはまさしく「子供」でしかない。

「俺の知ってる親父は、よくキレて、怒鳴って、いっつも背中向けてろくろの前におって……腕は良かったし、母さんのことは確かに大事にしとったと思う、なんだかんだ仲のええ夫婦やったと思う、けど……『父親』としては箸にも棒にもひっかからん、落第点の人やったわ。先刻、弥生が言うてた……あんなん、想像もつかんのよ」

ぼそりと吐かれて、駆は充と初対面の時に感じたものと同じ反発を覚えた。もし昔と今の高義がそんなにも違うなら、それは二人の相性が致命的に悪いからじゃないのか。そんなに嫌いなら、戻ってきたところでまた決裂するに決まっている。

「息子さんがいたなんて、最初は全然知りませんでした」

思わずぱっと口から出た言葉に、充は「えっ？」ときょとんと駆を見上げる。

「師匠は一度も、そんな話をしたことがなかったので。けど弥生さんが、シロタを拾ってきたのは息子さんだ、て前に教えてくれて……でも今はもういない、て言ってたので、てっきり亡くなったんだと思ってました」

無言で見つめてくる充の目をまっすぐ見返せないまま、駆は言葉を続けた。

「……あれは息子じゃない、って」

充の喉が小さく動く。

「この間、師匠が弥生さんに、そう……あれはもうわしの息子じゃない、って」

高義が充の茶碗を見つけた時の言葉を告げると、充は一瞬きゅっと唇を引き結んだ。その顔に、駆は背筋にぞわりと鳥肌に似た奇妙な快感が駆け上がるのを感じる。

「……成程なぁ……つまりあれか、親父からしたら俺は『息子』として落第点で、もともと存在せんのとおんなじ、てことか」

ビールを飲み干し、前髪をかきあげた充の言葉が思っていたよりずっと強いもので、駆は思わず「そういう意味じゃ」と言いそうになった。それを何とか喉元で止める。

「じゃあ今は、君が親父の『息子』なんやな」

きゅっと目を細めて笑いかける充に、喉にひっかかりを感じながらも駆はどうにか小さくうなずいてみせた。緊張で心臓がズキズキ痛む。

充は口の奥で「そうか」と一言言って立ち上がった。急な動きにどきり、と後じさる駆を気にせず、瓶とタンブラーを持って流しに向かう。

「風呂、先に入らしてもらうわ。……おやすみ」

洗い物をして片手を上げると、充は仏間とは反対側の奥へ消えた。一気に緊張が解けて、駆は思わずテーブルに手をつく。走ってもいないのに、心臓の鼓動が驚く程速い。

今のは嘘だ。

自分は師匠の「息子」なんかじゃない。確かに里親と里子、「親子」という字はつくけれど、それは単なる制度上の名で、師匠がそんな風に自分を見ているとは思えない。

嘘をついてしまった。ここへ来てから、初めてかもしれない。

昔はしょっちゅう嘘をついていた。母親には「嘘つきは悪いことだ」と言われていたが、正直に「新しい彼氏は嫌い」とか「このお菓子はまずい」などと言ってしまうと、殴られたり蹴られたりするのが常だったからだ。だからずっと、「嘘をつく自分は悪い人間なんだ」と怯えながらも、嘘をつかざるをえなかった。

だからここに来て、そんな嘘をつかなくてよくなったことに本当にほっとした。今までの自分は「悪い人間」だったけれど、これからは違う、そう思っていたのに。

——でも師匠は言ってた、「嘘も方便」だ、って。

三年前に、初めて一緒に土を採りに行った日のことを思い出す。嘘には良い嘘と悪い嘘がある、と。セールス電話や訪問販売を「誰もいないから判らない」と断るのも「良い嘘」だ。相手に無駄な労力をかけさせず、こちらが余計に時間を割くこともない。

それと同じ。父と息子、互いが互いを見限っているなら、余計な軋轢《あつれき》など必要ない。こんなに嫌ってる相手となんか、一緒に暮らす必要なんてない。さっさと離れて、それぞれの場所でそれぞれが幸福に生きた方がいいに決まっている。弥生には悪いが、彼女だってこれ以上、二人が目の前で大喧嘩する姿なんか見たくないだろう。

……だから今のは、「良い嘘」だ。それに嘘と言っても、何か具体的なことを言った訳じゃない。相手の言葉にうなずいた、ただそれだけだ。

駆は頭の中で山のように言い訳をして、罪悪感と一緒にそれを飲み込んだ。

次の日、高義は昼食の前にひとりでトイレに行こうとして、更にひどく腰を痛めてしまった。本人が嫌がるのを無視して充がタクシーを呼び、駆と三人で整形外科に向かう。痛み止めを出されたが、処方箋薬局がずいぶん混んでいた為、充が残って駆と高義だけが先にタクシーで帰宅した。運転手さんに手伝ってもらい高義を奥に寝かせてひと息ついていると、何故か次から次へとご近所さんが見舞いの品を持って訪れてくる。

中にはうっすらと顔は知っているが、話をしたこともない相手まで現れ、駆はすっかり面食らっていた。何人めかの、名前も知らない年配の女性が玄関に見舞いの果物を置いて、奥ににゅーっと首を伸ばす。

「僕、なあ、あれやろ……帰ってきはったんやろ、あの子。息子さん」

興味津々といった声で聞かれて、駆はああ、と理解した。次々見舞いが来るのも、その癖、中に上がって高義自身には会おうとせず様子をいろいろ聞き出そうとするのも、充が帰ってきている、というのが近所の人に知られたからなのだ。

「奥、おんの？　今？　お父さん仲直りしはったん？」

今にも舌なめずりしそうな顔つきで聞かれて、駆はうんざりした。もし何か答えれば、この後すぐにあちこちの家に飛び込んで自分が聞いた話を広めてまわるのだろう。

「さあ。僕、よく判りません」

だから駆は、それこそセールスを断る要領で淡々と答えた。だがそれを聞いて、女性は「あらま」と大げさに目をむく。

「そうなん。まあ、でも、そうかぁ……よその子やもんね。そんなん言わはらへんよねえ、高義さんも息子さんも」

ぐっ、と手で喉元を押さえられたような感覚がして、駆は黙りこくった。何も反応してこない駆をどうとったのか、女性は肩をすくめて「お邪魔さん。高義さんにお大事に言うといて」と言い捨ててさっさと出ていってしまう。

駆が奥に戻って仏間を覗くと、高義は疲れが出たのかぐっすり眠っている。この後はもう誰がやってきても居留守を使おう、と決めて母屋を出て工房に行こうとすると、ちょうど充が帰ってきて「ただいま」と門の向こうで片手を上げた。

何故か「おかえりなさい」の言葉が口から出ずに、駆はただ頭を下げた。と、別の複数の声が充の後ろから聞こえてきたのに驚かされる。

「ごめんなあ、ちょっと見つかってしもて」

と言いながらもそれほど申し訳なさそうでもない顔つきで、充はひょこっと肩をすくめた。門を開けて入ってくる、その後ろから若い男性が三人、後をついてくる。

「高校の連れ。皆近くの窯の息子で……もう、追い返そうにも誰も聞かんのよ」

「あったりまえやろ、お前どんだけ俺等心配した思っとんねん！」

「そうやぞ。何も聞かんと帰れるかボケ！」

後ろから充の首をぐいぐい締め上げたり、肩をこづいたりしてふざけあう姿に、駆はわずかに後じさった。ただの友達同士のじゃれあいだと頭で判っていても、若く強そうな男達が力をふるっている様子は本能的に怖い。

充は友達をいなして駆に歩み寄ると、手にぶらさげた袋を「はい」と差し出した。中には大量の湿布と一緒に、ぎっしりと飲み薬の紙袋が入っている。

「親父は？　どうしてる？　こんなん連れてきてまた怒鳴られるわ」

更にぼやく充に、駆は「眠ってます」と小さく答えた。「良かったぁ」と大きく胸をなでおろし、「ならあっちにおるわ。何かあったら呼んで」と充は親指で工房をさす。

なおもじゃれあいながら工房に歩き出す集団を見送っていると、横を通り過ぎる瞬間に三人がちらり、と駆を見た。その目がいかにも意味ありげで、かつどう見ても好意的ではないもので、駆は指のささくれがちぎれたような気持ちになる。あの目は知ってる、あれは……邪魔者を見る、母の彼氏と同じ目だ。

三人の顔に見覚えはなかったけれど、近辺の窯の人なら自分のことは当然知っている筈だ。彼等にしてみれば、自分は「息子がいなくなった岩渕の窯を乗っ取ろうとしているよそもの」に見えるのだろう。

先刻の「よその子やもんね」という女性の言葉がよみがえり、駆は苦い思いがした。ぐっと袋を握りしめて家に入ろうとすると、追い討ちをかけるかのように工房から明るい笑い声がもれ聞こえてくる。

玄関の戸をことさらにきつく閉じ、駆は家に上がった。もう一度仏間を覗いて高義が目覚めていないのを確かめると、枕元に薬袋と水のペットボトルを置く。

レモン模様のカップにお茶をつくって、駆は二階の自室に上がった。窓からちらっと工房を見ると、ため息をついて机の前に腰をおろす。それでも、あの三人からは母の彼氏のような強い悪意までは感じられない。あの態度は彼等にとって充が大事な友人だからで、ここに留まってほしいという願いから来ているものなのだろう。

突然いなくなって七年も音信不通でも続く友情。それを成立させる、充という人格。

……自分ではきっと、ああはならない。

また苦さがこみあげてくるのを感じながら、駆は机に突っ伏した。

――ふっと、かすかな電子音に駆は顔を上げた。いつの間にか眠ってしまったらしい。

慌てて音の方を見ると、携帯からだった。開いてみると弥生からで、何通も続けてメッセージが入っている。読みながら「えっ」と小さく声が出た。

いわく、弥生の母方の祖母の家で、古くなった水道の配管からかなりの漏水事故が起きてしまった、と。運の悪いことに町内会の慰労旅行で昨日から泊まりがけででかけていて、少し前に帰宅して気づいたのだという。一階は台所を中心に居間の辺りまでびしょびしょになっていて、九十代の祖母ひとりではどうにもならない為、俊正と二人ですぐに向かうことになった。片づけは勿論、修理や家具の買い替え、保険の手続きも必要で、この土日は帰れそうにない、そう記されている。

「どうしよう……」

小さく声に出しながら、駆はメッセージを読み続けた。陶器市は観光シーズンに開催され、窯の存在を多くの人に知ってもらえる年に一度の機会だ。無理は承知で、ここは何とか、駆と充の二人でお店を出してもらえないか、そう弥生は続けていた。

「そんなの無理だよ……」

また呟いて、駆は天井を仰いだ。高義は自分が説得する、充にも自分が頼み込むから、と弥生は書いていたが、駆自身が嫌だった。

　悩みながら部屋を出て階段をおりていくと、仏間の方から高義が駆を呼んだ。急いで中に入ると高義は布団の上に座っていて、駆を小さく手招く。

「ちょっと、電話みてもらえるか。なんか弥生がいろいろ、送ってきとるみたいで」

　と枕元に置かれた携帯を指さされ、駆はごくりと唾を飲み込んだ。俊正親子が祖母の家の事故で陶器市に参加できそうにない、と自分にも連絡があったことを告げる。

「ええ……そうか、じゃあ……しょうがない、今年はやめるしかないか」

　はあ、と大きく肩を落とす高義に、駆は「駆と充の二人で店を開けてほしい」という弥生の頼みを言うべきかどうかためらった。

「とりあえず電話するわ。かけてもらえるか」

　言い出せない内にそう頼まれてしまって、断ることもできずに駆は弥生の番号を押した。高義に手渡すと同時に電話がつながる。

「弥生か。なんやえらいことなったらしいなあ……大丈夫か、お婆《ばあ》ちゃん」

　高義が動作で「スピーカーモードにしてくれ」と頼むので、駆はボタンを押す。

「もう結構な年やったよなあ。市はしゃあない、中止や。しっかり助けたげ」

『あ、それなんだけど……』

　弥生が希望を告げると、高義の顔がみるみる赤くなった。

「――有り得ん。中止や。今年はやらん」

『でも……市に出す品だって、たくさんたまってるやん。それに……今年はついに、駆くんもデビューすんのに』

高義と駆が同時に息を吞んだ。そうだ、すっかり頭から飛んでいたけどそうだった。

陶器市はいわばセール会場的な性質があって、ちょっとした歪みがあったり、色の出が悪いなどのいわゆるB級品や、モデルチェンジした前のバージョンの品物を格安で売る窯が多い。だから大抵の窯が、一年かけてそういう品をためておくのだ。

それにあわせて、今年は駆も何かちょっとした物を出してみたらどうか、と数ヶ月前に高義に言われていた。よその店に卸したりするにはまだまだだが、いわば「お祭り」である市ならアリじゃないか、何よりお客さんに直接品を見てもらって率直な意見をもらうことは大いに勉強になる、と。

駆は悩んだ挙句、箸置きをつくることにした。箸置きならば多少の不揃いは充分な味だし、小さいから短期間に量もつくりやすい。

野菜や動物、いろんなかたちのものをつくって、弥生も「かわいい！」と太鼓判を押してくれた。値段は最初、百円にしようと思っていたが、いくら市とは言え安すぎるのも良くない、と高義に言われて悩んだ挙句、ひとつ三百円にした。

『夏からずっと、駆くん頑張ってきてたのに……ウチの都合でお店開けけんなんて』

悲しそうに低くなる弥生の声に、駆は急いで「いいよ、僕」と声をあげた。

「僕のことは気にしないで。お店出せなくってもいいよ。来年また出すよ」

駆としてはまさに本心から出た言葉だったが、高義がはっとした顔で駆を見た。

『駆くん……いいよ、そんな気ぃ遣わんくっても』

電話の向こうの弥生の声もすっと沈んで、駆は我に返る。思わず高義の方を見ると、見覚えのある表情が浮かんでいた。駆がつい遠慮がちになったり、同年代の子が普通に持っているものや知っていることを知らなかったりする時に、よく見せる表情だ。三年前に来たばかりの頃は、特に頻繁に見かけた顔つきである。

しまった、と駆はほぞを噛んだ。あまりに早く勢いよく言いすぎた。弥生も高義も、駆は本当は店をやりたいのに自分達に気を遣って身を引いている、と思っている。

「違うって。ほんとにいいんだよ。師匠が嫌なのにやりたくないよ」

焦って言葉を足したが、高義の表情が一段深まったことにまた逆効果だったのを悟った。何とか判ってもらおうと更に口を開こうとした矢先、弥生の声がする。

『叔父ちゃん、ねえ……せっかくの駆くんの晴れ舞台、叔父ちゃんのわがままでつぶしてしまうん？　もう一年待たせるん？　師匠がそんなことしていいん？』

ああ、と駆は内心で両手を上げた。もう無理だ。

「……判った」

高義が苦虫を噛み潰したような顔になりながらも、厳かにうなずいた。

夕食を準備し仏間に行くと、痛み止めがよく効いたようで、高義は駆の手を借りながらもダイニングテーブルまでやってきて椅子に座った。駆は充を呼びに行くべきか否か一瞬悩んだが、考え込む前に玄関の音がして、充が戻ってくる。

充は食卓につくと、駆が食べ始めるのを待って自分も食べ始めた。けれどもあまり箸を進めないまま、向かいで黙々と食事している高義をちらりと見る。

「弥生から聞いた。陶器市……店に、俺の器も置いてええかな」

「許さん」

ぼそっと問うた充に、高義は全くそちらを見ずに即答した。

「わしと俊正んとこが出られれん時点で、ほんまなら中止や……けど今回は、駆のお披露目でもある。駆の為にやるんや、勘違いすな」

駆は胸が一瞬でぽっと熱くなって、頬まで熱が上がってくるのが判った。裏腹に、充の顔からはすうっと血の気が引く。

「……そらそうか、たったひとりの『息子』やもんな」

充が吐き捨てた言葉に、あたたかくなった胸が一瞬で冷えた。まずい、どうしよう、と背中に冷や汗がつたう。

やっと顔を上げ、「何を……」といぶかしげな声を出す高義に、充は「ごちそうさん」と殆ど食べていないのに箸を置いて立ち上がった。

「もうトイレとか問題ないやろ。今夜からよそ行くわ」

早口に言って、すたすたと客間に去っていく充に、さすがに駆も立ち上がった。荷物を持って玄関に向かう背中を急いで追いかける。

「……ごめん、雰囲気悪うさせたなあ」

玄関のたたきに立って振り返ると、充は意外に明るい声で言ってひょこっと頭を下げた。そのあっさりした様子に、駆は面食らう。

「まあ断られるんは判っとった。そやしちょっとカッとしただけ。大人げないな」

歯を覗かせて笑うと、充は肩をすくめた。

「陶器市、ウチがダメやったら、今日来てたヤツの窯が出す店にちょっと置かせてもらう、って話ついてんねん。そやし今夜はそいつのとこ行くわ。もし夜になんか困ったことあったら、弥生かトシ伯父ちゃんに電話して。そっちから連絡もらうし」

駆は何を言うべきか判らず、ただうなずく。

「明日の昼間はちゃんと来るから。市の準備せなあかんしな。……ほな、おやすみ」

軽く手を振ると充は出ていってしまった。駆は小さくため息をついてダイニングキッチンに戻る。

「……悪かったなあ」

椅子に座ると、高義が箸を置いて小さく言った。

「家ん中がギスギスして、気分悪いやろ。すまんなあ、駆は関係ないのに」

丁寧に謝られたのに、駆の胸がずきりと痛んだ。関係ない、無関係なよそもの。

「……大丈夫。師匠の腰が早く治ってくれればいいよ」

だから駆は、痛みを振り飛ばすように大きく首を振って答えた。

市の日がやってきた。

門扉を全開にして、家の庭に設置したテントにずらりと陶器を並べる。相変わらず気の進まない駆の内心を映すように朝には小雨が降っていたが、そろそろやみそうだ。

箸置きを並べていると、充が後ろからそのひとつをひょい、と手にとる。

「これ、シロタ?」

聞かれて駆は、小さくうなずいた。薄くまだらに茶色みを帯びた白い犬が寝そべっているかたちの箸置きだ。

「欲しい。買うていい?」

真正面から言われて、どう答えていいのか判らずためらった。だが充はジーパンのポケットから財布を取り出し、有無を言わせず三百円を駆の手に握らせる。

「ありがとう」

自分が買ったのに何故かお礼を言って、満足そうに充は箸置きをためつすがめつ見た。

「むっちゃいい。かわいい。よう似とる。……かわいがってくれてたんやなあ」

ぎゅっ、と駆の喉が詰まった。急に両の手の中に、シロタのふわふわとした毛の感触がよみがえる。

ろくに自分にはなつかなかった。だから正直、かわいがってはいなかった。ブラッシングとかハーネスをつけたりとかの、必要な時以外に触ったこともあまりない。

……本当は、かわいがりたかったのに。

自分でも全く思いもしなかった、そんな言葉が突然頭の中に現れて駆は狼狽した。けれど駆の理性を置いてきぼりに、言葉は次々脳内にあふれ出る。

ふわふわとして体温の高い体を、本当は思いきり抱きしめたかった。まっすぐに人を見る黒々とした瞳を見つめ返して、ごしごしとなでたかった。

けれど犬は自分を拾ってくれた充に忠実だった。あくまで駆は、「途中からやってきた人」で「お客さん」でしかなかった。借りてきた猫、という言葉があるけれど、そんな風に互いによそよそしく一線を越えない態度で一年半をすごし、犬は死んだ。

きっと待っていたのに。日々世話をした自分にはこころを開かず、ずっと充の帰りを待っていたのだろうに。

本当は、もっと自分もシロタのこころに近づきたかったのに。

「……駆くん」

声をかけられて、駆は初めて、自分の片頰に涙がつたっているのに気づいた。拳でぐい、とぬぐって充に背を向け、無言で設置の続きを再開する。

「ほんまに……ありがとうな」

しみじみとした声をかけられ、苛立ちが増した。

「かわいそうでしたよ」

思わず言うと、背後で充が「えっ？」と聞き返す。

「シロタは充さんをずっと待ってました。ひとりで死なせて、かわいそうです」

充が息を吞むのが気配で伝わったが、振り返らずに駆は淡々と売り物を並べた。

「……うん。そうやな……それでも、シロタの隣に、駆くんがおってくれて良かった」

相手を傷つけたくて言ったのに、思いもよらない言葉を返されて駆の手が止まる。

「そんな風にシロタのさみしさをちゃんと汲み取ってくれる人が、あの子と一緒にいてくれて良かったわ。こんなにしっかり再現できるくらい、シロタの内も外も見つめ続けてくれた、てことやもん。だから、ありがとう」

充の言葉に、駆は動揺した。

愛情を差し出してこない犬に、駆も愛を返す気にはなれなかった。けれど、もしかしたら……自分とシロタは、似たもの同士だったのかもしれない。誰よりも大事な相手に捨てられたさみしい者同士が、互いに距離を保っていただけだったのかもしれない。だとしたら……自分が先にこころを開けば、シロタももっと、違う顔を見せてくれたのかもしれない。

手の内側に、柔らかい毛の感触や触れた手のひらにじわじわと広がってくる熱の感覚が再度よみがえってきて、先刻止めた筈の涙がまたあふれそうになった。

駆は口の内側を噛んで涙をこらえると、充の言葉には何も返さず、ひたすら準備に没頭した。

開店時間を待たずに、お客はぞくぞくと訪れた。緊張で会話もつっかえつっかえな駆をよそに、充はどんどん前に出て話をはずませ、器を売りさばいていく。

早くから訪れた客の多くは、近所の人間だった。先日見舞いの品を持ってきた人達の顔も見える。

「いやぁ充くん、よう帰ってきたなあ」

「おかえりぃ、ようやっとやなあ、お父さんも喜んだはるやろ」

そのほぼ全員が「高義が充の帰宅を許可した」と解釈していて、駆ははらはらした。だが充は全く反論せず、かと言って肯定するでもなく、ふわっとした明るい対応で根掘り葉掘り聞き出そうとする相手の言葉をかわしている。その見事なスルー力に駆は感心した。本当に、高義と血がつながっているとは到底思えない社交術っぷりだ。

だがそういう会話をしながら、ちらちらと自分を見やる客の目つきに内心で辟易《へきえき》した。「この子どうすんねやろ」という好奇の目、「さっさと出ていったらいいのに」という厄介者を見る目。

「ほんま良かったわあ。高義さんの窯を継げんのは、充くんしかおらんからな」

意味ありげな目線を駆に投げてから、ことさらに大きい声で話す中年男性に、駆は思わずふいと目をそらした。

「あかんあかん、そんなん聞かれたら怒鳴られるよぅ。あの人まだまだ、バリバリの現役のつもりなんやから」

そんな駆をかばうかのように、充が客と駆の間にさっと立って新聞紙でくるんだ器を手渡した。「はい、毎度ありぃ！　おおきにありがとう！」と大きく声をあげ背中をばん、と叩いて店から押し出すと、すばやく他の客に向き直って商品を勧め始める。その姿は「もうあなたとの会話はこれで終わり」と告げているかのようで、相手は軽く肩をすくめて門を出ていった。

……守ってくれたんだろうか。

駆はじくん、と胸の中に熱い水がにじみ出す感覚を覚えた。それは高義が自分を思いやってくれた時に感じる思いに似ていて、だが同時にみじめさも含んでいた。

時間が経つにつれ見知った顔は減って、殆どが通りすがりの観光客や陶器市を狙ってくる器好きの客になっていった。箸置きもコンスタントに売れ続け、駆は足元がふわふわするような不思議な陶酔感を覚える。自分がつくったものを人が喜んで買っていってくれる、という事実が、柔らかい羽毛のように胸を内側からくすぐった。今まで知らなかった、新しい種類の喜びだ。

お昼も過ぎて少し客が途切れた頃に、駆は門のすぐ外の道路端にお菓子の袋が捨てられているのに気がついた。拾いに出て、何気なく道の向かいを見る。そこには近所の家が営んでいる車七台分くらいの駐車場があって、その敷地内に近くの窯が店を開いていた。そちらも大勢の客でにぎわっている。

テントの真ん中に、こちらに背を向けた年配の夫婦とベビーカーを持った若い夫婦らしき家族連れがいた。高い声で会話しているのが、駆の耳にも聞こえてくる。

「やあね、まだ迷ってるの？　いいじゃないの、もうどっちも買いなさい」

「だって、今からあんまり買ったら予算が足りなくなっちゃう」

「もう……じゃあ好きなだけ迷ってたら。お母さん、お父さんと向かいの店に先に行ってますからね」

会話を背中で聞きながら、駆は庭に戻ってテントの裏に置いたゴミ箱に袋を捨てた。

ぱん、とズボンで軽く手を払いながら店に戻ろうとして、動きが止まる。

目の前に、今しがた娘と会話していた六十代くらいの女性とその夫らしき男性が、腕を組み何か話しながら門を入ってやってくる。

すうっ、と駆の頭のてっぺんから血が引いた。

「……先生」

小さく呟くと、その男性と充が同時に駆を見た。


相手の顔からも、さっと血の気が引いた。

軽く後じさろうとして、腕を組んだままの女性の体を引っ張りきれずに少しよろめく。

逆に駆は、無意識に一歩大きく踏み出した。

「先生……お父、さん」

何も考えられないまま呼びかけると、相手の喉仏がごくり、と動くのがはっきり見えた。背後で充が、「えっ……ええっ!?」とすっとんきょうな声をあげる。

「えっ、ちょっ、ええっ？　どういうこと？」

応対していた客に小さく頭を下げて、充が駆の隣に並んだ。駆と男性、どちらも蒼白《そうはく》になっている顔を交互に見る。

「先生……なんで……ママ、死んだって……言ったのに」

呆然と呟く駆の言葉を聞いて、女性の頰からもすうっと色が抜けた。くっ、と下唇を嚙むと、組んでいた男性の腕を外して駆に歩み寄る。

「あなた……もしかして、富田信子《とみたのぶこ》さんの息子さん？」

ゆるくパーマのかかったボリュームのある品の良いグレーヘアを傾け、女性が駆に尋ねた。耳元にはきらりと、小さなダイヤのついた金のピアスが揺れている。

彼女の質問の意味が全く判らず、駆の方が首を傾げた。その視界に、腕を外されて体が自由になった男性が、そろそろとその場を離れていこうとする姿が映る。

「あなた」

が、振り返りもせずに女性が一言、キツくそう言っただけで男の動きは止まった。

「この子がカケルくん？」

同じ口調で尋ねた問いに、男は観念したかのように大きく息をついてうなずく。

「……そう」と口の中で小さく言うと、女性はぐるりと辺りを見回し「お母さんはどちらにいらっしゃるの？」と尋ねてきた。訳が判らないまま、駆は首を横に振る。

「ひとり？　旅行なの？　今どこで暮らしてるの？　お母さんは一緒じゃないの？」

「いえ……あの……知りません」

矢継ぎ早の質問に当惑しながらそれだけ言うと、「えっ？」と夫婦の目が同時に大きく丸くなった。

「それはどういう……」

「──いや、あの。待って。ちょっと待って」

更に聞き出そうとする女性を遮って、充が女性と駆の間に割って入る。

「まず、あの、どちらさんですか？　この子とどういうご関係で？　あの、自分はこの店のもんですけど、今はウチの父がこの子の保護者なんで、いりくんだお話なら父を通してもらわないと」

「保護者……？」

夫婦は怪訝そうに顔を見合わせた。その姿を、駆は言葉もなく見つめる。

子供の頃に先生に初めて会った時、もう既に白髪まじりだった頭は完全に白く薄い。背中が少し曲がったせいか、昔より小さく見える。二重顎の顔には太い黒縁の眼鏡がかかり、細く垂れた目の下に皺とシミが目立つ。節の太い短い指に、あの頃、膝の上で数字や文字をひとつひとつ教えてくれた優しい声を思い出して、駆の喉がこくりと鳴った。

「お母さーん？」

するると道の方から甲高い声がして、同時に老夫婦二人の体がぎくりと揺れる。

「ねえ、見て、やっぱり二つ買っちゃった！　どうしても諦めきれなくて……いいよね、もし予算足りなくなったらカンパしてね！」

笑顔で歩み寄ってくる三十代くらいの女性の隣で、すらりとした同年代の男性が、やはり笑いながらベビーカーを押して近づいてくる。

「あれ？　どうしたの？」

四人の間に独特の空気が漂っていることに気づいたのか、若い女性は首を傾げた。年配の女性は小さく息を吸うと、口角をきゅっと上げて微笑み充を手で示す。

「こちらの方、お父さんの昔の教え子なんですって」

駆と充、年配男性が同時にぎょっとした顔で女性を見た。だが彼女は、毛筋程も気にしない様子でやはり明るい笑みを浮かべている。

「少しお話ししたいそうだから、あなた達お店を先に見てなさいな」

そう言ってテントの方を指し示した女性に、若い女性は「判った」とあっさりうなずき、男性と連れ立っていった。

「こちらのおうちには、この子の母親はいないんですね」

話しかけようとした充を遮り、女性が尋ねる。充は駆と一瞬顔を見合わせ、「ええ」とうなずいた。彼女はうなずき返すと、「こちらのお店、何時に閉められますか」と更に尋ねてくる。

「えっ、ああ……四時半までです」

「なら、五時に主人と二人でうかがいます」

充の答えにきっぱりそう言う女性に、男性が更にぎょっとした顔つきになった。

「このまま立ち去って終《しま》い、ではすまないでしょう」

色を失った頬のまま、女性はぴんと背筋を伸ばした姿勢でそう続ける。

「この子が今どんな暮らしをしているのか、母親がどうなったのか、あなたは知らずにすませるつもりですか」

威厳のある声でぴしりと言われて、男性は背中を丸めた。その姿をちらりと見ると、女性は充達に頭を下げる。

「すみません。あの、でも、ただ……ひとつ、お願いが……今の子には、娘夫婦には、黙っていていただけませんか。あなたが本当は主人の教え子ではないことを」

厳しい口調が急にぬかるんで、充と駆はまた顔を見合わせた。

「あの子は何にも知らないんです。だから……お願いします」

「判りました。……後のことは、また改めてお話をうかがってからで良いですか」

「結構です。……私、井本早苗《いもとさなえ》と申します。こちらは主人で、卓郎《たくろう》と申します。……それでは、五時にまたうかがいますので」

充の返答に早苗は軽く会釈して、卓郎の腕を取るとひきずるようにして娘達の元へ歩いていった。すれ違う瞬間、後ろ髪をひかれるような目つきで卓郎は駆を見る。

「ねえ、お母さんちょっと疲れた。どこかお茶しに行かない？」

「えー、まだ全部見てないのに……あ、ねえこれ見て、この箸置きかわいくない？」

「あら、ほんと。まあでも、箸置きは先刻も買ったでしょ。行きますよ、ね」

「えっ、ちょっと待ってよお母さん……！」

明るく話しながら、親子達は門へと向かっていった。娘の方がぴょん、と飛ぶように卓郎の隣に立って、空いている腕に自分のそれをからませる。ベビーカーの中から赤ん坊がはしゃぎ声をあげ、娘夫婦が笑うと、早苗達もほっとした顔で笑い返した。

駆は声も出ないまま、その背を見送る。

「駆、くん……今の……あの、おじさん……駆くんの、お父さんなん？」

ためらいがちに問われて、駆は驚いて充をまともに見上げてしまった。そんな訳がない、と思った次の瞬間、充は自分の過去を殆ど知らないのだと思い出す。

「違います」と急いで首を振って断言すると、今度は充が驚いた顔になった。

「えっ？　違うん？　だってお父さんって……いや、先生？　ん？　どういうこと？」

顔一杯にはてなマークが現れたような表情で充は首をひねる。

「……師匠に聞いてください」

自分で説明する気になれなくて、駆はそれだけ言って店に戻った。棚をちらりと見ると、つい先刻まで綺麗に並んでいた箸置きがずいぶん乱れて、いくつかは別の場所に散らばっている。

それをひとつひとつ丁寧に並べ直しながら、駆は目の裏に焼きついた、年老いた「先生」が家族に向ける笑顔を思い返していた。

充は結局、四時に店を早じまいした。「親父に話してくるから、悪いけど片づけ頼むわ」と言い残して家へと入っていく。

駆はテントから器を持って工房へ向かった。明日も売る品なので奥にはしまわず、入ってすぐの大机の上にずらっと並べる。何往復もしながら、母屋の方をちらりと見た。特に怒鳴り声が聞こえてきたりもしないので、一応冷静に話ができているのだろう。

片づけを終わらせ、できるだけ音を立てないように玄関を開けるとそっと中にあがった。ダイニングキッチンに入ると、仏間の方からかすかに声がする。が、何を話しているのかまではよく聞き取れない。時計を見ると、四時五十分近くをさしていた。

お茶は当然として……お茶菓子とか、あった方がいいんだろうか。

駆は悩みながらも、一応の準備をした。クッキーを並べていると、ふすまが開く。

「ああ……もう五時なるか」

充は壁の時計に目を走らせ、口の中で呟いた。くるりと身を翻すと、奥から高義の肩を支えて戻ってくる。充が高い背をかがめて高義に肩を貸しているせいで、二人の顔はかなり近い位置にあった。並んだ顔つきがどことなく似ていて、駆は思わず手を止める。目鼻立ちは似ていないのに、何故だろう、と思って気がついた。

二人とも……機嫌が悪い、いや、怒っている。

やはり喧嘩になったのだろうか、とも思ったけれど、互いの間に険悪さが漂っている様子ではない。二人ともただ純粋に、それぞれが腹を立てているように見える。

「……こんな豪勢にしたらんでもええぞ、駆」

充に支えられながら椅子に腰をおろしつつ、高義がぼそっと言った。

「そうや。水でええよ」

間髪いれず充が同意して、駆は面食らった。

「えっと……あの、まあ、でももうお湯もわかしちゃったし」

「わしは飲む」

「俺も。駆くんのいれた茶は美味《うま》い」

「その通りや」

またもさくさくと二人の意見が揃って、駆は更にとまどった。何だか気が合っている。

まるで仲の良い父子みたいだ、と思って胸がちくりとした。その痛みに、卓郎を呼ぶ妻や娘の明るい「お父さん」という声が重なる。

「けど……駆、お前どうする」

すると突然、高義がよく意味の判らない質問をしてきて、駆は首を傾げた。

「その……別にええぞ、おらんでも。わし等がちゃんと話聞いて、後で教えたるし」

「ああ、うん、そやな。それがええかも。なんかややこしい話になりそうやしね」

すぐに充が意見を合わせてきて、駆はまたちくりとした。高義が口にした「わし等」という「高義と充」をセットにした物言いにも、何だか気持ちがもやっとする。

「ううん。僕も先生の口から、本当は何があったか、ちゃんと聞きたい」

だから駆は首を横に振ってそう言った。高義は一瞬充と顔を見合わせ、「……判った」とうなずく。

食卓には四脚しか椅子がなく、充が工房からパイプ椅子を運んできてテーブルの短い辺の側に置いた。駆が急須に茶葉を入れていると玄関のチャイムが鳴り、「俺が行く」と充がさっと部屋を出ていく。

ダイニングキッチンに入ってきた井本夫妻は、再度礼儀正しく自己紹介をした。充と高義も名乗って、四人全員が椅子につく。

駆は食器棚から湯呑みを取り出した。少し迷ったが、充用には夫婦と同じ客用の茶器を使う。お茶をいれると、自分も高義の隣に並んで座った。

高義はずっ、と茶をすすると、「腰を悪くしてますんで、こんなところで申し訳ない。それで……これは一体、どういうことでしょうか」と慇懃《いんぎん》な口調で話し始めた。

「わしがこの子、駆から聞いたんは、お宅さんがこの子とこの子の母親と、三人で一緒に暮らしちょった、いう話です。非常に仲むつまじうして、この子には『お父さん』とまで呼ばして、母親の方も結婚を考えていた様子やったと。それが……ある日救急車で運ばれてって、母親には『死んだ』言われて、それっきりやと」

高義の話の間、卓郎の背中はどんどん丸まってちぢこまっていった。反対に、隣の早苗は背筋を伸ばして微動だにしなかったが、時々ぴくりとこめかみがひきつる。

「なんで生きとるんですか、お宅」

卓郎に向かって、ひどく不躾《ぶしつけ》に言い放った高義に駆はぎょっとした。卓郎は下を向いたまま、ズボンのポケットからハンカチを出して額を拭く。

「――申し訳ございません」

早苗が背筋はまっすぐなまま、腰から体をくの字に折って丁寧に頭を下げた。

「私の監督不行き届きです。当時……主人は新潟で、単身赴任をしておりまして」

駆の目が大きく見開かれた。単身……赴任？

「単身赴任」

その驚きを汲み取ったかのように、高義が声に出した。

「つまりそれは、その当時も普通に既婚者でいらした、そういうことですな?」

「はい」とうなずく早苗を見ながら、駆は殴られたように脳がぐらぐらするのを感じた。

そんな……だって、そんな。

めまいを覚えながらも、高義と充が怒っていた理由と、二人が自分を話の場におらせまいとした理由がやっと判った。死んだ筈の先生が妻子連れで現れた、という時点で、二人は「卓郎と母の関係は不倫だ」と見抜いたのだろう。

「会社勤めで、単身赴任してたと。けど、聞くところによると、ご主人は昔、この子の母親の中学の先生やったそうですが」

「それも、その通りです」と、またもあっさり肯定して早苗は話し始めた。

神奈川から群馬の大学に進学した卓郎は、地元に戻らず群馬で中学教師の職を得た。卓郎が駆の母親のクラスの担任になったのは、四十代前半の頃だ。つまり二人の間にはほぼ三十歳の年の差があり――にもかかわらず、二人は肉体関係に陥った。

「……本当に、お恥ずかしい限りです」

頭を下げつつも淡々と話す早苗に、さすがにそこまでの関係とは思いもよらなかったのか、高義も充も無言で目を見開いている。

早苗がそれを知ったのは、どうも最近夫の様子がおかしい、と思い探偵事務所に調査を依頼したからだった。放課後、駆の母親は公園やスーパーのトイレで制服を私服に着替え、ばっちりメイクをしていた。その姿はとても未成年には見えず、普通のカップルのように堂々と腕を組んでホテルに連れ立っていったのだという。

「私の実家は、愛知でそこそこ、大きい商売を古くからやっておりまして……両親に相談しましたところ、とにかく内密におさめろと」

早苗は証拠写真を夫につきつけ、有無を言わせずすぐに学校を退職させた。駆の母親が二人の関係を誰かに話すことを恐れて、母子家庭だった彼女の家に出向き大金を積み、遠くの土地に引っ越させた。

「信子さんのお母様は、お金であっさり、同意してくださいました。信子さん自身は……泣いて嫌がっていましたが、お母様が怒鳴りつけるとすぐ大人しくなりました」

――トミタ、ノブコ。

昼間に早苗が口にした名前が駆の耳によみがえった。それが……ママの、名前。

「同時に私達も引っ越しました。都会に出た方が、人が多くて移住者のことなど噂《うわさ》にもならないだろう、と東京に……幸いすぐ主人の仕事も見つかって、すっかり安心していたんですが、まさか、十年以上も経って……あんな」

彼女がその事実を知ったのは、突然かかってきた電話のせいだった。電話の主は新潟の総合病院で、ご夫君が急な腹痛で運ばれてきた、今原因を調べている最中だが、本人が「死ぬかもしれないから家族を呼んでほしい」と言うので連絡した、と。

早苗達には二人の娘がいたが、上の娘は海外に短期留学中で、下の娘は大学生で家を出てよその土地にいた。だから彼女はひとりで深夜バスに飛び乗り、新潟を目指した。

そこで、病院の待合室にいた信子と再会した。

「……離婚してひとりになった、そう彼女には話していたそうです」

早苗の言葉に、高義と充が同時に大きく息を吸った。どちらも頬にじわりと赤みがにじんで、駆は妙に現実離れした気持ちでああ、やっぱり似ている、と思う。

早苗はコンビニのATMに行き限度額まで現金をおろすと、信子に手渡した。彼女はそれを早苗の手からむしり取って、「何でもお金で始末できるっていいね」と言い放って姿を消した。

卓郎の腹痛の原因は尿管結石だった。入院が決まり、身のまわりの品を取りに夫の下宿に行くと、まるで空き巣が入ったかのようにしっちゃかめっちゃかになっていた。部屋の隅に投げ捨てられた財布には、紙幣が一枚も残っていなかったそうだ。

「それで、あの……信子さんは、今どちらにおいでなんでしょうか」

一定の高さとリズムで淡々と話していた早苗の声が、わずかにためらいを帯びた。隣で卓郎が、ぴくりと肩を震わせる。

高義は一瞬充と顔を見合わせると、ごく簡単な経緯だけを話した。駆は三年前に、母親とその彼氏と一緒にいる時にヤクザにからまれた、二人は逃げて行方知れずとなり、駆だけが怪我をして倒れていたところを高義が保護して里親になった、と。

　高義の話に、今度は早苗と卓郎が顔を見合わせた。卓郎の顔つきに明らかにほっとしている気配が見えて、駆は胸がじくりとする。

「そうですか……では信子さんがどこにいるのかは、判らないのですね」

　一方早苗の方は、何故かかえって声音が不安を増している。

「いや、でも見つけられるかもしれないですよ。警察なら」

と、充がやけに明るい声で口をはさんできて、駆は面食らった。高義も井本夫妻も、ぎょっとした顔でそちらを見る。

「警察……？　警察が一体、どうして」

「駆くんに怪我させたヤクザも、捕まっとらんですからね。逃げた母親と彼氏かて、保護責任者遺棄罪？　そういう罪になりますから、どっちも探してるんですよ、警察は。でもお母さん、写真もなければ名前も年齢もどこ出身なのかも全然判らんくて、すっかり手詰まりで。けど、こうして中学の時の先生が見つかった訳やし、その辺のことは先生からたどれば調べられるじゃないですか。そやし、担当の人には僕等から伝えますんで、その内警察がお宅までお話聞きに行くかと思います。どうぞよろしく」

「いや、ちょっと……！」

卓郎が慌てた声をあげ、早苗の顔からすうっと血の気が引いた。一方高義は、目を大きくぱちりとさせて、ああ、と合点がいった顔つきでうっすら口角を上げる。

「それは……それはどうか、勘弁してください。困ります」

「困る？　なんでですか？」

泡を食った様子で首を振る卓郎に、あくまでしれっと充は聞き返した。

「家に警察なんて来られたら……ご近所さんに、どう思われるか……いや、それより娘に……知られたら」

「どうか、お願いします」

ぶつぶつと呟く夫の隣で、早苗が立ち上がった。綺麗な姿勢で、深々と頭を下げる。

「もし黙っていていただけるのなら、それ相応のお礼はいたします。どうか……どうかこのことは、ここだけの話にとどめておいていただけますでしょうか」

「ええ、そうです、そう、いくらでもお支払いしますから、どうか」

それを見て卓郎もあたふたと椅子から立ち、並んで頭を下げた。少し可笑しげにしていた高義の顔がみるみる仏頂面に変わり、充の方を見る。充はちらりと高義を見返すと、小さく肩をすくめた。

「娘二人は、何も知らずに父親のことを慕っています」

その様子に、早苗がさっと声の調子を変えた。たった今の、どこか教師めいた強めの口調から、水気を含んだ哀訴するようなものに。

「小さい頃からずっと、『お母さん達みたいな夫婦になりたい』と言っていた娘達です。昼間ご覧になった下の娘の子供は、まだ四ヶ月です。娘婿は、井本の籍に入って同居もしてくれました。なのにこんなことが知られたら、離婚されるかもしれません。過ちを犯した主人とその妻たる私が隣近所から白い目で見られるのは仕方がありませんが、娘の今の幸福を壊したくはありません。どうかご寛恕《かんじょ》ください」

声はどんどんしっとりしていき、更に哀調を帯びていく。妻の弁明を聞いて感極まったのか、隣では卓郎がはっきり目元ににじんだ涙を、ハンカチでぬぐって鼻を拭いた。

早苗の言葉に、駆は昼間の卓郎達を思い出した。影ひとつない、明るい笑顔。「お父さん」と腕にしがみつく、若い女性の華やかな横顔。あれを、壊さないでくれ、と。

……どうしてそれを自分に向かって言えるんだろう、駆は肺の中に重いものがずっしり満ちるのを感じた。すると、充が口を開く。

「……駆くんのお母さんが言うてはったことは、ちょっと違いますよね」

唐突に言われた言葉に、早苗はわずかに下げたままだった頭をぱっと上げた。

「ほら、『何でもお金で始末できる』って。つまり、あなたって何でもお金で片をつける人なんですね、ちゅう捨《す》て台詞《ぜりふ》なんでしょうけど……ちょっと、違いますよね。正確に言うたら、『自分の思い通りに事を始末する為なら何でもできる人』かなあ」

卓郎は快活に話す充と隣の妻を、あたふたとかわりばんこに見た。早苗はぴくりとも動かず、ただ黙って充を見下ろしている。

「僕等、お金では動かんよ。それはすぐ見抜かはったでしょう。そしたらさっと、泣き落としに話をもってった。……相手がお金で始末できる人間ならば、いくらでも出す。けどお金が通じんのなら、その相手が弱そうな方向に全力を尽くす。そうやって自分が望む方向に相手をコントロールする。それが他人でも家族でも」

早苗の頬骨の辺りの筋肉がぎゅっとひきつった。同時に卓郎の目が泳いで、どこか恐ろしげに自分の妻を見る。

「まがりなりにも教師やってる旦那に年度途中で退職願出さして、被害者は金で黙らして、離婚もせんと都会に引っ越して口ぬぐって何にもなかったふりをして、仲のええ家族としてずっと暮らしてきて……それはつまり、あなたの思う『理想の家族』を継続させたかったから、そういうことですよね?」

充の問いに、早苗は答えようとしない。

「僕ね、今日すごい不思議やったんが……なんで早苗さん、ウチに来る言わはったんやろ、って。肝心の母親はここにはおらんのに。……でも、話聞いてて判りました。早苗さん、知りたかったんですね。駆くんの母親が今ここにいない理由を、ここにいないならどこにおるんかを。裏も表も、全部の事情をきちんと知って、全部をコントロールしたかった、そうですね」

早苗はテーブルに指先をついてゆっくり深呼吸すると、無言のまま椅子に腰をおろした。それを見て、卓郎もおどおどしながらもそうっと腰をおろす。

「卓郎さんにも、聞きたいです。……どうするつもりやったんですか、あなた」

だがその瞬間に充に問いかけられて、卓郎は文字通りぴょん、と椅子の上で飛び上がった。とまどって妻と充の顔をひょこひょこと交互に見る卓郎に、充は更に問う。

「だって単身赴任て、いつかは終わるでしょう。そしたら東京に戻らなあかん。独り身や言うてお母さん騙《だま》して、駆くんにもお父さん呼ばして……最終的に一体どうしたかったんかな、思って。もしほんとに早苗さんと別れて二人と本物の家族になろう、て覚悟があったら、入院したって早苗さんを呼ばんでしょう。けど……そしたらほんま、どういうつもりで二人と一緒に暮らしてはったんかな、って」

卓郎は目をぱちぱちさせると、恐る恐る下から妻の顔を見た。だが早苗はテーブルの端の一点を見つめたまま、目をやろうともしない。その様子に、卓郎の唇の端がぴくっとひきつる。

「……夢だったんです、教師が。ずっと昔から」

ぼそり、と呟かれた声は、今までと響きが少し違っていた。

「年の離れた従兄が教師をしていて……近所中の子供全員から慕われていて、ほんとにいい先生だった。ずっと憧れていて……だから教師になれた時は、夢のようでした。実際やってみると楽な仕事ではなかったですが、でも楽しかった。ずっと。一生教師をやっていくんだ、天職だ、そう思ってました」

今まで会話の殆どを早苗に任せていた卓郎が、急に饒舌《じょうぜつ》に話し始める。

「信子さんのことは……本当に……あれは……魔がさしたとしか、今はもう言えません。申し訳なかった。放課後に生徒達が街を夜歩きしていないか交代でパトロールをするんですが、その時に公園でサラリーマンの男性と、まあその、いわゆる援交を行っているところを見つけて……こんなことはいけない、ときつく叱ったら、こうしないとお金もなくてご飯も食べられない、邪魔をするなら先生が代わりに自分の客になってくれ、って……そこから、ずるずると」

カリ、とかすかな音がして駆は思わずそちらを見た。早苗の綺麗にマニキュアを塗られた爪が、垂直に立ってテーブルをひっかいている。

「新潟で再会した信子さんはホステスをされてたんですが、同棲相手と喧嘩していて別れたいけど行く先がない、と言っていて。ならしばらく泊めてあげるよ、と。奥さんに怒られるよ、とからかわれたので咄嗟に『離婚した』と嘘をつきました。でもこの時は本当に、何のよこしまな気もなくて……新しい彼氏が見つかればすぐ出ていくだろうと思ってましたし。でも……いざ家に来たのを見たら、駆くんを連れていて」

卓郎は話しながら駆の方を見た。思わず駆は、ぱっと目を伏せる。

「教師を辞めたのは当然です。ええ、当然なんですが……ずっと、未練があって。それが……駆くんと暮らし出して、満たされました。駆くんは飲み込みが早くて、素直で、教え甲斐《がい》のあるいい生徒だった。私は……幸福で、この時間を手放したくない、そう思いました。そんな時に彼女に誘われ……手放したくない一心で、関係を持ちました」

駆は心臓がどんどん肥大して、喉の奥まで圧迫されるような感覚を味わった。ほんの半年、あの幸福に満ちていた日々がさーっと脳裏を流れていく。

「……じゃあ『先生』でええやないですか。なんで『お父さん』なんて呼ばしたんです」

ふいに高義がしゃがれた声で言って、駆はびくりとした。卓郎は高義の声音には特段ひっかからなかったようで、変わらぬ様子で答える。

「ウチには娘しかいませんから。私ずっと、息子が欲しかったんです。三人目をつくろう、と家内には言ったんですが、『男の子は欲しくない』と断られてしまって……ええ、そう、おっしゃる通り、自分は全部を家内に決められて生きてきました。自分の人生は家内に敷かれたレールの上です。でも駆くんに『お父さん』と呼んでもらえて、ほんとはずっと夢だった息子との暮らしを手に入れたみたいで、何とも嬉しくて……」

――だん、と激しい音がして卓郎は言葉を止めた。早苗もようやく、目を動かしてそちらを見る。

音の主は高義だった。食卓に叩きつけた握り拳が、ぷるぷると震えている。

「ほなら何か、この子はあんたのおままごとに、教師ごっこと父親ごっこに、ずっとつきあわされとった、それだけのことやった、ちゅうんか」

赤黒い顔をして怒りのあまりくぐもった声で言う高義に、ようやく自分が失言し続けてきたことに気がついたのか、卓郎がまたあたふたと妻の顔をうかがった。早苗は唇をわずかに開いて、細く長くため息をつく。

「ふざけなや。あんた、この子がどれだけあんたのことを……！」

もう一度拳を叩きつけると、高義は立ち上がった。充が「親父、腰……」と慌てて後ろにまわり込んだが、高義の耳には全く届いていない。

「出ていけ！　とっととここから去ね！　二度とウチの敷居を、いや、京都に足を踏み入れるな！　二度とその顔、わし等の前にさらすんやないぞ！」

存分に怒鳴り散らすと、高義はどすん、と腰を落とした。肩で息をする様子に、充はまだ心配げな顔をしつつも自分も椅子に戻る。

「帰りましょう、あなた」

早苗が平坦《へいたん》な声ですっと立ち上がった。「いや、でも」と卓郎は未練がましく充の方を見る。

「あの、先刻の……あの、警察は」

「ああ」と充は不機嫌そうな声をあげた。

「それは……ちょっと今は、判りません。駆くんとも話をしないと……でもお母さんを探す、いう方向に話がまとまれば、そりゃ僕等行きますよ、警察。だって犯罪ですもん。そやしその時はほんまに、そっちに話がいくと思います。それは覚悟してくださいよ。現状駆くんのお母さんのこと知ってるの、あなた方しかいないんですから」

「そんな……」とあわれっぽい声を出す卓郎の隣で、早苗はハンドバッグからペンを取り出した。財布から大きめのレシートを出すと、裏にさらさらと何かを書く。

「こちら、私の住所と携帯番号です。警察に行かれるならこれを渡していただき、まずはお電話を入れていただくようお伝え願えますか」

「……ほんとに、コントロールフリークですね」

レシートを手元に引き寄せ充が皮肉げに言うと、早苗は儀礼的に小さく頭を下げて部屋を出ていった。卓郎は一瞬駆の方を見て何か言いかけたが、高義に睨みつけられていることに気づいて慌てて妻の後を追う。

「──おい、塩まけ」

高義が低く言うと充はすぐに立ち上がり、台所の調味料ケースから塩の容器を取り出して玄関へと消える。

「……駆」

じっと座ったままの駆に、高義が先刻までとは打って変わった、心配げでやさしい声をかけた。だが駆はぴくりとも動かず、高義の方を見もしない。

――がらり、と玄関の引き戸が開いて閉じる音が響く。

その音と同時に、駆の体がぱっと動いた。椅子から飛びおり、玄関へと走る。

「あ、駆くん……！」

駆は充の横をすり抜け、裸足《はだし》のまま玄関の外に走り出た。視界の真ん中に、今にも門を出ていこうとする井本夫妻の姿が見える。戸の音に気づいたのか、門扉を開こうとしていた早苗が振り返った。卓郎は既に道路に出ていて、足を止めこちらを見ている。

駆は二、三歩庭に足を踏み出し、そのまま固まった。何か言おうと口を開くが、喉がひきつって声も出ない。

駆が動かなくなったのを見てとり、早苗は門の外に出た。扉を閉じると、道路から深々と頭を下げる。卓郎も急いでその隣に並んで、ぺこりと首を曲げてお辞儀をした。

――せんせい、と呼んだのに、口からはかすれた息しか出てこない。

早苗は頭を上げると、まだお辞儀したままの夫の腕をぐい、と引いた。はっとした様子で卓郎は顔を上げ、まっすぐ駆を見て何か言おうとしたのか口を開く。だがすぐに早苗が更に腕を引き、強引に歩き出し始めた。

「……せん、せ……」

ようやくかすかな声が出たけれど、その時には既に二人は視界から消えていた。

駆は音を立てて息をしながら、もうすっかり暗くなった空っぽの道路を見つめる。

「……駆くん」

後ろから肩に手を置かれて、駆は瞬間的に腕でそれを払った。

――カシャン、と音がして、塩の容器が地面に落ちる。

それに目もくれずに、駆は家の中へと戻った。振り向かず、そのまま階段を駆け上がって自室に飛び込む。電気もつけずに押し入れから掛け布団を引っ張り出すと、頭からかぶって部屋の隅に座り込んだ。

頭の中に真っ黒い渦巻きがごうごうと巻いていて、何の言葉も浮かばない。

その渦巻きは太く強く、脳内に残っていたあの半年の日々の思い出をフードプロセッサーのように粉々に砕いていった。砕かれたそれ等はその瞬間に色を失って、紙の燃えかすのようにちぢれてはらはらと消え去っていく。

耳の奥にキインと甲高い音が鳴って、駆は内側から布団をつかんでぎゅっと耳を押さえた。けれども音は鳴り止《や》まない。

せわしない呼吸で、くるまった布団の内側はどんどん熱を帯び始めた。それをじんわりと頬で感じていると、耳鳴りの間からぎしぎしと階段を上がってくる音が聞こえる。

音はずいぶんと重たく、ゆっくりと近づいてきた。部屋の前で止まると、どすっ、と何か重いものをおろすような音がする。

「……駆」

扉の向こうで、高義が呼ぶ声がした。

「すまんかった。悪いことしたなあ。あんな話、お前に聞かせたらあかんかった。わしが悪かった……ほんまに、ごめんなあ」

言葉は単なる文字になって頭のすぐ上をすべっていって、耳から脳に入ってはこなかった。ただの音の羅列だ。

すると今度は、充の声がした。

「駆くん……後で、外におにぎりかなんか置いとくから、お腹空《なか》いたら食べ。今日は泊まる。俺も親父も、下におるから……なんかあったら、いつでもおりといで」

大きめの声でそう言った後に、「ほら、親父」とうながすような声がした。「うるさい」と答える高義の声はすっかり涙ぐんでいて、鼻をすする音もする。

「駆……ほんまに、悪かった」

「ほら、親父……もうおりよ」

そしてまたぎしぎしと、階段をゆっくりおりていく音がした。

駆は深い洞穴のような空間の中で、じっとそれに聞き入る。

やがて今度は軽めの音が階段をあがってきて、ふすまのすぐ外にことりと何かが置かれた。だが外から特に声かけはなく、そのまま去っていく。

駆は身じろぎひとつしない。

やがて朝がきた。

第四章

目が覚めて初めて、眠っていた、ということに気がついた。

駆はその事実に驚きながら、いつの間にか横になっていた体を起こす。時計を見ると七時半をまわっていて、また驚いた。高義にあわせて早起きが習慣になっている駆は、普段、六時頃には勝手に目が覚める体になっていたのだ。

直に畳の上で寝てしまったせいか、少し痛む肩をまわして駆はカーテンを開けた。すると窓の下に、工房からせっせと器を運んでいる充の姿が見える。

「――充！　ほんまに帰ってきたんや！」

と、門の方から若い男性の声がした。ぎりぎり死角で、姿は見えない。駆は薄めに窓を開いて、隙間から話を盗み聞いた。

「おー、トノやん！　久しぶり！　元気やった？」

「お前が言うなや！　うわあ、嬉しいなー……あ、夜。夜あいてる？　飲もうや」

「ああー、ごめん。親父が腰いわしてるし、片づけもあるしなあ、ちょと無理やわ」

「あー聞いた聞いた、親父さん大変やってんなぁ……まあでもいいやろ、息子帰ってきたもんな！　じゃ飲むのはまた次な！」

「おう。ほなまた今度」と明るい声がして、視界に充の姿が戻ってきた。嬉しそうな軽い足取りで工房の中へ消えていく。駆は窓を閉めると、きつく鍵をかけた。

――カケル。

耳の奥底で、あの男の声がする。

――カケル、もうひらがな全部書けるんだ。賢いなあ。お父さん嬉しいよ。

ざくり、と胸がナイフで裂かれた感覚がして、なおも聞こえる幻聴を、駆はばっ、と腕を振ってなぎ払った。下唇をきつく噛むと、目の縁に勝手に涙がにじむ。

……こんな名前にしなきゃ良かった。

かつてあの男が半年間ずっと呼び続けた、そんな名前を選ぶんじゃなかった。

駆は窓に手を当て、テントと工房を往復している充の姿を見下ろす。

自分は「カケル」、そして彼は「ミツル」。

名は体を表す、あかり先生に昔習った。その通りだ。

自分は何もかもが欠けている。そして彼は、すべてに満ちている。

――ぎりっ、と音がして、手の爪がいつの間にか窓ガラスをひっかいていたことに気がついた。その眺めは、ゆうべ早苗が美しく整えられた爪でテーブルをかいていた様子を思い出させる。

裂けた胸の中から、マグマのような怒りが噴き出した。

たったひとつ。たったひとつ、ずっと胸に大事にしまっていた、慕わしくあたたかい思い出、それがすべて、粉々にされてしまった。自分がどうか一日でも、一週間でも、一ヶ月でも、もしできるなら一生続いてほしいと強く願ったあの時間は、相手にとってはただの遊びで、会社や妻から命令されれば即座に捨てられるものだった。

だったら、せめてひとつ。

窓ガラスに垂直に立てた指の間から、充の姿を見る。

あんたは全部持ってる。見た目も才能も性格も友人も、何もかもすべてが満たされている。だったらせめてひとつくらい、自分に譲ってくれたっていい。

たったひとつ、「父親」くらいは。

消えてほしい。ここからいなくなってほしい。この場所は、あのひとだけは、自分の手元に残してほしい。何なら弥生と一緒に出ていったっていい。

でも高義とのつながりだけは、絶対に奪わせない。

駆のこころの上に、薄く、けれど鋼のごとく硬い板がぴたりと張られた。その下にうごめく熱さや冷たさ、柔らかさや頑なさ、すべての感情を封じ込めるように。

必ず、追い出す。どんな手を使ってでも。どんな「嘘」をついてでも。

駆は自分自身に、そう固く誓った。

着替えて扉を開けると、すぐ外の廊下にお盆が置いてあるのが目に入った。皿に入ってラップをかけられたサンドイッチと目玉焼き、ヨーグルトのカップと牛乳の入ったコップがある。コップに触れると、まだ充分に冷たかった。

駆はお盆を持って部屋に戻ると、あっという間にすべてを平らげた。空腹は全く感じていなかったけれど、これは残さず食べるべきだ、そう本能的に判っていた。

空のお盆を持って下におりると、食卓にはまだ高義が座っていて新聞を読んでいた。階段をおりてくる音に気がついたのか、ばっとそれをたたんで立ち上がろうとし、顔をしかめて腰に手を当て座り直す。

「おはよう」

ことさらに明るく言って、駆はダイニングキッチンに入った。テーブルにお盆を置いて、食器をシンクで洗い始める。高義は口ごもりつつ「おはよう」と返してきた。

「朝ご飯、美味しかった。これ充さんだよね？　お礼言わなきゃ。充さんどこ？」

「あ、ああ……今もう外で、店の準備しとる」

駆はタオルで手を拭き、目を大きく丸くして振り返った。

「えっ、ほんと？　じゃ行かなきゃ」

「駆……いいぞ、今日は別に、手伝わんでも。家でゆっくり休んどったらええ」

心底心配そうな高義に、駆は「ううん」と首を振った。一度口を開いて、だがうまく声が出せずにそのまま口を閉じる。たった今、あんなに強く決意したのに。

「無理しやんでいい。今日は休み」

なだめるような高義の声に、駆は改めてこころを決め直した。やらなくては。

「あの……昨日、箸置き、最初はあんまり売れなくって。でも……置き場所変えたら、結構売れたんだ。嬉しかったから、今日は最初からちゃんと場所キープしないと」

ためらいがちに話し出した駆に、高義はきょとんとした顔になった。それを確認してから、駆は「しまった」という表情を浮かべる。

「ごめん、あの……何でもない」

「なんや。何の話や、ちゃんと説明せい」

「うん……でも……誰にも言わないでくれる？　俊正さんや弥生さんにも」

駆が言いにくそうな声音で言うと、高義は「ああ、誰にも言わん」とうなずいた。

「昨日……器を並べるの、殆ど充さんがやってくれて。駆くんは商品の見せ方とかよう判らんやろ、って」

駆は細かく息を吸いながら、途切れ途切れに話した。母親と暮らしていた頃はあんなにすらすらつけていた「嘘」が、こんなに言いにくいと感じるのは初めてだ。

「助かるなあ、て嬉しかったんだけど……僕の箸置き、すごく目立たない、棚の端っこの下の方に積まれてて」

高義の眉がぴくりと動いた。それを見て、緊張と不安と、奇妙な愉悦とが駆の胸に湧く。同時にためらいがすうっと消えて、口がなめらかになってくるのを感じた。

「お店が、開いて……時間経っても、殆ど売れなくて。お客さん見てたら、どうも気づいてもいないみたいで……その内、充さんがお客さんの相手で手一杯になってきたから、少しずつそうっと場所移して、そしたらどんどん、売れてきて」

高義の顔にゆっくり赤みがのぼってくるのを見て、駆は慌てた声をあげ両手を振る。

自分はあくまで充に対して不満や悪意は持っていない、そう高義に思ってもらいたい。

「あ、あのね、でも別に、充さん意地悪とかそんなんでやったんじゃないと思うんだよ。売れ始めたの見て、良かったな、て言ってくれたし。僕の箸置き、一番最初に買ってくれたのも充さんで、すごく嬉しかった」

むっちゃいい、よう似とる、と言われたことを思い出すと、我ながら自然に笑顔が浮かんだ。嘘をつく時にはほんの少しの「本当」を混ぜるとバレにくい、駆はそれを過去の暮らしで本能的に知っていた。

「……でもやっぱり、このお店は岩渕の窯の店だから……そうじゃないものをあまり目立つようには置きたくなかったみたい。ほら、だって、ここ継ぐの充さんでしょ」

高義は、額を弾かれたみたいに面食らった表情を浮かべた。

「だからそこに、まだ下手くそな僕の品があると困るんじゃないかな……あ、だけど、褒めてくれたよ。よくできてる、って。だから師匠、僕がこんな話したって、充さんにも他の人にも、絶対言わないで」

手を合わせて懇願する駆に、高義は納得がいかない表情を浮かべつつもうなずいた。

「けど……駆、わしは別に、窯をあいつに継がそうとは思ってへんぞ。大体、帰ってくることも許した訳やない。今回は……まあ、わしの腰が原因やから、わしが文句言える筋合いやないしな。しょうがない。けど別に、ここを譲り渡すつもりはないぞ」

「えっ、そうなんだ……充さん、がっかりするだろうな」

駆は内心ほっとしながらも、それを顔に出さないようつとめる。

「自分が捨てたんや。そやのにそんな覚悟もなかったとは、情けないヤツめ」

憤慨する高義に、駆は曖昧に微笑んで「手伝ってくる」と部屋を離れた。庭に出ると、充がすぐに気づいて「おはようさん！」と大きく手を振ってくる。

「おはようございます」と駆は頭を下げると、陳列を手伝い始めた。

「朝ご飯、ありがとうございます。……ゆうべはすみません。すぐ寝ちゃって」

「ああ、いいよぅそんな。よう眠れたん、良かったよ」

駆が箸置きを並べていると、充が隣から手元を覗き込んでくる。

「結構売れたなあ。もう半分も残ってないんちゃう？」

「はい。充さんが売り込んでくれたおかげです。……そういえば充さんの器、お友達のお店に置いてもらってるんですよね？　昨日どうだったんですか？」

「ああ、うん。有難いことになあ、ほぼほぼ売れたわ」

充が嬉しそうな声をあげて、携帯の画面を見せてきた。そこには笑顔でピースサインをした男性がいて、背景に写った空っぽの棚には「ＳＯＬＤ　ＯＵＴ」と書かれた紙が置かれている。駆は歯を見せて顔をほころばせた。

「すごいな。これ、師匠にも見せたらいいんじゃないですか。きっと喜びますよ」

「ああ、ないない」と充は携帯を振って、笑いながら肩をすくめる。

「むしろまた怒鳴られるわ。お前よそさんとこで何勝手なことしとんねん、て」

「そうかなあ……こんなに人気のあるとこ見たら、師匠だって前言撤回しますよ。あんなひどいことも、もう言わなくなる……」

駆は途中で、はっとした顔を見せ言葉を切った。充がゆっくり、駆の方を見る。

「……何か言うてたん、親父？」

問いかけにぶんぶんと首を横に振って、駆は背を向けた。

「いいって。教えて。親父には当然、内緒にするから」

駆は一度深呼吸すると、背を向けたまま口を開く。

「……弥生さんや、俊正さんにも……師匠が充さんの悪口言うの聞くと、すごく悲しそうな顔をするから……だから二人にも、黙っててくれるなら」

「うん。判った、ありがとう。言わんよ」

もう一度深呼吸して、駆は充に向き直った。が、顔を上げることはしない。

「あんなもん、見かけ倒しや、って……子供騙しみたいなもんだ、ちゃんとした店に置けるような品やない。あんなんでウチの窯に戻ってこようなんてずうずうしい、大体自分が捨てて出ていったのに、自力でやってく覚悟もないなんて情けないヤツだ、って」

頭の上で、充がゆっくり息を吸って吐く音がした。

「……変わらんな」とかなりの時間をおいてぼそりと呟くと、充は会計用に設置した小さな折り畳みのテーブルの前に立つ。

「あかりも弥生も、親父は変わった、言うてたし……正直言ってこの何日か、俺も、あほんまかも、て思ってた。特に昨日。ああ、この人ちゃんと人に謝れるんや、『ごめん』って言えるんや、誰かのために泣けるんや、て結構感動してんけど……芯のところはやっぱり全然、変わってないわ」

「それは充さんの勘違いです。師匠はやさしい人です」

充の呟きに、思わず駆はぽろっと本音を吐いてしまった。言ってしまってから、しまった、とほぞを噛む。だが充は、一瞬押し黙って駆を見つめて、ふっ、と微笑《わら》った。

「……そうかも」

「えっ？」

「親父があんなんなのは……多分、俺に対してだけなんよ。トシ伯父ちゃんは子供の頃からの幼馴染やし、弥生には多少憎まれ口言うても、なんだかんだかわいがって大事にしてる。赤ちゃん時から一緒やしな、娘とおんなじや。駆くんも……きっと親父にとって、『息子』は駆くんだけなんやわ。俺だけあの人の中で、カテゴリが違うんよ」

充の言葉に、駆の心臓が揺れた。息子は自分だけ、という響きは嬉しく、けれど同時に、高義にとって自分はいつまでも「子供」で、充のように真剣に「職人」として扱われることはこの先もない、と言われたようで。

「……別に、こんな窯なんて欲しくもないのにな」

充は領収書の冊子を意味もなく指先でばらばら、とめくりながら吐き出すように言って、ちらりと工房の方を見た。

「継ごう思って、戻ってきた訳ちゃうわ。俺がつくるもん、一度だって褒めてくれたことなんかない癖に」

ひとしきり悪態をつくと、立ち尽くしている駆に目をやりちらっと笑みをみせる。

「……ごめんなあ、仲悪い親子で。間にはさまれても困るやろ、駆くんも」

「あ、いえ……」

「――おかえり、くらいは言うてくれるかと思ったんよ」

充は領収書を置くと、ふっと遠い目をして晴れ上がった空を見た。

「いや、思ってなかったかな……どうかな。もう判らん。家に親父運んで、その後駆くん帰ってきたやろ、そん時に……『おかえり』って、親父が」

そう言われて、カチリ、と脳の記憶のスイッチが入った。そうだ、あの時確かにそんなやりとりをした覚えがある。何気ない日常の挨拶を、充に聞かせたいと。

「あれ聞いて、あっ、って……帰ってきたんは自分も同じやのに、そういや一度も言われてなかった。あの『おかえり』は……結構、効いたわ」

呟く充の横顔に、あの時自分がそれを聞かせたい、と思った理由が今になって判った。「家族」として毎日当たり前に「ただいま」「おかえり」と交わす、そんな相手が高義には既にいるのだと、相手にそう思い知らせたかったのだ。

駆のその自覚は優越感と同時に、深いところでの共感も呼んだ。何もかも満ち足りていると思っていた、けれどそんな充にもこれほどまでに、欠けて求めているものがある。

……でも、それを渡す訳にはいかない。

自分に似たところもあるんだな、というその共感も、駆の固い意志には何の影響も及ぼさなかった。この人は他にもあんなにたくさんのものを持っているのだから、たったひとつの小さな欠けなどそれで間に合わせればいい。

自分にはこれしかないのだから。

「——じゃあ、僕が言います」

駆はとびきりの笑顔を浮かべて、まっすぐに充を見た。

「充さん。……おかえり、なさい」

丸く見開かれた充の目が、ゆっくりと三日月のかたちに細められる。

「……うん。ただいま。ただいま、駆くん」

そして充は、同じくらいに満面の笑みを見せた。


この日は前日以上によく売れた。

駆の箸置きも午後を待たずに売り切れて、閉店の頃にはほぼ商品がなくなった。

「まあなあ……格安にしてるっちゅうのもあるんやろうけど、口惜しいけど、まあ……出来は、ええんよな。正直ちょっと、デザインやらは古いなぁと思うもんもあるけど、技術は間違いないからなあ……そら売れてくわな、やっぱ」

それはそうだろうけど、去年や一昨年と比べてここまで売れたのは間違いなく充の話術あってのことだ。駆はそう思ったが、口にはしなかった。

手分けしてテントを片づけ、母屋に戻る。「よう売れたしな、お寿司《すし》取ろうや、お寿司。駆くんお寿司大丈夫よな？」と充は言って、居間の壁にある状差しから近所の寿司屋のメニュー表を取り出し、電話をかけ始めた。

それを横目に、駆は仏間へ入る。中では背もたれを倒した座椅子に座り、布団を胸まで掛けた高義が本を読んでいた。駆を見て、「おお、お疲れさん」と本を置く。

「箸置き、よう売れたな。ええ出来やったし、来年はもっと高い値つけたらどうや」

「……うん、どうかな」

今朝充が、「自分がつくったものは一度も褒めてくれたことがない」と話していたのを思い出し、駆は一瞬口ごもった。この褒め言葉は「本当に出来が良かったから」なのか、それとも「子供がつくった工作を大人が褒めるようなもの」なのか。

「なんや、どうした。またあいつになんぞ言われたか」

駆の一瞬の逡巡《しゅんじゅん》を違うものにとったのか、高義は声をひそめて心配そうに聞く。せっかくだからこの誤解を利用しよう、と駆は「うーん」と曖昧な声を出して首を振った。

「僕の箸置きのことじゃなくて……親父の品が売れるのは、値付けがおかしいからだ、って。ここまで安くしたら何だって売れる、けど買ってくのは年寄りばっかりだ、何せ親父のつくるもんは古くさいから……こんな古びた窯なんか欲しくもないわ、って」

言いにくそうにわざと口ごもりつつ駆が言うと、高義は明らかにむっとした顔になって息を吐いた。悪態をつこうと口を開いた瞬間、ふすまが外からとんとん、と叩かれる。返事を待たずに、ふすまがからりと開いた。

「徳寿司さんに、松三人前で頼んだで。ええよな」

メニューをひらひら、と振って尋ねる充に、高義が不機嫌そうな顔で首をひねった。

「誰が晩飯食べるて言うた」

メニューを振る手をぴたっと止めて、充が「へっ？」と声をあげる。

「え、食べへんの？　具合悪い？」

「お前と同じテーブルで晩飯食べる気はない、ちゅうだけや」

充は大きく呼吸して、「そうか」とだけ言った。駆は緊張で息を止めている。

「……けど、もう頼むもんは頼んだしな。俺の分は持って帰るで」

「そら好きにせい」

「ああ、そうする」と充は吐き捨てるように言うと、ぴしゃり、とふすまを閉じて出ていった。駆は急いでその後を追う。

「充さん」と声をかけると、メニューでとん、と自分の肩を叩いて充が振り返った。

「ごめんなあ。またやったわ……ほんま、いづらいよな駆くんも」

「いえ、大丈夫です」

「しっかし、何が気に入らんの？　ちゃんと手伝って売上げ出して……普通は礼の一言くらい言う場面ちゃう?」

さすがに腹が立っているのか、かなり大きめの声の充に駆は目くばせした。それを見て充も、あっ、という顔をしてダイニングキッチンを出る。連れ立って玄関に向かうと、上がりかまちに腰をおろして小さく駆を手招いた。

「何か言うてたん、親父」

小声で尋ねる充に、駆は隣につま先を立てて正座してうなずく。

「昼間にお見舞い持ってきた百貨店の人いたじゃないですか。あの人が、ウチに来る前に充さんの器売ってた店に立ち寄ったらしくて、その話したみたいで……よそのところで勝手して、てかなり怒ってます」

充はしまった、といった顔で天井を仰いだ。

「ああー……もうバレたか。まあその内必ずバレるとは思ってたけど、早かった……」

「寝込んでる間に人の目を盗んで、そのやり口が気にくわん、って……自分は認めてないのにあんな出来の悪いもん勝手に売られて、つくったんがウチの家の者だと知られたら岩渕の窯の評判にかかわる、てすごく怒ってました」

「……ほんま、好き放題言うてくれるわ」

充は唇の上下をきゅっと巻き込むと、パッ、と音を立てて開いた。はあ、と息をついて苦笑を浮かべ駆を見やる。

「しっかし……さすがにちょっとなあ、折れるわ、俺でも」

充はぐっ、と右手を前に突き出して、左手で腕に触れる。

「そこまで腕が悪いとは思ったことないねんけどなぁ……自分では」

開いた右の手のひらをためつすがめつ見て、苦く笑った。

「まあ、でも、あの人ああいう人やからな。俺のやることなすこと、全部気に入らんねん。そういう人やわ。判ってる……判ってたから、出ていってんけど。もう二度と戻らんつもりやったのに……シロタの、ことも、やけど……親父の『山石陶』、あれが……正直言うたら、むちゃむちゃ良くてさ」

右手をぎゅっと握り込むと、充は腕をおろす。

「どんな土使ってんねやろ、どんな風につくってんねやろ、思たらもう気になって気になって……単純に出来が良い、てだけの話やのうて、何つうかな、精神性っつか、深みっつか……そこに世界が、丸ごとぽんとひとつある、つうか。びっくりして……ああ、こういうもんがつくれる人やったんや、知らんかった。もしかして親父には、俺が全然知らん、見ようともせんかった何かがあったんかもしらん、そう思たら……一度は帰って、会って、話してみてもええかもしれん、て……思たんよ」

つらつらと途切れなく話す充を見ながら、駆はどきどきした。もし今からでも充がそんな風に真剣に高義と向き合おうとしたら、すべてが水の泡だ。

「……けど、なんかもうええかな、て気もしてきた。そこまでなあ、そこまで嫌われてんねやったら……戻ってきたんが、間違いやったかも」

駆の心臓がぴょんと跳ねた。そう、だからもうこのまま出ていってほしい。

「まあでも、弥生に言うたしな。もう逃げん、って」

充はそう呟いて、駆の方を見て唇の片側だけをくっと上げて笑った。

「もう少し……もうちょい、粘るわ。まああんなんやったら、いつまでこっちの忍耐もつか、判らんけどなあ。それに……駆くんのことも、放ったらかしにはできんし」

この先どうやって追い出す方向に持っていこう、そんなことを頭の端で考え始めていた駆は、一瞬反応が遅れた。

「もうちょい時間経ってから、て思てたけど、なんか今日見てたら思いのほか元気やし、聞くわ……駆くんほんま、どうする？　お母さん」

真面目な顔で自分を見る充に、駆はぽかんとした。一体何の話なのか。

「警察が中学校に問い合わせたら、駆くんのお婆ちゃんの名前も判るやろ。早苗さん、あの人やったら間違いなく、引っ越し先の住所も把握してるやろし。まあ、今もそこに住んでるかは判らんけど……とにかく、かなりの手がかりやで」

そういえば警察に探してもらうかも、という話を昨日していた、と駆はやっと思い出した。「先生」の真実が衝撃的すぎて、すっかり頭から飛んでいた。

「勿論、駆くんがもう別に探していらん、言うなら黙っとく。けど、ちょっとでも気になる、て気持ちがあるなら、親父に頼んで、警察に話してもらうよ。どうする？」

突然の提案に、駆は言葉が見つからず、じっと膝の上の自分の手を見つめた。

三年前のあの時、実は駆は多くのことを警察に黙っていた。本当は自分達が住んでいたアパートも、母が働いていた夜の店の名前や場所も、車に当たり屋をしていた道路もすべて覚えていたのだ。一度警察に車で連れていかれて「どの辺だったか判る？」と聞かれたが、見覚えのある道でも全部首を横に振った。もしも母親が見つかったら、高義から引き離されて母のところに戻されてしまうかもしれない。それが怖かったのだ。

警察の人達はそうはならない、と言ったが駆には信用できなかった。母との生活の間、いくつかの街で児童相談所や民生委員を名乗る人が訪ねてきたことがあった。だが母親が明るく「他人が苦手で不登校なんですけど、家ではいい子なので大丈夫です」と話すとすぐに帰ってしまい、二度と来ることはなかったのだ。「母親の権利は強いから」とその時の彼氏は言っていた。「母親から子供を引き離すのは、相当難しい」とも。

……もし今母親が見つかったら、あの人は自分を引き取りたがるだろうか。

と考えてみても、駆には全く判らなかった。今になって思うと、自分はあの頃、母親の機嫌を察知するのに精一杯で、何をどう言えば機嫌を損ねないか、暴力を受けずに済むか、どうしたら食べ物がもらえるか、そんなことばかりにずっと気を張っていた。

ったのだ。日々何を考えて生きていたのか。自身や駆の将来をどう思っていたのか。
「富田信子」というひとりの女性が、一体どういう人間なのかは、全く知る機会がなか

「昔のこと、親父に聞いた。まあ、俺としてはさ……その母親、別に要らんのちゃうん、もうこのまま放っといたら、て思うけども、まあそれは他人の意見やからなあ……あと、井本さんの話聞いて、ちょっと気になって」

駆はつられたように顔を上げて充を見た。何のことだろう？

「お母さんさあ……駆くんに言うたんやろ。先生は死んだ、って。でもほんまは、奥さんとは離婚してる、て騙されてただけで……けど、それを隠して、自分の中だけにとどめて、駆くんには死んだことにした訳やん。それ、どういうつもりやったんやろ、って」

駆は呼吸をするのも忘れて、充の横顔を見つめた。そんなこと、考えもしなかった。でも確かにそうだ。男と喧嘩して別れると、未練があってもなくても母は駆に文句や愚痴ばかり言っていた。なのに先生の時は「死んだ」の一言っきりだった。

「駆くんが先生に騙されてた、て知って辛い思いをせんように、なのか、それとも騙された自分を認めたくなかっただけなんか……それこそ他人やし、よう判らんけどさ」

母親が自分の為に嘘をついたのかもしれない、という想像は駆のこころを揺らした。そういう思いやりを、母が自分に向けてくれるなんて考えたこともなかった。

母が男に騙されるのはよくある話だった。だから騙されたのを認めたくなかった、と

は考えにくい……いや、でも。

　そこまで考え、駆ははっとなる。

　だけどもし、この時だけは、騙されたと思いたくなかったとしたら……それは多分、母が本気で、先生を愛していたからだ。本気で結婚して三人で家族になりたい、そう考えていたからだ。「弟か妹が欲しくないか」と駆に聞いたあの時の母は、間違いなく「自分と先生」ではなく、「自分と駆と先生」のセットで、将来を考えていた。

「どっちにしても……それだけあの先生が、特別やったんやろうなあ、お母さんには」

　駆の脳内にひらめいた思いを、充の言葉が後押しする。

　中学で「先生」に出会った時、母は彼のことをどんな風に思っていたのか。早苗の話では、別れさせられた時は泣いて嫌がっていたという。十年後に再会し、独り身だと信じて一緒に暮らしていた、あの時、もしかしたら母も自分と同じように、この日々が一日、一週間、一ヶ月、一生続けばいい、そう毎晩祈っていたのだろうか。

　そう思った瞬間、初めて駆は、母親を「ひとりの人間」として認識した。

　会いたい。会って……聞いてみたい。母は自分を、どう思っていたのか。どうしてここにも捨てることなく、ずっと連れ回していたのか。でも……だけど。

　黙りこくったままの駆を、「駆くん？」と下から充が覗き込んだ。

「どうした？　俺もしかして、なんか悪いこと言うてしもたかな。大丈夫？」

だけど「会いたい」のは母親恋しさからではない。三年前の事故の日、振り返りもせずに男と去っていった、あの時の絶望は忘れられない。もし再会できたとしても、一緒に暮らす気はこれっぽっちもないのだ。自分の人生は、もうこの場所にしかない。

「……充さん」

駆は歯の間から押し出すように、息の多い声を吐いた。

「あの、もし……もしご存知でしたら教えてほしいんですが……仮に母が見つかったとして……母が希望したら、僕は母のところに戻らないといけないんですか？」

絞り出すような駆の問いに、充は一瞬ぱっと目を見開き、すぐに笑った。

「なんや。大丈夫大丈夫、絶対そんなんない。有り得へんよぅ、心配いらん」

「でも……母親と子供を引き離すのは、すごく難しい、って」

「そら子供が小さい時の話やろ？　駆くんもう十七やん。そんなん本人の希望が優先やって、大丈夫よ」

想像を超えてあっけらかんと言われて、駆は拍子抜けした。そんなものなのか。

「それにさあ、ほんとに警察がお母さん見つけたら、確実に罪になると思うんよ、ヤクザのとこに子供置いてったとか。まあ言うても、執行猶予つくやろうけど……それでもそんなところに戻らすとか、絶対ないよ。そもそもあの親父が、そんなん許す訳ない」

ぱたぱたと片手を振って話す充に、駆はふっと心細くなった。

「……でも……」

目を大きくして、「ん？」とひとなつっこい笑みでじっと見つめてくる充に、駆は口ごもった。何とかして追い出そうとしている相手に、頼ろうとするなんて。

そうは思いながらも、言葉を止めることができなかった。

「でも僕、来年十八だから……十八になったら『里親』は終わるから……そうなったらやっぱり、母のところに、戻るしかなくなるかも、って」

充はぱちり、とまばたきして、ふうっと目を細めてやわらかく微笑む。

「……俺、里親制度のことはよう知らんけど……でもそれって別に、十八になったら必ずそこを出ていかなあかん、残ることは許されん、て話やないんやろ？」

「まあ、はい」

「ほな大丈夫よ。だって駆くん、親父の『息子』やん」

微笑んだまま言われて、駆は口をつぐんだ。それは、嘘だから。

「見てたら判るよ。ほんと、そこは弥生やあかりの言う通りや。親父、変わったよ。あの人が『父親』になる、いうんはああいうことなんやなあ、て二人見てて思ったもん」

しみじみと語る充の姿に、駆のこころは複雑に揺れた。充のこの思いは、どこまで純粋な観察に基づいたものなのか。自分のついた嘘を信じているから、そう思えるだけなんじゃないのか。

自分があんな嘘をつかなかったら。そうすれば外から見て高義が自分を「息子」だと思っているように見えるかどうかが判ったのに。

駆は後悔しながらも、また「追い出そうとしている相手」の言葉に頼りたがっている自分自身をはがゆく感じた。それはひどく、ずるいことに思えて。

「……まあとりあえず、考えといて。別に急ぐ話やないんやし。なんなら親父にも相談してみたらええよ。な」

充が軽く駆の背中をぱん、と叩くと同時に、チャイムが鳴った。「徳寿司でーす」と外からも声が聞こえる。

「ああ、きたきた」

充は嬉しそうに言って立ち上がると、玄関を開けて外に出た。すぐに一人前サイズの寿司桶《すしおけ》を三つ重ねて戻ってくる。

「駆くん、悪いけどこれひとつ、中身、別の入れもんに移してきてもらえる？」

全部の寿司桶を駆の手に渡し、充は言った。駆は台所に向かい密閉容器に一人前分を移し、割り箸と保冷剤を添えてレジ袋に入れると急いで玄関へと戻る。

「ああ、助かる。ありがとうありがとう」

「あの、お代は」と駆が聞くと、「駆くんのデビュー祝い。出しといた」と充は笑う。

「まあでも、正直、親父の分は請求したってええよなあ。ま、いいけどさ」

とまた明るく笑うと、充は「おやすみ」と手を振って出ていった。
からり、と閉められた引き戸を見つめて、駆はため息をつく。感情を閉じ込めたここ
ろの蓋が開きそうになるのを、胸に手を当ててぐっと押さえつけた。いい人なんだ。そ
う、判ってる。だからこそあんなに何もかもを持ち合わせてるんだ。
だからこの場所ひとつがなくなったって、大丈夫。きっとあの人なら、どこにいたっ
て充分に受け入れられて愛されて幸せになる。
駆は自らにそう言い聞かせて、ダイニングキッチンへと戻った。仏間のふすまをほと
ほとと叩いて、そっと開く。
「師匠、お寿司きたよ」
高義は仏頂面のまま、ひとつうなずいた。手をついて立ち上がろうとするので、駆は
急いで駆け寄って手を貸す。
食卓の椅子に座らせてお茶の準備をしていると、高義が「あいつ、何の話しとった」
と尋ねてきた。駆はごくん、と唾を飲み込み口を開く。
「あの……充さん、こないだの自作の陶器、店に出したんだって」
「なんやと？　ウチの店にか」
ボリュームの上がった声に、「違う違う」と駆は心底慌てて手を振る。
「友達の……どこのお店かは知らないけど、今回、陶器市に出店してる他のお店のブー

スに、一緒に置かせてもらったんだって」

駆の説明に高義は眉を跳ね上げ、むっつりとした表情で腕を組んだ。「あいつの連れの店言うたら……あそこか？　いや……」と口の中でぶつぶつ呟いている。

「ウチは全部は、売れなかったけど……自分のは二日間で売り切れた、て自慢してた」

「断りもなく勝手しよって……人様の軒借りるとか、ずうずうしい」

まだ不満を言いたげな高義の前に、駆はお茶を置いた。

「とりあえず、食べようよ。これは僕、払っといたから」

「あいつ、自分で頼んで金出しもせんかったんか。ほんまにずうずうしいな……ほな後でお代渡すわ」

ぶつくさ言いつつも、さすが松ランクのお寿司だけあって美味しかったのか、高義の箸はどんどん進む。駆も最初こそ食欲など失《う》せていたが、食べ出すと美味しくて、気づくとすっかり平らげてしまっていた。

高義の入浴を手伝ってから自分も風呂に入って二階に上がると、放ったらかしだった携帯に弥生からメッセージが入っていた。片づけが済んだので今から車で戻る、明日には顔を出す、とある。陶器市の盛況を、充からだけでなく他の知人達からも聞いたようで、良かったね、とかわいい動物達がはしゃいでいるイラストも送ってきていた。

久々に顔が見られるのが嬉しい反面、気持ちがぐっと引き締まった。反目している高義と充、それぞれに嘘をつくのはそこまで難しくないけれど、高義親子のどちらとも仲の良い弥生や俊正を欺くことは難しい。

それでも、やらなくちゃ。

駆は自らに言い聞かせ、ぐっと腹の底に力を入れた。


次の日、朝一番で高義を診察に連れていく為、俊正親子が車でやってきた。弥生は目に涙まで浮かべて、「お店成功して良かった、ほんとに」とぎゅっと両の手で駆の手を握る。高義の回復も順調で、これならそろそろ歩いた方がいい、と医者から言われた。

外で昼食をとって家に帰ると、俊正達が改まった様子で駆に母親の件を尋ねてきた。ゆうべやってきた充に話を聞き、高義に電話をしたのだという。道理で弥生が涙ぐんでいた訳だ、と駆は納得した。

駆の気持ち次第だ、すぐに決めなくてもいい、と二人は話した。特に高義は「お前をあんな目にあわした親や。探す必要なんかない。けど、もしどうしても、言うなら警察に頼むけど……見つかっても別に会ったりせんでもええぞ」と強く言う。

駆は嬉しく思いながらも首を振った。こうやってきっちり母を否定し排除しようとする高義と、否定はしても、母の心情を真剣に読み取ろうとする充と、どちらも心底から自分の味方をしてくれているのがはっきりと判る。追い出そうとしている相手に頼るのもどうかと思うが、充の話に「母親に会って話を聞いてみたい」と思ったのは確かだ。

駆がきっぱりと、警察に話してほしい、母親を探してほしい、と言うと、高義と俊正は顔を見合わせた。「ええんか」と念押しされて、駆はうなずく。

まずは俊正と高義だけで警察に行くことになり、残った駆と弥生は一緒に夕飯の準備を始めた。並んで野菜の下ごしらえをしながら、弥生が話し始める。

「駆くん、お母さんのところに戻されないか、て心配してたら、ミツくんに『駆くんもおんなじこと気にしとったわ』て笑われちゃった。駆くんが残りたい、てしっかり思ってくれてんねんから大丈夫、心配ないよ、てミツくん言うてくれはって」

駆は小さく口を開けて、はにかむように微笑む弥生を見つめた。

「わたし、ほんまに嬉しいて……駆くんが叔父ちゃんといたいと思ってくれるん、ほんまに良かった、思うてるんよ」

弥生は野菜を刻む手を止めて、駆に向き直った。

「ミツくんが出ていった後の叔父ちゃん、ほんまに、見てられんくて……別に何がどう変わった、いうんやないん。今まで通り、普通に朝起きて仕事して、シロタの散歩してご飯食べてお風呂入って寝て……何にも変わらんのに、何かがすっぽり抜けてて、がらんどうみたいやった。仕事には前以上に熱心になってたけど、ただそれだけで……工房でひとりぼっちでろくろの前に座ってる、あの背中見てるだけで辛かった。だから、ほんまに……ここに来てくれて、ありがとう」

水分が増えてきらきらと光る瞳で言われて、駆は嬉しさとさみしさが入り混じった複雑な思いがした。それほどまでに高義の胸を占めていた充の存在の大きさに。

「ミツくん、俺よりよっぽど、駆くんの方が『息子』みたいや、言うてはったわ」

可笑しそうに喉を鳴らす弥生に、駆はためらいながら口を開く。

「弥生さん……師匠と充さんが仲悪いの、やっぱり辛い？　喧嘩してるの、見るの嫌だよね？」

だったらいっそ、充と二人でこの土地を出ていった方が、とまで続けるつもりが、即座に言えなかった。そうなれば確かに自分の目的は達成されるけれど、二つ返事でうなずかれたらと思うとやはり辛い。

「うーん……」

だが意外なことに、弥生は包丁を持ち直すと即答せずに首をひねった。

「まあね、見たいか見たくないか、言うたらそりゃ進んで見たいもんじゃないけど……なんかね、ちょっとね、懐かしくもあるんよね。昔も叔父ちゃんが厳しく仕事教えて、ミツくんがそれに反抗して、てよくあったから。ただ、その頃は叔母ちゃんが、二人の間を上手いこととりもってて……だからね、今度はわたしが、その役目を……できたらいいなあ、って」

大根をいちょう形に切りながら、弥生はちらっと駆を見て微笑む。

「なんて言うんかな……ほら、喧嘩できるんってつまり、喧嘩できる距離に相手がいるからでしょ？　そやし今はわたし、喧嘩してるところでも見てて嬉しいんよ。二人がちゃんと同じ空間にいる、それだけで……もう十二分に、嬉しいん」

細められた弥生の目の中の光に、駆は打ちのめされた気がした。その、まっすぐで明るい芯の強さに。

涙もろい癖に芯が強い、それこそが駆が弥生を好きになった理由のひとつだ。だが今は、その明るい正しさが自分をぶん殴ってくるように感じられ、駆は頬の内側を噛む。自分が安直に「充に去ってもらう為なら弥生を失っても仕方がない」と考えていた、その底の浅さを戒められたようで。

「家出の仕方が仕方やったしね、叔父ちゃんも今はまだ、意地張ってるだけやと思うのよ。そやし、ミツくんに踏ん張ってもらって、ゆっくり時間かけて……七年ぶりやもん、そんな、帰ってきて一ヶ月や二ヶ月でどうこうなるもんでもないでしょ。ミツくんのつくったもの見てもらって、ミツくん本人を見てもらって……そうやってたっぷり時間かけられることが、わたしほんまに嬉しいんよ」

二人でここを出ていけば、自分は辛いが弥生は幸せになる。その単純な考えが間違いだと駆は悟った。でもだからと言って、充に残られるのはやはりどうしても嫌だ。弥生が「時間をかければどうにかなるかも」と思うのなら、つまり自分には時間の猶予はあまりない。短期決戦で充にこの家に見切りをつけさせないと。

高義達が警察から戻ってきて、久々に四人揃って夕食をとった。三年前に病院まで駆を聴取しに来た田沢に話ができたそうだ。ヤクザとヒロシの行方は判らなかったが、これなら母親だけでも見つけられるかも、と彼女も喜んでいたという。

夕食の後、駆は帰る二人を玄関まで見送った。庭に停めた車に弥生が乗り込むと、今にも運転席に入ろうとしていた俊正が何故かドアを閉めて戻ってくる。

駆がきょとんとしていると「ちょっと、忘れ物」と言い、たたきに入ってきて戸を閉めた。なのに家には上がろうとせず、すぐ目の前に立った駆をじっと見る。

「……駆、大丈夫か」

何を聞かれているのか全く判らず、駆はますますきょとんとする。

「充がなあ……昨日、言うてたんや。駆はちょっと、いい子すぎひんか、って」

と胸をつかれたような気持ちがして、駆は口をつぐんだ。

「あ、いや、駆はええ子やで。ほんまに。それはよう判ってるんや、俺も充も。けど、なんて言うんかな……もっとわがままでええのに、もっとしんどがってええのに、いうんを、全部自分だけで始末しようとしてる、言うか」

言葉もなくただ突っ立っていると、俊正は苦笑してぽん、と駆の頭に手を乗せる。

「どう言うんかなあ……駆はもっと、子供でいてええねん。俺や高義、弥生や充に、もっと寄っかかってええ。言いたいこと言ってやりたいようにやったらええ。なあ」

髪の毛を通してじわじわと伝わってくる手のひらの重みとあたたかさを全身で感じながら、駆は何も言えずにいた。そんなのは無理だ。

だって自分は、ただの居候にすぎない。勿論、里親制度で養育費は出ているけれど、金銭的な方面だけじゃない、ここでの暮らし、生活の本質すべてを担っているのは高義と俊正達だ。今の生活は人生で一番幸福で、決してこの家や高義達から離れたくはない。そんな場所でわがままになど生きられる訳がない。

それに今の自分は、実の息子を全力で追い出そうと企《たくら》んでいる。充を追い出して自分ひとりを「息子」として愛してほしい。もしそんな本心を本当に口にしたら、充や弥生からは忌み嫌われ、俊正には軽蔑されるだろう。高義がどう思うかは想像もつかない。想像を……したくない。考えるのも怖い。

「俺と高義は、赤ん坊の時からのつきあいや。兄弟、いや、双子みたいに育った。あいつの考えてることとなんか手にとるように判る。あいつはきっと、もっともっとお前に甘えてほしいと思っとるで」

ぽんぽん、と手をはずませると、俊正は少し背をかがめて駆の顔を覗き込む。

「妹が亡くなった時は……そら俺も辛かったけど、それ以上にあいつのことが気がかりで……そやし今こうしてこの家に駆がいて、充も戻ってきて、俺はほんまに安心してるんや。頼んだで、駆。二人で高義の傍におってやってくれ」

駆の両肩に手を置き一度ぎゅっと握ると、俊正はにっと笑って軽く駆の背を叩いた。

「おやすみ」と出ていく姿を、駆は結局何も言えないまま見送る。

やりたいようにやっていい、そう俊正は言った。けれど自分の望みは、「二人で高義の傍にいること」とは真っ向から対立することなのに。

板ばさみになった思いで、駆は玄関の引き戸をそっと閉めた。


その二日後、高義は朝から接骨院に鍼《はり》を打ちに行った。「痛みが引いたら体を動かしていく方がいい」という医者のアドバイスに従い、徒歩ででかけていく。

駆はひとり、工房に入った。無心に土を練り、ろくろに置いてまわし始めると、気持ちがすうっとなだらかになっていく。何をつくるかは全く考えていなかったが、なんとなく手に従うと茶碗と抹茶碗の中間のようなかたちが手の中にできあがってきた。

指先につるつると当たるぬめった感触を、手を動かさずにじんわりと味わっていると、突然工房の引き戸ががらりと開いた。驚いたはずみで、土がぐにゃりと崩れる。

「おはよう」と陽気な声で充が大股に入ってきて、駆は度肝を抜かれた。

「今、親父鍼打ちに行ってんねやろ？　トシ伯父ちゃんに聞いたし、ちょっと工房、使わしてもらお、思て……あっ、ごめん。いきなりで驚かしたなあ」

嬉しそうに手をこすりながらやってきて、駆の手元の土に目を丸くする。

「あ、いえ、別に」と駆は崩れた土を取り除き、ろくろを止めて立ち上がった。

「俺も触っていい？」

いかにもわくわくした顔つきで尋ねてくる充にうなずくと、駆は工房の隅の流しで手を洗った。急いで母屋に戻ると、自分の部屋から封筒を取って駆け戻る。

充はろくろで、大きな球状の口の狭い器をつくっていた。できた器の上半分を、ピアノ線であっさりと斜めに切る。ボールチェアのような形状になった器をしげしげと眺めると、切り口をなめし皮でつるつるに整えた。張りを帯びた丸いふくらみと、反対にぐっとシャープな斜めの切り口からなる全体の形状はえも言われぬ程美しい。

「……それ、なんですか」

思わず聞くと、充は後ろに駆がいることに初めて気づいたような表情で顔を上げた。一拍おいて、「うーん、なんやろ？」と首を傾げる。

「判らん。……あ、鳥の餌入れとか、下の内側をもっと平たくしたら上生菓子の皿にも使えるかも……うん、それ、ええな。菓子皿や。そしたらこの下のところ……」

土のついた指で顎の下をひねりながら、また創作に没頭していく充に、駆は慌てて「充さん、あの、これ」と声をかけた。封筒をさし出すと、充は手を止め「それ何？」とききょとんと駆を見る。

「お寿司代です。こないだの」

「ああー……って、別に、ええのに。お祝い言うたよ」

「僕もそう言ったんですけど、師匠が絶対に返せ、って……その、あいつが金出した寿司なんか食いたくない、ウチの窯のことをあいつに祝われるいわれはない、って」

本当は、寿司の代金を駆が払ったと思っている高義が渡してきたお金だ。だがそのことは隠して、封筒を再度さし出す。充は封筒をじっと見つめて深く息をつくと、突然大きく手を動かしてつくりかけの器をぐちゃっ、とつぶした。

たった今まで、目の前であんなに美しくぴんと張っていた土の無惨な姿に、駆の心臓が早鐘を打つ。その荒々しさが、充の今の感情そのままのようで。

「……なんなん、ほんまに」

一本調子の声で言うと、充は立ち上がった。その体の大きさに駆は思わずたじろぐ。

充は駆の様子に気づかずまっすぐ流しに向かうと、ざばざばと手を洗った。手を拭きながら戻ってくると、湿った指で封筒を受け取る。中を覗くと、目の縁からすっと険が取れ、不思議そうな目つきになった。

「これ、三人分？　俺のも？」

しまった、と駆の動悸《どうき》が更に速くなった。分けるという発想が全く浮かばず、そのまま右から左に渡してしまった。

「そうなんですか？　僕、中身は見てなくて」

とりあえず「自分は無関係だ」と示したくて早口に駆が言うと、充は不思議そうな目をしたまま「ふうん」と首をひねった。

「何考えてんのか親父も……まあ、ええか。よう考えてみたら丸二日タダ働きや。一人前の寿司代では到底足らんもん、もらっとくわ」

充はぱしっ、と封筒で自分の手の甲を叩くと、ジーパンの後ろポケットにねじこむ。その顔つきからはすっかり怒りが抜けていて、ああ、失敗した、と駆は落胆した。

「俺は全然、親父の金で寿司食うの嫌やないからな。人のお金で美味い寿司食べるとか最高よ」

明るく笑う充に、駆は途方に暮れる。どうしたら決裂させられるのか、本当に手強《てごわ》い。

「……ああ、思ったより時間経ってもた、もう親父帰ってくるかな……そしたら駆くん、また親父がおらん時狙って遊び来るわ」

「あっ、じゃあ……連絡先、教えてもらえますか。師匠が留守にする時、伝えます」

壁の時計を振り仰いで言った充に、駆は急いで返した。とにかくこまめに、高義が充に戻ってきてほしくないと思っている、と伝えなければ。

「ああ、助かる……けど、いいの？」

携帯を取り出しながら尋ねる充に、駆は本気で意味が判らず首を傾げる。

「いや、ほら、なんかさ……駆くんに嘘つかせるみたいで、悪いなあって」

虚をつかれて駆は一瞬黙った。既にもういくつも、もっと大きな嘘をついている身だ。

今更そんなことなど気にとめもしなかった。

……根っから嘘つきだから。母親が言ったように、自分は嘘つきで、悪い人間だから。

だからその程度のこと、気になりもしなかったんだろう。

こぽり、と泡のように胸の底から湧き上がってきた言葉を、駆は小さく首を振ってつぶした。そんなんじゃない。自分はそんな悪い人間じゃない、だって。

「――嘘も方便、って言うじゃないですか」と、するっと言葉が口から出た。

「誰も傷つけない、皆の為の嘘ってものがある。そういうのは良い嘘だ、て昔師匠が言ってました。これも、そうだと思います」

充は眉を上げ、一度ぱちりと大きくまばたきをした。それから、ぱっと破顔する。

「親父もええこと言うなあ。ちょと見直した。うん、そうや、これはええ嘘やわ」

何度もうなずきながら、充は携帯をさし出してきた。駆も自分のそれを取り出し、連絡先を交換する。

「うん、ありがとう。……そしたら、また」

大きく手を振って足早に出ていく充を、駆も小さく手を振り見送る。外からカチャン、と門扉を開け閉めする音が聞こえてきて、ほっと口から息がもれた。くるり、とろくろに向き直ると、先刻充がぐちゃっとつぶした土の塊が嫌でも目に入る。表面に触れると、うっすら水気が飛んでいて、指紋がぺたりとつく。

……かわいそうに。

つぶれた部分を取り除きながら、小さく口の中で呟く。

あんなに美しく誇り高くあったのに、自分の嘘でこんな姿になってしまった。本当ならこの後、あざやかな彩色がなされて炎に焼かれ、見事な完成品になったろうに。

見る影もなくぐちゃりと歪んだ土を見ていると、自分でも意外なことに目の奥から涙がにじんだ。ごめんよ、本当に……ほんとに悪いことをした、ごめん。

「先生」の件があってから、あれだけ嘘をついても誰にも感じなかった罪悪感を、駆は初めて、つぶされた土の塊に対して感じた。自分がこれを、こんな姿にしてしまった。

誰も傷つけない、なんて違う。少なくとも自分の嘘は、確かにこの土を傷つけた。

駆はそっと、歪んだ土の塊をなでる。

ごめんよ。自分にはもう元に戻せない。許してほしい……けどきっと、許されはしない。この土からも。誰からも。

駆の頬に、すっとひと筋、涙が流れた。


その五日後に、警察から連絡が入った。

まず高義と俊正にだけ話をしたい、と言われて二人は警察へと向かう。

家で弥生と夕飯をつくって待っていると、帰宅した二人と共に、田沢が現れた。駆に話がある、と言われて、客間で高義達と並んで向かい合う。

彼女が出してきた二枚の写真に、駆は目を見張った。

一枚は母親だ。眠っているのか目を閉じていて、肌が透き通るように白い。

その次に出された写真に、今度は息が止まった。

あの時のヤクザだ。

黒い背広を着た男は、痩せて表情のない細面の顔で、じっとこちらを見ている。

「こちら、お母様で間違いないですか？　富田信子さん」

母の写真を示され、駆は「はい」とうなずく。

「それから、この男……駆くんを暴行した相手で、間違いない？」

陰鬱な黒いまなざしから目が離せないまま、駆は無言でうなずいた。背中にびっしり、鳥肌が立っているのが自分で判る。

するると、何故か田沢は沈痛な表情を浮かべて小さく息をついた。高義と俊正を順に見ると、二人ともこくりとうなずく。田沢はふっ、と息を吐き背筋を伸ばした。

「駆くん、よう聞いてね。……この男は豪徳泰治《ごうとくやすはる》。今は四十九歳。これは二年ちょっと前に、警察に逮捕された時に撮られた写真」

えっ、と駆は面食らった。俊正の横、座卓の角に座った弥生もきょとんとした表情を浮かべている。

「いろんな違法薬物もやってた。銃刀法違反も。脅迫やたかり、その他いろいろ、調べれば調べるだけざくざく出てきたけど……捕まった大元の理由は、人を殺したから」

田沢はすっと、母の写真を駆に向かって指先で押す。

「彼女を……富田信子さんを殺した罪で、豪徳は今、刑務所に入っています」

＊

富田信子が死んだのは、駆が彼女と別れて一年も経たない頃だった。

死因は多発外傷によるものだ。頭や首、腹部などの複数箇所に重度の打撲や火傷の痕が残されていた。

死体が発見されたのは偶然だった。信子が死んだ日の深夜、豪徳の車は盗難にあったのだ。死体は彼の車のトランクの中に、ブルーシートにくるまれて隠されていた。

だが窃盗犯達はそれに気づいてはいなかった。実行犯は高級車を海外に売り飛ばす犯罪組織の下っ端で、トランクなど確認もせずに車を渡していた。しかし輸送部隊は事前にきちんとチェックしたようで、豪徳の車は港近くのスクラップ工場の前に放棄されていた。翌日早朝に出勤してきた工員が、不法投棄と知りつつ高くよそに売れるかも、と思い、中を調べて死体を発見し、仰天して通報してきたのだそうだ。

車に残されていた指紋に前科持ちの男のものがあったおかげで、実行犯はスピード逮捕された。車からはナンバーを始め、所有者の判る痕跡はすべて取り除かれていたが、思いもしない殺人の疑いをかけられた男は驚いて窃盗元をすぐに吐いた。

警察が豪徳のマンションを訪れたのはその日の日没近かったが、彼はまだ眠っていた。その場で逮捕された後、取調べで語った話では、前日したたか酔っていた上にクスリも打ってしまったのと、すでに深夜だった為、処理――と本当に豪徳は言ったそうだ――をするのは翌日にしよう、と死体をトランクに放り込んで寝てしまったのだという。

豪徳は遺体の本名を知らなかった。彼が聞かされていた名は偽名だったのだ。彼女と知り合ったのはミナミの繁華街だ、と豪徳は言ったが、そこからも本当の身元は割り出せなかった。

警察は遺体の身元を懸命に調べたが、結局判らずに終わった。被害者は虫歯はあるのに歯医者にかかっていなかったようで、該当する記録もない。携帯電話は持っていたが、豪徳に契約させたものだった。電話にはごく最近の勤め先の連絡先しか入っておらず、サイトやアプリに登録された複数の名前はすべて偽名だった。

被害者の身元が不明なまま、豪徳は傷害致死罪で起訴された。他にも多数の併合罪があった為、それ等をまとめ懲役二十年の判決が下された。豪徳は控訴したが、棄却され刑は確定した。

だが、高義の通報により信子の正体が判ったことですべてが変わった。田沢達は信子の中学以降の足跡を調べるのと同時に、全国の失踪者と身元不明死者のリストをチェックして、豪徳の被害者にたどりついたのだ。遺体の写真を見せた井本卓郎も「間違いなく彼女だ」と証言した。また、信子の母、つまり駆の祖母は、七年程前に自殺していたことも判った。他に親族はなく、信子の父親が誰なのかは不明のままだ。

もしかすると豪徳が駆を暴行したヤクザのことを知っているかもしれない、と田沢達は服役中の豪徳に改めて話を聞きに行った。逮捕された時の写真とは打って変わって、ずいぶん老け込んだ様子の豪徳は、聞かれるがままに素直に当時のことを洗いざらい吐き出した。信子とミナミで知り合ったというのは嘘で、駆を暴行したのは自分だ、と。

豪徳が信子に再会したのは、駆が彼の車にぶつかった日から数ヶ月後の秋の初め、彼の組織の傘下にある堺《さかい》の場末のスナックだという。

店に入ってきた豪徳を見た瞬間、信子は逃げ出そうとした。当然すぐに店の係員に捕まり連れ戻されてきたが、彼女の顔を見ても豪徳は何も思い出せなかった。逃げた理由を尋ねると、彼女は一瞬ぽかんとした表情を浮かべて、その後「昔、厳しく取り立てられた借金取りに似ていたから」と言った。実際に豪徳は昔、ホストやホステスの借金の回収もやっていたことがあったので、特に疑いもせずそれを信じた。逃げた反応が面白かったので別の店に連れ出したところ、豪徳の身なりの良さや身につけた様々なブランド品、金払いの良さに信子は大いに興味を示し始めた。

すり寄ってきた相手に、豪徳は深く考えずその日の内に関係をもった。寝物語で「堺の店は売上げが悪い、閉店させる予定だ」と話すと、「別の店を紹介してほしい」と頼まれ、ミナミの店を紹介した。「住む場所が見つかるまで家に置かせてほしい」とも言われ、やはり深く考えずに了承した。自分の望むタイミングで性欲を解消できる相手になるならちょうど良い、と思ったのだ。長続きさせる気はかけらもなかった。

ひと月後、豪徳は知り合いのミナミのバーテンダーに開口一番、「豪徳ちゃん、結婚するて聞いたで、おめでとう」と言われて仰天した。

相手を問いただすと、信子が店の同僚や店員にそう吹聴《ふいちょう》していることが判った。「自分は豪徳と同棲していてまもなく結婚する、だからそのつもりで自分を扱え」と。

豪徳はその足で信子の勤め先の店に向かうと、彼女を引きずり出して家に連れ帰り殴り飛ばした。「一体どういうつもりでそんなホラを吹いた」とすごむと、信子は目元や口元を腫らして血のにじんだ顔で豪徳を睨み上げて言った。「あたしと結婚しないなら、警察に駆け込んでやる。あんたがあたしの息子を殺したことは判ってるんだから」と。

完全に意味不明なことを言われて、怒髪天をつく程の豪徳の怒りがひゅっと消えた。彼がぽかんとしていると、信子は自分達と豪徳とのモメ事を語り始める。ひと通り聞いて、豪徳はやっとその日のことを思い出した。

何故自分と再会した時に嘘をついたのか、と聞くと、信子は薄く笑った。そんな弱みを握っていると知られたら、あんたはあたしを近づけもしなかったでしょう、と。

息子の復讐《ふくしゅう》をする気だったのか、と重ねて聞くと、信子は先刻の豪徳と同じくらいにぽかんとした表情を浮かべた。あんたといればいい暮らしができる、店の連中も自分を丁重に扱ってくれる。いいことづくめだ、なんでわざわざそれを捨てるのか？

その信子のふてぶてしさが、豪徳には逆に好ましく面白いものに思えた。

自分は誰とも結婚しない、だがここから追い出す気もない、と豪徳は言った。あの程度殴ったくらいで人は死なない。警察に言っても自分は大した罪にもならずにすぐに戻ってくるし、その時にはこの程度の制裁では済まさない、だからやめておけ、と。

子供はきっと、逃げてどこかの施設にでもいるんだろう、と続けると、信子は不満げな表情と疑わしげな表情を同時に浮かべた。「もし生きているなら、あの子が自分のところに戻ってこない筈がない」と。

息子を見捨てた信子の薄情さを思い出した豪徳は呆れた。何故戻ってくると思えるのか、と尋ねると、信子はきょとんとして「当たり前でしょ。親子なんだから。あの子の母親はあたしだけだし、あの子の帰る場所はあたしのところ」と言った。

すごいな、となおも呆れつつ、豪徳はあの後に信子とヒロシがどうなったのかを聞いてみた。すると豪徳とモメた日から三日もしない内に、その件がきっかけで喧嘩別れして家を飛び出してしまった、と信子は話した。

それじゃあ再会できなくて当たり前じゃないか、男の家に戻ってきたって母親がいないんだから、と豪徳が言うと、信子は今初めてそれに気がついたようで急に慌て出した。豪徳は唖然《あぜん》としつつも、男の家に案内してくれたら確認してやる、と約束をした。男の財布はあの後すぐに捨ててしまったので、正確な住所は豪徳にも判らなかったのだ。

訪ねてみると、ヒロシは既に引っ越していた。だが大家から引っ越し先を聞き出せ、当人を発見できた。ヒロシは信子と別れてから半月程で引っ越したそうだが、その間、家に信子の息子が来たことも警察が息子の件を聞きに来たこともなかったという。

完全に手がかりを失って、さすがの信子も少し沈んだ様子に見えたが、数日もしない内にあっさり立ち直った。「生きているなら、あの子は必ずあたしに会いに来る」と。

豪徳に言われて、彼とは無関係の店で働き出した信子だったが、どこに行っても長続きはしなかった。客や同僚と問題を起こしてはすぐに辞めてしまう。

豪徳は関西のあちこちで活動しており、複数の家も持っていて、信子と暮らすマンションを空けることも多い。彼の不在が多いのをいいことに信子はマンションをあさって、現金を盗んだり金目の物を質入れし始めた。自分の私物にも無頓着な豪徳は気づくのに時間がかかったが、知るやいなや信子に激しい暴力をふるった。

そして、長年水商売で働き多くのヤクザを相手にしてきながらも、今まで一度もクスリを使ったことがなかった信子に覚醒剤を打った。「息子は勿論、自分を殴ったことも警察に話す」と信子が脅してきたからだ。

それからの転落は早かった。すっかり薬物中毒になった信子は、夜の仕事もできなくなって、家に閉じこもるようになった。盗みを警戒した豪徳が金目の物をすべてよその家に移すと、信子は夜の街に立ち体を売ってクスリの為の金を手に入れようとした。

その頃には日常的に信子に殴る蹴るの暴力をふるうようになっていた豪徳は、いつも以上に激しい暴行を加えた。ゆきずりの相手と関係を持って、もし自分に病気でも移ったらどうしてくれる、と。

しばらく暴力をふるい、大人しくなった信子を放って酒を飲みクスリを打ち、ふと、それにしてもずいぶんしずかだ、と見てみると死んでいた、そう豪徳は語り終えた。

＊

「……豪徳は服役中やけど、駆くんの件で改めて罪を問われることになります。裁判では、岩渕さんにも証言してもらうかもしれません。駆くんは法廷に出んでも済むようにするつもりですが……当人と話をした感じでは、すんなり終わると思うんですけども」

田沢は長い話を終えて、すっかり冷めたお茶をずっ、とすすった。既に内容を知っている高義と俊正は鎮痛な面持ちで、弥生は声を抑えて泣いていた。

駆は無言だ。

「多分、もう数年は刑期が伸びると思います。出てくる頃には七十代やし、全然、怖がることなんかないんよ、駆くん」

青白い顔で唇を噛みしめている駆に、田沢は身を乗り出してやさしく声をかける。

「こういうことはほんまは言うたらあかんねやけど、豪徳、クスリも酒も煙草もガンガンやっとったせいで、今かなり体悪いのよ。それもあって、駆くんの件ではどうやら争う気がないみたいなのね。皮肉なことやけど、刑務所の中なら治療もしてもらえて衣食住も心配いらんしね。多分、刑期が終わるまでもたんか、もってももうホントに弱ったお年寄りとして出てくるだけやから。心配いらんよ」

駆は無言のまま目を伏せる。田沢はしばらくその姿を見つめていたが、全く反応を示さない駆に小さく息をつき、高義の方を向いて座り直した。

「そしたら、先刻警察でもお話ししましたように、裁判になりましたら岩渕さんには多少ご足労をおかけすることになるかと思います。すみませんがご承知おきください」

ぺこりと頭を下げ、田沢は帰っていった。

「……駆、夕飯食べよか」

高義がそう声をかけたが、駆は石のようにずっと座ったままだ。

高義は俊正と顔を見合わせ、途方に暮れた目でちらりと弥生を見た。彼女は涙を拭いたハンカチをスカートのポケットに押し込み、高義を見返して小さくうなずく。

「駆くん。ご飯、食べよう」

弥生ははっきりとした声で言って、横から駆の腕をとった。駆はまだ半分眠っているような、ぼんやりとした表情と動きで彼女の方に顔だけを向ける。

「わたしと駆くんで、一緒につくったご飯。今日はね、ほら、お父さん好きだから、豆ご飯炊こね、て言うたでしょ。あと、叔父ちゃんの好きなブリ大根。アラのええの、安うで買えたしね。それからけんちん汁。さつまいも入ったん、駆くん好きやよね。ご飯の後、わたしリンゴむくわ。お客さんにもらったん。長野の美味しいの。わたしが好きなん知ってて、毎年持ってきてくれはるんよ」

駆の腕を引っ張るように揺すりながら、弥生の声がまた涙まじりになっていく。

「好きなもんだらけよ。全部、誰かの好きなもん。そうしたいと思ってつくってるから。皆で食べるから。家族で、食べるから……ひとつでも、自分の好きなもんが入ってたら嬉しいでしょう。ああ、好きなん判ってつくってくれたんやな、て嬉しく思うでしょう。そういうご飯を……わたしは駆くんと一緒につくるん、楽しいんよ。一緒につくって、一緒に食べたいん」

駆は血の気のない頬のまま、じっと弥生を見つめた。弥生は言葉の途中で、また片頬に涙をつたわらせている。

駆がこくり、と小さくうなずくと、うるんだ瞳を細めて弥生はにっこりと笑った。


夕食の後に風呂に入って自室に戻ると、駆の口から自然にため息が出た。

電気をつけずに窓に近寄り、カーテンを開けたままの窓ガラスにこつんと額を当てると、ひんやりと脳の内側まで冷たさが染みてくる。

頭の中は、歯車に何かがはさまったみたいに思考が完全に停止していた。今日知ったことを系統立てて考えようとしても、全く何も浮かんでこない。

そんな中で、先刻の弥生のセリフだけが、くるくると渦を巻いている。

——家族で、食べるから。

家族。

誰とも、血がつながっていないのに。

くるり、と弥生のセリフがまわる度、火花のように言葉が散る。

血のつながった相手は、母親だけなのに。

でもあの人と自分は、「家族」だったことがあったろうか?

どうして母は、自分が戻ってくる、と、そんなに強く信じてたんだろう?

もし探し出せても、あの男がいたら戻る筈がないのに。

そもそもなんで、あんな男のところに。

息子を殺したに違いないと思っていた男のところに。

それで結局、彼女自身が殺されたのに。

キイン、と耳鳴りがするのと同時に鼓膜に突き刺さるような痛みが襲って、駆は思わず両手で耳を押さえてしゃがみ込んだ。知らず、息づかいが荒くなる。

まぶたの裏に、先日工房で充がぐちゃりとつぶした土の塊が浮かんだ。あれは自分だ。

もともとはただの粘土にすぎなかった自分を、師匠と弥生さん達が練ってこねあげて綺麗にかたちづくってくれた。でもそれは焼かれる前に、一瞬であっさりつぶれて、元の土よりも歪んだ土塊《つちくれ》になってしまった。

母とあの男と「先生」と。彼等が寄ってたかって、自分をつぶした。

そこまで思って、パキン、と頭の中で音がする。いや、その三人だけじゃない。

——それから、自分自身と。

あの失敗した土は、自分が原因だ。自分の嘘が、あんなに美しかったあの土を、そして自分自身を歪めてしまった。

きゅっ、と下唇を噛むと、目の奥が熱くなる。

もう戻れない。だって自分には、誰もいないから。

本物の土ならやり直せる。誰かがちゃんと、水を足し最初から練り直してくれる。

けれど自分には、直してくれる人なんていない。

師匠も皆も、自分が既につぶれて歪んで乾き切っていることなど知らない。

だからこのまま、歪んだまんま、カラカラのまんま、突き進むしかない。

母のように。

息子を殺した相手に嘘をつき近づいて結婚しようとした母のように。

……ああ、なんだ。

駆の口元に、うっすらと笑みが浮いた。

似てる。似てるな、ママと僕。家族だから。親子だから。だから似てるんだ。だから
ママは、「あの子は必ず自分の元に戻る」とあんなに固く、信じていたんだ。

ママは失敗した。それは、上手く嘘がつき通せなかったからだ。

僕は違う。僕は……きっと、やり遂げる。

嘘を使って、今度こそ、本当の「家族」を自分のものにする。


次の日、高義は陶器組合の会合があって昼過ぎに家を出ることになっていた。その予定は何週間も前に決まっていたことだったので、駆は特に何も思わず、いつもより早めに午前中の仕事を切り上げてお昼用に焼きビーフンをつくり始める。

その様子を高義は何か言いたげに見つめていたが、結局何も言わずに、ふい、と庭に出ていってしまった。駆が不思議に思っていると、しばらくして戻ってきて、何事もなかったような顔で食卓につく。高義はそのまま「いただきます」と手を合わせご飯を食べ始めたので、駆もとりあえず食事を始めた。

食べ終わる頃に、からりと玄関の開く音がした。「こんちわぁ」と明るい声がして、駆は驚く。

「お邪魔しまーす。……あっ、お昼？　何？　ええ匂い」

さくさくと歯切れの良い声で言いながら、充がダイニングキッチンに入ってきた。

「あっ、大丈夫大丈夫。自分の分は、ほら、ちゃんと買うてあるよ」

呆気にとられている駆にコンビニ袋を持ち上げてみせ、充はにっと笑う。

「……ごちそうさん」

高義がぼそりと言って立ち上がると、自分の食器を流しに運んで仏間に姿を消した。駆
「レンジ借りるわー。あっ、お湯も沸かさな」

テンポよく食事の準備をする充を駆がまじまじと見ると、彼はふっと手を止めた。駆に向き直って、片眉を上げて笑う。

「トシ伯父ちゃん経由で、連絡きてん。……家にひとりで、おらしたくないから、て。伯父ちゃんと弥生は、仕事あるから……他に適当な人がいいひんし、消去法で俺よ」

駆が言葉を失っている横で、充は弁当をレンジに入れ、沸いたお湯をカップスープに注ぐ。レンジが電子音を鳴らすとほぼ同時に、着替えた高義が仏間から出てきた。

「行ってくる。早めに戻るつもりではおるけど、どうなるか今の時点では判らんし、夕飯は用意していらんわ」

高義はあくまでまっすぐ駆だけを見て言うと、しっかりうなずいてみせる。

「なんかあったら電話してくれてええからな。戸締まり、気ぃつけえよ」

ひらっと手を振り出ていきかけて、高義はふっと足を止めた。割り箸を口にくわえて弁当を手に座った充を、顔を少しだけ向けて横目で見る。

「……頼んだで」

ぼそっと言うと、割り箸をくわえたまま充もひらっと手を振り返した。玄関に向かっていく高義を、駆は慌てて追いかける。土間におりた高義に靴べらを渡しながら「師匠」と呼ぶと、高義はどこか困ったような顔つきで駆を見た。

「僕、ひとりで大丈夫だよ」

少し不満を抱えて言うと、高義は困った顔のまま小さく首を振る。

「何があるか判らんから……どっかの記者がなんぞ面白おかしくネタにしよう、て押しかけてきたりとか、今後の状況によっては、向こうについた弁護士が示談やら嘆願書やら頼みに来ることもあるかもしれん、て田沢さんが言うてはってな」

思いもよらないことを言われて駆は口をつぐんだ。そんなことは考えもしなかった。

「あいつはまあ、昔のままなら腕っぷしはそう悪うないし、何より弁が立つ。けったいなヤカラが来ても上手いこと追い返しよるやろ。……けどほんまに、ちょっとでもおかしなことあったら、すぐに電話せえよ。ええな」

強く念を押されて駆がうなずくと、高義はようやく安心したような薄い笑みを浮かべて「いってきます」と出ていった。

とぼとぼと駆がダイニングキッチンに戻ると、充はもう食事を終えて、駆達の食器まで洗っていた。慌てて「すみません」と駆が頭を下げると「いいよぅ」と笑う。

「工房行こうや。お墨つき出たからな、もう存分にやりたい放題できるわ」

心底嬉しそうに言いながら、充は玄関に歩き出した。駆も仕方なく後を追う。

「せっかくやし、あの土使《つこ》たろかなぁ。ほらあの、親父が採ってきたヤツ。寝かし終わってんの、どれやったっけ？」

楽しくてしょうがない、といった様子で、充は次々と工房の隅に置かれたポリバケツを覗き込んだ。駆は工房の入り口に立って、その姿を複雑な思いで眺める。

消去法、それは確かにそうなんだろう。けど……根っこのところで信用しているから、充ならあやしい客にも面倒な事情を抱えた自分にも上手く相手ができると信じているから……そう思っていなければ、高義は多分、充に任せるなんてことはしない。会合を休んででも自分が対処するに決まっている。

土を取って、嬉々《きき》としてこね始めている充を見つめながら、駆は小さく息をついた。どうにかして、全力でこの二人のつながりを切り崩したい。

「……ごめんなさい」

小さく言うと、充がこねる手を止めずに「えっ？　何が？」と駆を見る。

「僕のせいで……わざわざ来てもらって、ごめんなさい」

頭を下げると、充はやっと止めた手を大きく振った。

「いや、何言うてんの？　全然よ。言うたやん、好き放題できるもん。俺も役得よ」

「でも……でも、僕、やっぱり……だってそれじゃ、師匠、ずるいと思うんですよ」

駆がためらいがちに言うと、充がきょとんと目を大きくする。

「だって、師匠、あんなに充さんの悪口言ってて……顔も見たくないとかあんなヤツ知らんとか、もう絶対ウチの敷居はまたがせんとか、陶器市の後、ずうっと言ってて……それなのに困ったら充さんに頼る、って、どうかと思います。そんなのずるい。充さんのこと、自分の都合のいいように利用してるだけじゃないですか」

まるっきりの嘘、ただただ「高義が充を悪く言っていた」と相手に思わせたいが為の嘘だったのに、言いながら駆は、その中に半分くらいは確かな本心があるのに気づく。

お前なんか息子じゃない、と追い出して、家にあった痕跡もほぼ消して絶縁し、戻ってきても冷たい態度で……なのに本当は、こころの深いところでつながっているなんてずるい。新参者の自分には到底かなわない、そんな信頼感があるだなんてずるい。

「そんなの……充さんが、かわいそうです」

そんなの自分が、かわいそうだ。どうやったって勝てないじゃないか、こんなの。

充は先刻の高義によく似た困り顔を一瞬浮かべ、「いやあ……」と軽く微笑む。

「俺はええのよ、全然。親父にどう扱われようが。慣れてる。そやし俺のこと気にする必要は全然ない。……けど、すごいわ」

充は笑みを崩さず、ひょい、と大机の上に腰かけた。今度は駆がきょとんとする。

「親父さ。そこまで俺のこと嫌っとって……それでも駆くんの為なら、俺を呼べる、てことやん？　顔も見たくない、口も聞きたくないような相手なのに、駆くんの為になら我慢できる、てことやんか。すごない？　俺の記憶の限り、親父、自分が嫌なことを俺の為に我慢してくれたことなんか一回もないわ。逆はようさんあったけど」

充は声をあげて笑うと、両足を子供のようにぶらつかせた。

「ほんまに好きやねんなあ、駆くんのことが」

ふっと目を伏せ、しみじみと話す充に、駆は心臓がひっくり返されたような心地がした。そんな解釈、思いもつかなかった。

けれど、確かにそうだ……「高義が心底充を嫌っている」のが真実であれば。

本当は、そうじゃないから。

そう思った瞬間、目の奥がかあっと熱くなった。

「……僕」

小さく声を出すと、それと一緒に熱いものが目頭に一気に集まってくる。

「僕、じゃあ……僕の、せいで、師匠は自分がほんとに嫌なこと、我慢してる、てことですか？　僕が師匠にそんな嫌な思いさせてる、って、そういうことですか？」

瞳からあふれて頰につたう涙は、もう本当なのか嘘なのか駆には判らなかった。

「――『せい』じゃないよ」

すると、予想もしない程落ち着いた、やさしい声が飛んでくる。

「駆くん。『せい』やない」

充は軽く足先を組み、背をかがめ膝の上に両肘をかけて下から駆を覗き込む。

「言うたやろ。『為』や。『せい』とは違う。……『せい』は、強いられてる。意志っちゅうもんがない。『為』は違う。自分が、そう思うからや。もしかしたらそれは自分の思い違いで、相手からしたら要らんお世話なんかもしれん。それでも、どうしてもせずにはおれん、そういうのが『為』や」

駆はいく筋も頬に涙をつたわらせながら、呆然と充を見つめた。

「『あなたの為』っちゅう言い方は、ほんまは嘘でさ。ほんまは全部、『自分の為』よ。相手に対して何かをする、それで自分が満足するから。正味は全部、自分の為よ。つまりは全部、自分の意志なんよ。自分が相手にそうしとうてたまらんからよ。……親父は駆くんの為になら、自分ができる、全部をやんのよ。そうしたいから。そやからそれを、駆くんが気に病む必要なんか一個もないんよ」

どんどんあふれてくる涙が喉に詰まって、駆の息が浅くなる。充はふっと微笑み立ち上がると、流しの隣の棚に積まれた洗濯済みのタオルを一枚取って戻ってきた。ぱさり、と駆の髪にかけると、タオル越しに一度大きく、駆の頭をなでる。

「……どっちか言うたらなあ、申し訳ないのは俺の方やわ。そんなに嫌な相手に頼み事なんかさしてなあ。もうちょっと親父と上手くつきあっていけるような息子やったら、親父の方もそんな、自分を曲げてヤな思いせんでも良かったろうに」

充は苦笑まじりに言うと、またひょこんと机の上に座った。駆は渡されたタオルを顔に押し当てて涙を吸い取らせると、軽く鼻をかむ。

「そやなあ、ほんま、そやわ……そこまでなあ、嫌われとるとは、思ってへんかったから……そんな嫌な思いさせ続けてるとか、さすがに申し訳がないよなあ」

タオル越しに聞こえてきた声音が、今まで聞いたことがないくらいに低くざらっとしていて、駆の手が止まった。

「うん……そやな。やっぱ……出てくわ。あ、勿論、駆くんのお母さんのことがひと通り済んで、俺がおらんくなっても大丈夫になってからやけど」

続いた言葉に、今度は息まで止まる。

「この七年、あっちゃこっちゃの窯渡り歩いてて……特に田舎やとさ、やっぱあんのよ、もう全然後継ぎおらん窯とか。残ってほしい、継いでほしい、て言うてくれはったとこもようけあるし……そういうとこに行ってみてもええかな、って。まあ……弥生には、悪いけどさ。約束したのに」

駆は思わず顔からタオルを取って、まともに充を見た。

「弥生さんは、連れていってあげてください」

自分の両膝に目を落としていた充が、驚いた顔で駆を見返す。

「弥生さんは……きっと、充さんと一緒にいるのが、幸せだと思います。だから出ていくのなら、弥生さんを連れていってあげてください」

丸く見開かれた充の瞳がふうっと細くなって、やさしげな笑みになる。

「……どやろな。判らん……どう言うやろな、判らんわ」

癖のある前髪を指にとってくるっと巻くと、充はまた笑った。

「七年前はさ……弥生は、まだ高一やってさ。もともと童顔やったし、生まれた時からずうっと見てるし、ほんま、ちっちゃい妹としか思ってなかった。それが……なんやの、びっくりしたわ、背丈やら顔つきやらすっかり大人になっとって……外側だけや、のうて……中身もしっかり、太い芯みたいのができとって」

その語り口調を聞いて、駆は苦く、はっきりと悟った。ああ、充さんも好きなんだ。

「戻って見つかったら面倒やろなあ、思ってた。泣かれるやろうし……けど、ちゃうねよな。確かにむちゃ泣いてたけど、何つうかな、俺が思てたんは、子供が親と離れたないみたいな、そういう、甘えとか依存とかが込みの話で……けど、ちゃうんよ。子供みたいに泣いてても……気持ちにはちゃんと芯があって、強うて、太いんよ」

充はぱたりと手を膝に落とすと、駆を見やって苦笑いを浮かべた。

「そやし、もし一緒に行こう、て俺が言うたとしても、弥生は断るかもしれん。ここに残って親父と駆くんの力になる方が自分にとっては大事や、そう言うかも。……いや、それよりもっと手前に……多分、どやしつけられるわ。そんなに簡単に何もかも捨てたらあかん、どうして一度でもちゃんと叔父ちゃんと腹割って話しようとせんの、って……わんわん泣きながら、ガリガリに叱ってくるやろなあ」

　充の語る弥生の姿があまりにありありと想像できて、駆の唇にも勝手に笑みが浮かんだ。そう、本当にそう言うだろう。そういう弥生さんだから、自分も好きなんだ。

「そやし……出てくとしたら、俺ひとりやわ」

　だが続いた言葉に、駆の笑みが固まる。

「俺は……この世界を、壊したくないんよ」

　充はそれに気づかず、くるりと工房を見渡した。

「親父が本気で駆くんを大事にしてて、二人で並んで土こねて、後ろで弥生が笑って見てて……なんかなあ、理想の世界やわ。俺にはできんかった。岩淵の窯は、それができんと一度捨てた俺より、駆くんが継いだ方がいい。ここで三人が『家族』として幸福にやってる、完璧な世界を……俺っちゅう異物で、壊したくないんよ」

　胸の中からどくどくと心臓の音が聞こえてきて、駆は息苦しくなる。嬉しさと苦しさが同時に込み上げてきて、何だか吐きそうだ。

　今、充が感じている辛さはきっと自分のそれに似ている。だから胃が重くなるような罪悪感がある。かわいそうだと、苦しい気持ちになる。

……けれどその充の辛さは全部、自分の「嘘」が前提だ。本当は彼はちっとも、疎外されてなんかいない。だから彼に対して、罪悪感も共感も感じる必要なんてない。

駆はそう言い聞かせると、喉の奥に詰まったものを唾ごとごくりと飲み込んだ。

夕刻になって、高義は予定通り帰宅してきた。高義と入れ替わるように充は「じゃあ」とあっさり帰っていく。不在の間の様子を聞かれて、特におかしな訪問者も電話もなかった、と夕飯の支度をしながら駆が答えると、高義は心底ほっとした顔を見せた。

「……けど、充さん、ちょっと怒ってた、師匠のこと……都合が悪い時だけ自分に頼るなんてずるい、ずうずうしい、って。そうやって自己中心的で勝手ばっかりするから、職人も皆離れていったんだ、だって」

駆がぼそぼそとつけ加えると、高義は一瞬ぐっと押し黙った。仏間に行きかけていた足を止めて、まともに駆の方を向く。

「……まあ……それは……そうやな。そうかもしれん」

思わぬ肯定に、駆の方が焦った。野菜を洗う手を止め、くるっと振り返る。

「そしたら何か、あいつもう、ここには来《こ》んとか言うたか」

「ううん。ううん、そんなのは全然」と駆は手と首を一緒にぶんぶんと横に振った。

「師匠には腹が立つし顔を見るのも嫌だけど、僕のことは何とも思ってないから、って……俊正さんや弥生さんに面倒かけられないし、自分ができることはする、って言ってくれたから」

「……そうか」と高義は小さくうなずくと、仏間へと向かっていく。その背中越しから、

「顔を見るのも、嫌言うたか」とぼそっと呟く声が駆の耳に届いた。

すとん、とふすまの閉まる音がして、駆は思わず大きく息を吐く。

今の嘘は、上手くいったんだろうか……ちょっと、自分ではよく判らない。

昼間に充が言った、「出ていく」という宣言は駆の心臓に突き刺さっていた。ついにやった、ここまでこぎつけた、という喜びと共に、ここからが本当の勝負だ、調子に乗ってはいけない、と薄氷を踏む思いがする。せっかくここまできたものを、ほんのわずかなミスで台無しにしたくない。

洗った野菜をまな板に置くと、手にとった包丁が明かりにぎらりとひらめくのを見て、駆は長い深呼吸をした。


それから数日が経って、暦は十一月から十二月に変わった。その間、駆は高義につきそわれて警察で証言をした。後は高義や医者からの証言で事足りると思う、と田沢に言われた時は、さすがに駆もほっとした。

高義が鍼を打ちに行ったり警察に呼ばれて不在の時に、何度か充がやってきた。相変

わらず陽気に楽しそうに土をいじって、高義の話も家を出ていく話もしない。けれど、いろんな土でいろんなかたちをつくりながら、帰る間際にはすべてつぶして、元の粘土に戻していくのが駆の目を引いた。

「残しといてもしょうがないやろ」

ある日の午後、駆がそれをじっと見ていると充は笑って言った。

「乾くの時間かかるから、焼くまでおれるか判らんし。おれたとしても、あの親父が俺のつくったもん、自分の窯に入れる訳がないし」

そう言ってから、はっとした顔をして、たった今つぶした土を見る。

「そうや、イケちゃんとこで焼いてもらお。そしたら、最低でも十日、いやもうちょい乾かしたいけど……そんくらいは余裕あるか」

「――あの、僕……もう大丈夫ですよ、ひとりでも。だって今のところ、全然変なこと起きてないですし。師匠が心配しすぎなんだと思います。僕をいつまでも子供だと思って、守ろうとしてくれてるのは判るんですけど……だから充さん、もし他へ行きたいなら、僕のことは気にしないでください」

駆が急いで、「息子扱いされている自分」を強調して言うと、充はふっと目を細める。

「まあ……今まで大丈夫でも、この後もずっとそうかは判らんからなぁ、俺にも親父にも。何かあってからでは遅いし……でもまあ、ありがとう。ちょと考えとくわ」

本当に考える気があるのか判らない充の軽い声音に、駆は少し不満を覚えつつもうなずいた。裁判が始まるのは早くても来年の二月頃らしいが、そんなには待てない。

来た時と帰る時、高義と充が顔を合わせるのはほんの短い時間だった。全く会話はしないし、食事も一緒にとろうとはしない。けれど、以前に比べて何となく互いの間に漂うピリピリした空気が薄れている感じがして、駆は焦っていた。このままなし崩しに「やっぱり一緒に暮らしてもいいか」なんて結論になるのはごめんだ。一日も早く、充に「出ていく」宣言をしてほしい。

「充さんが出ていきたいと思ってること、僕から言いましょうか？　僕はもう大丈夫だから、これ以上充さんに面倒かけないでほしい、そう僕から師匠に話しましょうか」

駆が意を決して言うと、充は目を丸くして土のついた手で頭をかいた。

「いや、まあ、う ーん……どうかな。今はほら、親父も俺も、なんつか事務的っつうか、相手の存在をなるたけ視界に入れんようにしてふるまってるから。まあ楽っちゃ楽やねん。まともに喋ろうとか思ってないしな、無関心よ。そやしお互い、腹立てるようなことにもならんやん。そしたらこれで、当分は乗り切れるかなって」

充の説明に、駆は目をぱちくりさせた。だからピリピリしていなかったのか。

「まあでも確かに、始末ついたら出ていくし、言うたらもっと楽になるかもなあ。他人同士が同じ目的の為にちょっと助け合ってる、みたいになる方がお互いええんかも」と充は大きくうなずいた。

その日高義は、夕食の直前に帰ってきた。ダイニングキッチンに入って、普段ならすぐに入れ違いで出ていってしまう充が食卓の椅子に座る姿に、ちょっと目を見開く。

「親父、話がある」

仏間に行こうとする高義に充は声をかけた。流しの前で、駆は緊張に息を呑む。

高義は足を止めぼそりと「なんや」と言った。だが充の方を振り向こうとはしない。

「俺な、ここ出ていこうと思ってる」

充がはっきりと言うと、高義の肩がほんのわずかに揺れた。

「あ、勿論な、あのヤカラの裁判が済んでからやで。その間、駆くんの面倒はちゃんとみる。……けど、それ終わったら……俺、また京都出てくわ。よその土地行って、よその窯継ぐか、自分の窯開く」

ぴくぴく、と今度はかなりはっきりと高義の肩がひきつる。短い髪の間から覗く耳がみるみる赤く染まっていって、駆は思わず後ろ手でぐっとシンクの端をつかんだ。

「――この青二才が！」

高義が大声で叫んで振り返った。顔は既に真っ赤だ。

「窯をやってくっちゅうのは、並大抵のことやないんや。それをなんや？ よその窯を継ぐ？ 何を偉っそうに……お前にそんな器があるか。どこの窯にも、やってる人等の大事な思いがこもってるんや。お前はそれをほんまにしょえる言うんか。そんな軽い考えの人間に継がす莫迦なんかどこにもおらんわ！」

　充の唇がきゅっと薄く結ばれ、こめかみがひきつる。

「出てくんはええ。それは構へん。お前の人生や、お前が好きなようにしたらええ。……けど、よその窯を継ぐっちゅうんはあかん。それは許さん。そんな軽々しい思いでよそに入るなんぞわしが許さん！」

「俺の人生、俺の好きにしてええんやろ！　ならよそ継ごうが、俺の勝手やないか！」

　充が怒鳴り返して、駆はびくりとした。こんなに激しい充の声は初めて聞いた。若くて張りのある男性の怒声は、高義のそれより駆の心臓に響く。

「覚悟が弱い言うてるんや！　そんな甘い考えのヤツが、わしの苗字名乗ってよその窯に潜り込むとか、みっとものうて外も歩けんわ！」

「ああそうか。そしたらトシ伯父ちゃんにでも頼んで養子にしてもらうわ。こんなクソ苗字、俺かてとっとと捨てたいからな！」

　なおも叫ぼうとする高義を無視して、がたん、と椅子を鳴らして充は立ち上がった。立ち尽くす駆に目をとめ、一瞬その顔に申し訳なさげな表情が走る。

「……とにかく、出てく。けど、駆くんのことはちゃんとする。そやし今後は、トシ伯父ちゃんか弥生通して日と時間と言うて。そんじゃ」

「おい！」と声をかける高義を無視して、充は大股にダイニングキッチンを出ていった。すぐに玄関の引き戸をがらりと開け閉めする音がする。

高義は肩で大きく息をして、ふっと駆の方を見た。完全に硬直している駆の姿に、こちらも申し訳なさそうな苦い笑みを浮かべる。

「……悪かったなあ。目の前で怒鳴り合《お》うたりして」

駆はいつの間にか止めていた息を細く吐くと、小さく首を横に振った。

「怖かったやろ。すまんなあ……ああ、しんど。腰に響くわ」

また苦笑いをして、高義はとんとん、と自分の腰を叩いた。どっこらしょ、と椅子に座ると、食卓の上を見て微笑む。今日は湯豆腐にパリっと焼いた塩鯖《しおさば》、ほうれん草のみぞれ和えと、カボチャと玉ねぎの味噌汁だ。

「ああ、美味そうやなぁ……酒も進むなあ、これは」

打って変わって穏やかな声と表情で、高義は両手をこすりあわせた。駆にビールを出すよう手で示して、自分は棚からタンブラーを取り出してくる。

その姿にほっとしながらも、駆は食べ始めた食事の味をあまり感じられずにいた。

昔、母と暮らしていた頃は、そんな状態になることがよくあった。母と彼氏が喧嘩をしていたり、自分が殴られそうでびくびくしていたりした時だ。

今も目の前で怒鳴り合いをされたのだから、そうなっても当然だ。と思いながらも、駆はどうにもそれだけでは済まされないくらいに、自分の胸から腹にかけて重たい石がどしんと載った感覚を覚えていた。言い合い自体は既に終わっているし、目の前の高義はすっかりいつもの姿だ。充だってあんな風に怒鳴りはしたが、あれが稀《まれ》な姿で、基本は明るくさっぱりとした性格だとよく知っている。

それなのに胸の石の重みが去らない。味が判らない。

むしろ喜ぶべきことなのに。これでやっと、自分の望みがかなうのに。

なのに、二人が完全に決裂する姿を目の当たりにして、こんなにもこころが重い。

こうしてすべてが定まってしまって、充が本当に自分の目の前から消えると思うと、急に胃の底がずんと重たい。

駆は自分のこころをもてあましたまま、口数少なく夕飯を食べ風呂に入った。自室に戻ると、机に置きっ放しにしていた携帯がちかちかと通知を知らせている。

覗いてみると、充から何通かメッセージが入っていた。口喧嘩になってしまったことへの詫《わ》びと、裁判が済んで一段落するまでは必ず来るという約束、何かあったらいつでも連絡してくれていい、そんな内容だ。高義に対しての言葉はひとつもない。

こちらは大丈夫だから気を遣わなくていい、ありがとう、といったごく簡単な内容を駆は返した。電源を切って机の上に放り出すと、布団を敷いて横になる。

目を閉じると、くろぐろとした視界の中にちらちらと白や緑の光が映っては消えた。

その中にゆらりと、充の姿がたちのぼってくる。

シロタを気にかけてくれてありがとう、と言ってくれた。自分の箸置きを、一番最初に買ってくれた。全身から喜びをまきちらして土と向き合っていた。いつもさりげなくかばってくれた。自分の心細さや不安に的確な言葉をくれた。「おかえりなさい」と嘘の気持ちで言った自分に、「ただいま」と満面の笑顔で応えてくれた。

一度出ていって、七年帰ってこなかった人だ。多分今度は本当に、二度と戻ってはこないだろう。

これで高義と自分、二人だけの生活が取り戻せる。

そう思うと確かに嬉しく、なのにその喜びは奇妙に水気がなくしなびていた。

これでいいんだ。これでいい。心底欲しかったものを、これでつかめるんだ。

――あの男と結婚しようとして、それが無理でもしがみつき、挙句に死んだ母のように。嘘に首までつかって、やがてクスリ漬けになった母のように。

ふいに浮かんできた言葉はぞっとする程冷たく、鋭いナイフとなって胸を刺した。

駆は布団を引っ張り上げて、頭まで潜り込む。

自分はそんなことにはならない。充が出ていきさえすれば、もう嘘をつく必要はないのだから。元の「嘘をつかない、悪い子ではない自分」に戻れる。一生嘘はつかずに、師匠と二人、楽しく生きられる。

……本当に？

言い聞かせる傍から、新しい言葉が湧く。

高義には確かに、もう嘘は言わなくてもいいかもしれない。けれど弥生や俊正には。本当に充が出ていったら、二人に嘘をつかずに事情を話すのはかなり無理がある。弥生は充と同行せずに残ってくれるかもしれない。だが充が消えても、一途《いちず》な弥生は、この先一生、彼を想《おも》い続けるだろう。その姿を、ずっと見続けなければならない。自分が充を追い出したのだということを隠しながら。「嘘」をつき続けながら。

——クスリ漬けだ。

頭まで布団にくるまっているのに、すうっと体の表面が冷える。

戻れない。元の「悪い子ではない自分」には。いや、違う、本当の自分、そもそもの自分は「嘘つきで悪い子」だ。ママが言っていた通り。

本当はきっと、自分は一度も、「いい子」なんかにはなれていなかったんだ。

この先も一生。

駆は水中から浮かび上がってきた人のように大きく口を開けて息をいっぱいに吸うと、枕に顔をつっぷして瞳からあふれてくる涙を隠した。

それから数日、高義は家を空けることなく充も姿を見せなかった。

その間に弥生や俊正が何度か家に来たが、どうやらどちらも、あの晩の喧嘩も充の「出ていく宣言」も知らないようだった。明るい様子で、「今年のクリスマスは五人で楽しめるね！」と話す弥生に、駆は何も言うことができなかった。

そんなある日、駆と高義が夕食を済ませたのとほぼ同時に、突然充が家にやってきた。何の連絡も受けていなかった駆は驚いたが、高義は全く動じず、平然とした様子で家にあがってきた充を出迎える。

「駆、客間にお茶用意してくれ」

落ち着いた声で頼まれて、何も聞けないままそれに従う。充はちらっと笑みを浮かべて、駆に軽く会釈すると客間に消えた。

お茶を運んでいくと、座卓を前に座っていた高義が「ありがとう」と頭を下げた。

「ここはもうええから、風呂入って早よ寝」

やさしい口調の中に、どこか有無を言わせぬ気配を感じて駆は小さくうなずく。部屋を出てふすまを閉める間際に、

「――充」

と高義の声がして、全身が硬直した。

閉めたふすまの向こうからは、低い声がしているが内容までは聞き取れない。

抱えたお盆の下で、心臓がはっきりと音を立てて動いている。

今耳にして、初めて気づいた……自分が知っている限りで、高義が充の名を口にしたのは、これが初めてだ。今までは頑なに、名前を呼ぶことはなかった。

——充。

そのざらざらとした声の感触が、鼓膜にこびりつく。

ふすまの向こうはしずかだ。喧嘩にならずに会話ができているらしい。

急にこころの中が、不安に満たされた。もしかして自分の「嘘」がバレたのでは。

足の先がトゲを踏んだようにそわそわして、背中は冷え顔が熱を帯びてくる。けれどいつまでもそこにいることもできず、駆はその場を離れた。とりあえず言われたことに従おう、とだけ考えて風呂に入る。

いつもよりも急いで入浴を済ませたのに、風呂から出た時には既に充はいなくなっていた。高義はひとりで食卓の椅子に座って、手酌でビールを飲んでいる。

肩にタオルをかけて、まだ乾ききらない髪のままダイニングキッチンに入ってきた駆に、高義は「おう、出たか」と笑みを浮かべた。

駆はごくり、と息を飲み込むと、おずおずと声を出す。

「あ、の……充さん……どうか、したの？」

「ああ。……今日は喧嘩せんかったぞ」

高義は機嫌良く笑うと、タンブラーをあおった。

「あいつ、裁判済んだら出ていく言うたやろ。あれ、別になあ、そこまでおらんでもええかと思て……要するにわしがおらん間に、ウチに何かおかしな電話や人が来たら困るから、て話やろ。そしたらその間、駆を俊正んとこの家に置かしてもらったらええ話ちゃうか、思て」

駆は思わず目を大きくした。まるっきり予想外の内容だ。

「まあ勿論、俊正側の都合も聞かなあかん。でもまあ、断られるいうことはないやろ。毎日でもないし、一回ほんの数時間や。二階の俊正の部屋にでもおらしてもろたらええ。そしたらあいつも、さっさとここ出ていけるやろ」

良かった、嘘がバレた訳じゃなかった、と膝から力が抜けそうになる程安堵しながらも、駆は口ごもった。思いがけず充の消失が目の前のものになって、ゆうべの動揺がまたよみがえる。

「弥生がまたうるそう言うやろうから、今日明日ちゅう話ではないけどな。まず俊正と話つけて……まあでも、今年中には片がつくやろ。すっきりして年の瀬迎えたいしな」

つまりもう、一ヶ月を切っている。

駆が何も言えずにいると、高義は少し心配げな顔つきになった。

「ああ……お前はあいつと、仲良かったもんなあ。ちっとさびしゅうなるか？」

思考が止まりかかっていたところに、また思いもよらないことを言われて、駆は動転した。仲が、良かった？

高義にはそう見えていたのか、と驚きつつも、確かにそうかも、とも思う。自分はそれぞれに嘘をつきながら、それぞれに「自分はあなたの味方だ」と思わせるようにふるまっていた。高義に「駆はあいつと仲が良いな」と思われても当然だろう。

「まあ……悪かった。それは、ほんまに。何せ相性っちゅうもんが悪いんや、わしとあいつは。ちょっとしたことですぐ大喧嘩や。とても一緒には住めん」

駆の思いを知る由もない高義は、あえてなのか、明るい声をつくってそう言った。タンブラーを軽く揺らすと、「もう寝んと。湯冷めして風邪ひくで」とたしなめてくる。

駆は小声で「おやすみなさい」と挨拶して二階に上がった。自室に入って携帯を見たが、充からは特に何のメッセージもない。

高義の「――充」と名を呼んだ声を思い出した。あれは、何かが違う。

つい先日、充が「出ていく」と宣言し大喧嘩をした。先刻の話の通りなら、今日の二人の会合は、「なら来年と言わずとっとと出ていけ」と高義が宣言し返した、そういうことになる。だがあの名を呼ぶ声は、そんな「開戦宣言」には似つかわしくなく聞こえた。もっとしずかで、改まっていた。

それに「とっとと出ていけ」であるなら、また怒鳴り合いになりそうなものだ。あんな風に淡々と会話が進んであっさり終わるなんて信じられない。

……それとも充の側が、すっかり諦めてしまったのだろうか。もう高義とは正面から会話する気すらない、そんな心境に行き着いたのか。

理由の判らないさびしさがこころに吹き込むのを感じながら、駆は布団に横になった。


その二日後だ。

高義は昼食の後にしばらく仕事をすると、鍬を打ちに行った。「帰りに俊正のところに寄って、こないだの話をしてくるから」と言い残して。

高義が家を出ていってから、入れ替わりに充がやってくる。

「こんちわぁ」とあくまで明るい声で挨拶する充に、駆は咄嗟に返事ができずにいた。土間に立って駆と近い高さの目線になった充は、顔を覗き込むようにして微笑む。

「おとついの話、聞いた？」

そう言いながら家に上がりこむ充の後を、駆は慌てて追った。充は台所に入ると、何故か食器棚の扉をあちこち開いては中を覗き込んでいる。

「聞きました」と駆が言うと、充は一瞬、手を止めた。

「そうか。……良かったなあ」

えっ、と駆はその場に立ち尽くす。「良かった」？　何が？

「俺も良かったよ。希望がかなったもん。……俺がここ出て、親父と駆くんと、新しい『理想の家族』になっていく、って」

棚の中の食器を取り出して食卓に置き、奥まで覗き込みながら、充は歌うような声で言った。ああ、そうか、そういう「良かった」か。

意味が判ると、急にほっとした。安心した途端、充が食器棚を覗く姿を疑問に思う。

「あの、充さん……何か、探し物ですか？」

尋ねると、充は動きを止めずに「うん」と答えた。

「昔さあ、まだ俺が小さい頃に、爺ちゃんが言うてんよ。わしが死んだら、わしがつくったもん、何でもひとつ、お前に好きなんやる、て」

意表をつかれて、駆は目を丸くする。

「俺、爺ちゃん好きでな。親父はあんなんやけど、爺ちゃんは俺がちっちゃい頃から、何つくっても褒めてくれた。爺ちゃんが亡くなったのは俺が高校の時やったけど、そんな約束、すっかり忘れてて……ここ出ていってから思い出して、そういや結局もらってなかったよなぁ、今やったら何が欲しいんかなあ、ってずっと考えててん」

どうやら食器棚の中に目当ての品はなかったようで、充は一度手をおろしてため息をついた。それからひとつひとつ丁寧に、出した食器を元に戻していく。

「そんで思い出したんが、とっくりとおちょこの試作品やってさ。こう、大きくて丸っこくて、濃ゆい緑色のヤツ。ずんぐりむっくりしたのが何とも良くてなあ」

充は手で丸っこい輪郭をつくりながら、もう一度棚の奥を覗き込む。

「爺ちゃん、時々それで酒飲んどって、いいなあ、って思ってた。あのとっくりで晩酌したら最高やのになあ、て家出した先で何度も思った。あれもらってこうと思って」

駆は改めて食器棚を見た。居間にも小さな食器棚はあるが、母屋ではそんなとっくりは見た覚えがない。駆がそう話すと、充は首をひねって頭をかいた。

「そうかあ。前はここの棚に入ってたんけど。親父が爺ちゃんのもん捨てるとは思えんし、どっか片づけてしもたかなぁ……そしたら、倉庫か、工房かなあ」

それを聞いて駆も首をひねった。少なくとも工房の一階ではないように思う。だが、普段は殆ど覗かない二階の棚なら可能性はある。

駆の説明に、充は「じゃあ俺倉庫見るし、駆くん二階見てきてくれん？」と言った。うなずく駆に、充は玄関脇のケースから鍵を取り出して倉庫へ向かっていく。

その背を見送って、駆は工房の二階に上がった。端の棚から開け、箱に入ったものはいちいち取り出して中を確認しながら、勝手に口からため息がもれる。

もう出ていくから。おそらくは、これが最後だから。だからこうして、ここからたったひとつ、自分の好きなものを持って去るのだ。

じくり、と傷が膿《う》んだ時のような痛みを感じながら、駆は棚のチェックを続けた。最初の棚を見終わり、出したものを片づけていると、一階の引き戸が開く音がする。

充か、と思ってひょい、と階段から下を覗くと、「あ、そこにいたん?」と明るい弥生の声がして、駆は仰天した。急いで階段を駆けおり「どうしたの?」と聞くと、弥生は手にぶら下げた買い物袋を持ち上げて見せる。

「なんか今日、叔父ちゃんが男二人で飲む言うてて。ミツくんこっちに来てるって聞いたし、じゃあ三人で晩御飯食べよかなって。お父さん、事務所も早じまいする、て妙にやる気やったから、まだ叔父ちゃん来てなかったけど、さっさと出て来てしまったわ」

弥生はやはり何も知らないらしく、翳《かげ》りのない声でそう言いながら工房を出て、家へと歩いていった。駆はその後に続きながら、倉庫の方をちらりと見る。

「おじさん陣が飲むんなら、若い者勢も豪勢にしよ思て。今日すき焼きよすき焼き」

うきうきした口調で繰り返しながら、弥生は家に上がって買い物袋の中のものを次々と冷蔵庫にしまった。「それで、ミツくんは?」と聞かれて駆は一瞬口ごもる。

「……あの……えっと、倉庫に。あの、なんか、お爺さんがつくったとっくりとおちょこ、昔もらう約束したんだって。それ探してるみたい」

何ひとつ嘘はついてない、話しながら駆は自分の言葉を点検した。何も嘘はない。ただ「最後の記念に」というのを黙っているだけだ。

「へえ……ああ、わたしも昔、好きなんあげる、て言われたことあったなぁ。孫には優しかったんよ、岩渕のお爺ちゃん。懐かしいなぁ……そっかぁ、わたしも見てこよっかなぁ。どれがお爺ちゃんのつくったもんか、わたしではよう見分けつかんし」

そう言って弥生が出ていこうとした瞬間、まだ着たままだった彼女のコートのポケットから、ぶるぶる、とバイブ音が鳴った。耳に当てた弥生が「もしもし、お父さん？」と声をあげたのに、駆は今度こそ心底仰天する。俊正さん、充さんが出ていく話を、まさか電話で言う気なのか。

「え？　あ、うん、もう叔父ちゃん家《ち》よ。……うん、駆くんもいる。……え、ミツくん？　ミツくん何か、今倉庫で探しもん、って……え、ええ？　なんで？」

弥生は声をひっくり返すと、携帯を強く耳に押し当てた。

「えー、でも……でも晩ご飯、二人分足らんよ。ええの？　……えー……うん、判った。ならミツくんに言うてくる」

弥生は電話を切ると、駆の方を見た。緊張ではち切れそうになっている駆に、呆れ顔で肩をすくめてみせる。

「なんかお父さんと叔父ちゃん、今からこっち来る、って……ミツくんも帰らすな、絶対引き止めとけ、だって。なんなん、お肉三人分しかないよ？」

唇をとがらせた弥生の言葉に、駆は心臓が三倍に膨れあがる心地がした。俊正さん、やっぱり充さんが出ていく話を聞いたんだ。絶対に阻止するつもりで、今から来るんだ。どうしよう。どうしよう、もし俊正さんが充さんの説得に成功してしまったら。あるいは双方の言い分を聞いて、矛盾があることに気がついたら。

そして弥生が、「出ていく」という充の宣言を知ったら。

あまりに急な話の進み具合に、駆はどうすることもできずにいた。何も知らない弥生は、そんな駆に気づかずさっさと部屋を出ていってしまう。駆が遅れて玄関を出ると、もう弥生の姿は消えていた。駆はちらっと門の方を見て、小走りに倉庫へ向かう。俊正の家はここから歩いて五分もしない。もう現れてもおかしくはない。

倉庫の扉が目の前に迫った瞬間、内側からそれががらりと開いた。

「……あ、駆くん」

中から出てきた充が、面食らった顔で駆を見た。その手の中に何かがある。

とっくりを見つけたのか、と思ってよく見ると、そこには違うものがあった。

その正体に気づいて、駆の目がはりさけそうに見開かれる。――あれは。

「これ……むっちゃ奥の方に、あってんけども」

困惑しきりといった顔で、充が手の中のものをかかげた。すぐ後ろに立った弥生が、不思議そうにそれを覗き込む。

「これ、ミツくんの違う？　ほら、戻ってきて最初に、ここでつくってた」

「うん。けど……てっきりつぶした思ってたのに、なんでこんなとこに？」

すっかり乾き切り、ところどころにヒビの入った土の器を手に、充はためつすがめつそれを眺めた。ひっくり返して、曲げた指の関節で底を軽く叩く。

その間、駆の脳内は高速回転していた。あれは、そう、あれだ……あかりがいる時に充がやってきて、オブジェ用の土でつくった器だ。どうしてもつぶすことができなくて工房の二階に隠したのに、殺虫剤を探しに行った高義が見つけてしまった。それで充の帰宅に気がつき、カンカンに怒って……その後、あの器はどうなった？

記憶にない。

確か怒鳴った後に、高義は工房に向かっていったように思う。が、その後の記憶はすっかり曖昧になっていた。ただ、しばらくして家に戻ってきて、「夕飯はいらん」と仏間にこもってしまった筈だ。

……捨てなかったんだ。

頭をバットでぶん殴られたような衝撃を受けて、駆は立ちすくんだ。捨てなかった。つぶしもしなかった。そして誰にも気づかれないよう、こっそり倉庫の奥で保管していた。

充の器を。

かあっと顔いっぱいに血がのぼって、頬が熱くなる。

「駆くん？　これ、もしかして駆くんがとっといてくれたん？」

充に尋ねられ、何も考えられないまま首を横に振る。その次の瞬間、しまった、うなずいておけば良かった、と深く悔やんだ。

「え、そしたら……叔父ちゃん？」

弥生の声が、ぴょんと跳ね上がった。嬉しそうにぱん、と手を打ち合わせる。

「そうよ。叔父ちゃんよ。だって他におらんもん。あの時これ持ってたん叔父ちゃんやし。ミツくんの器や、て判って、きっと大事にとっといたんよ」

笑顔で言いながら、目尻に浮いてきた涙を弥生は指先でぬぐった。けれど充は何故か、むっとした表情で眉根に皺を寄せる。

「はあ？　なんやそれ、意味判らん」

ぶっきらぼうに言いながら、充は片手で持った器を軽く振った。と、駆の後ろから
「おお、充、良かった、まだおったな」と俊正の声が聞こえる。

駆が振り返ると、そこには俊正と高義がいた。俊正より数歩離れて仏頂面をしていた高義は、充が持った器を見て血相を変える。ずんずんと歩いてきて駆を押しのけ、充の真正面に立った。

「お前それ、なんで……」

「これ、俺のやん。なんでこんなん残してたん、親父」

「なんやお前、泥棒猫みたいな真似《まね》して……こそこそ倉庫あさって、何盗む気や！」

「はあ？　人を泥棒呼ばわりかよ！　ふざけんな！」

たちまち怒鳴り合いが始まってしまって、俊正が頭を抱えるのが駆の目に入った。弥生も困り顔をしながらも、とりあえずやらせるだけやらせようと思っているのか、口はさまず俊正の横に立つ。

「俺はただ、爺ちゃんと約束したもん、もらってくつもりで……いや、いいねん。そんなことは今ええねん。そやなくて、こっちや。なんでこんなん、親父とっといたん？」

荒い口調ながらも先に理性を取り戻したらしい充が話を戻すと、高義は一瞬、ぐっと押し黙った。その隙をついて、充は更に言葉を重ねる。

「こんなんとっといて、何言う気やったん？　また文句か？　俺のつくるもん、なんでもかんでも気に入らんかったもんな。そんなに俺の腕は悪いかよ」

するとなんか、高義は弾かれたように額をそらした。見開いた目と紅潮した顔から、わずかに血の気が抜ける。

「……は？　何の話や？」

その反応が意外だったのか、今度は充の方が軽くのけぞった。駆や俊正達も、訳が判らず高義を見つめる。

「いや、何の話て、これ……」

「違う。お前の腕が悪いて？」

器を示してぼそぼそと言う充の言葉を、高義がぶった切った。

「いつわしがそんなこと言うた。お前の腕が悪いとか、わし思ったことないぞ」

「……え、ええっ？」

その場にいた高義を除く全員が、驚きに声をあげる。駆もすっかり大混乱した。

「そもそもお前に陶芸教えたんは、わしと親父や。わし等が教えて、なんで腕が悪いことがあるか」

なおも言い返そうとする充に、高義は呆れたような声で言った。

「土練りからろくろから手びねりから、絵付けや釉薬、窯入れまで全部、わしと親父がみっちり教えた。それでなんで、腕が悪なんねん」

「いや……でも……」

言葉を失っている充に、高義があぁ、と小さく言って片眉を上げた。

「そらデザインやら独創性やら、その類は教えるにも限度があるで。そこのところは知らん。けど単純な『技術』のことだけ言うたら、お前はピカイチや。何せわしと親父仕込みやからな」

「――いや、ちょっと！　ちょっと待って！」

充が器を持っていない方の手を大きく縦に振る。

「いや、そんな、全然……だって親父、俺のつくったもんなんか一度も褒めてくれたことないやん！」

前のめりの姿勢で高い声をあげる充を、高義は更に呆れ顔になって見つめた。

「言われた通りのもんを言われた通りにできとって、何褒めることあんねん。おお、教えた通りにちゃんとできとるな、てだけや。そっから訳の判らん、箸にも棒にもひっかからんようなクズなもんつくったら、そらボロカス言うかもしれんが、ちゃんとしたかたちになるもんつくっとる分には、わしが特段、なんか言う必要あれへんやろ」

もはや充は、完全に絶句していた。俊正と弥生も言葉を失って二人を見ている。

一方で駆も呆気にとられていた。「褒めない」理由が、まさか「できて当たり前」だからだなんて、思ってもみなかった。

同時に、ああ、これか、と思う。高義が言葉にしないながらも抱いている充への確かな信頼感。それは、ここからきているのだ。自分と父親が、何年もみっちり、手塩にかけて育てた職人だから。

「……いや……いや、だって」

充は急に弱々しくなった声で言いながら、指を大きく開いた片手を所在なげに胸の前でくるくるとまわした。次の瞬間、はっとした顔つきになって開いた手をぐっと握る。

「けど言うたやん。お前によその窯なんか継げるか、そんなことは許さん、て」

「そらそうや。お前はまだまだ考えが甘い。窯を持つ言うんは、ただつくってたらええだけの話とちゃう。維持していかなあかん。よそさんの大事な窯もらって、やっぱり無理でした、閉めます、なんてことになったらどないする？　そういうとこまできちんと考えんともの言うてるから、わしは許さん言うたんや」

呆れ気味だった高義の声が、渋く説教めいた口調に変わった。眉をしかめた高義の姿とは逆に、充の方はどんどん途方に暮れた顔つきになっていく。

「大体なんや？　手前のつくったもん、よその窯の店先に置かせてもらう、て。ずうずうしいにも程がある。その分、そちらさんの品置くスペース削ったいうことやろ。よそさんの商売の邪魔して、そういうところが甘い、言うんや。そんな人間に窯を任せる人なんぞおらん」

「まあ……それは……」

思いもよらない高義の正論に、充は一瞬口ごもった。それから、はっ、と表情を変えて顔を上げる。

「……いや、でも！　言うたんやろ、見かけ倒しとかあんな出来の悪いもん売られたらウチの窯の評判にかかわるとか！」

——カキン、と音を立てて駆の足元が凍りついた。

「あんなもんしかつくれんのにウチの窯に戻ってこようなんてずうずうしい、とか言うといて、よその窯行くのも許さんとか、なんなん？　勝手すぎん？　どこまで俺の人生縛ったら気ぃ済むん？　俺をとことん嫌いなんは判ったよ。顔も見たないんやろ？　それやったら、そんなヤカラがよそで何しようが口出さんでもええやないか！」

「はぁ……？　誰がそんなこと言うた！　大体、嫌っとるのはお前の方やろが！　ウチの窯もわしのつくるもんも古くさい言うて、わしの顔なんか見たくもない、言うたんはお前の方やろう！」

頬から完全に血の気が引いて、駆の上半身がわずかに揺らいだ。ぽかんとした顔で充と高義を見つめていた弥生が、ふと顔をめぐらし「駆くん？」と心配げに声をかけたが、駆の耳には二人の声以外、何の音も届いていない。

「……えっ？」

真っ赤になって怒声をあげる高義に、充の方が先に我に返った。

「え、えっ……何？」

充は大きく指を開いた片手を、手首の準備運動でもするかのようにくるくると顔の横でまわして、それと一緒に目もくるりとまわす。一度下を見て、じっと考え込んだ。

「いや、えっと……ああ、まあ、確かに古い、言うたことはある。それはあるわ、ごめん。顔も見たない、いうんは……まあ前に家出した時は思ってた。それは謝らん」

地面を見たまま、それでもはっきりとした発音で喋る充に、高義は完全に勢いをそがれた様子で黙った。駆は目の前がチカチカしてきて、周りがだんだん見えにくくなっていくのを感じる。もはや手の先も足の先も、何の感覚もない。上半身はまるで幅の広い布できつく巻かれたように苦しく、息がひゅうっ、とかぼそい音を立てた。

「けど、親父の技術、腕は間違いない、思てるし……顔は……まあ七年前より、全然見られるわ。だって前と違うもん。駆くんと一緒におる親父、昔とは別人や」

充はそう言ってから、はっとした顔で駆の方を見た。

「駆くん……親父が俺の顔なんか見たくもない言うてる、て話……して、くれたやん」

そして、ためらいがちにぽつりぽつりと尋ねてくる。

「もしかして……親父に……俺が親父の顔も見たない、言うたんも……駆、くんか」

「は？　お前何を……」

高義の顔に一瞬さっと朱が走って、すぐに引いた。唇がかすかに動いたけれど、声は出てこない。目がひきつるように大きく動いて、ぱっと光った。

高義は片手を上げ、何かを押しとどめるかのように口に押し当てる。ぎこちない動きで駆の方を向くと、ゆっくりその手をおろした。

「……駆？」

聞き慣れたいつもの声でいつものように名を呼ばれたその瞬間に、駆を締め上げていた見えない布がぱん、と弾け飛んだ。腕と足が同時に動いて、ざっ、とつま先が地面を蹴る。

「駆……！」

振り向かず、駆は走った。門扉のすぐ内側、置きっ放しの高義の古い自転車にさっとまたがり、門を飛び出す。

そのまま全速力で、坂道を下った。

第五章

気づくと、辺りがすっかり暗くなっていた。

駆は自転車をこぐ足を止めて、周囲を見回した。靴の中で足の裏がジンジンする。

大きな川の、橋の半分近くを過ぎたところだ。一瞬、鴨川《かもがわ》か、と思ったが、違う。

駆がいるのは、橋の端、高欄が両側にある歩道だ。目を細め走る車のライトを頼りによく見ると、今自分がいる橋と平行に、鉄製のトラス桁橋が向こう側にかかっている。自分がいる橋の車線とトラス桁橋の車線は、それぞれ一方向のみのようだ。

その特徴ある風景に、ぱっと記憶の蓋が開いた。これは、家からあの山に土を採りに行く時、高義と車で渡る橋だ。なら、この川は桂川《かつらがわ》で、自分は家から東大路《ひがしおおじ》に出て、そこから九条通《くじょうどおり》に入ってずうっと西進してきたことになる。

はふはふと白い息を規則的に吐きながら、駆は更に西方向に自転車をこぎ始めた。

どこへ行こう。

これから、どこでどう生きていこう？

橋を渡り切り、脇にある細道に入った。前方が暗く、一度おりてタイヤの横に付属しているライトを覗き込むと、暗いままだ。もう三十年以上前の古い自転車だし、電球が切れているのかも、とよくよく見ると、ライトの端に切り替えレバーのようなものがある。試しに動かしてみたが、ライトはつかなかった。仕方ない、と諦めて、再度サドルにまたがりこぎ出すと、ヴィン、とタイヤが鳴ってライトがともる。

そんな仕組みだったのか、と驚いた。同時に、予想もしない程タイヤが重たくなったのにも驚く。

……電動自転車は、あんなに楽だったのに。

ぐいぐいとこぎながら、駆の胸がきゅっとなった。自転車自体は、使い走りをさせる為に母の彼氏に教えられ、何度か乗ったことがある。その時はボロボロで、ライトもなければ鍵すらついていなかった。多分、盗んできたものだったのだろう。

高義の家に来てすぐ、「自転車がいるなあ」と彼が言った時、駆の脳内に浮かんだのはあのボロボロの代物だった。さすがに盗む訳はないと思いつつ、きっと中古だろうと思っていたのに、まさかあんなピカピカの新品が届くとは思わなかった。しかも電動自転車の価格を知らなかった駆は、後になって値段を知って仰天したものだった。

あんなすごいものをあんな簡単に与えてくれたなんて。

でももう、それも終わってしまった。

自分が終わらせた。

道はまた幅の広い元の府道に戻った。何も考えずにただ車輪をまわしていると、どうしても車で通ったのと同じ道をたどってしまう。

ここからどこへ向かうとしても、自分ひとりで生きるしかない。

どうやってお金を稼ぐのか、それがまず問題だ。自分が知っているのは陶芸と家事、母や母の彼氏がやっていた夜の仕事だけだ。陶芸で稼ぐことなんてできるだろうか。例えば、人手の足りない窯の下働きに入るとか……かつて家出した、充のように。

その名が浮かんだ瞬間、胸の中心に張り裂けるような物理的な痛みが襲って、駆は思わず急ブレーキをかけた。キイッ、と錆《さ》びついたブレーキが耳障りな甲高い音を立てる。

地面に足をついて、深く息を吐いた。まだズキズキと痛む胸に、そっと片手を当てる。

駆くん、とためらいがちに名を呼んだ声が耳の奥によみがえった。同時に自分を見た、そのまなざしも。こちらをうかがう、不審げな瞳。

その後に血の気が引いた顔で自分を見た高義の目も、同じ気配がした。信じられない、と言いたげな目つき。

目の裏側が熱くなって、一気に瞳がうるんだ。

知られてしまった。全部。自分のついた嘘がすべて、自分が嘘をつく悪い子だということがすべて、皆に知られてしまった。二人は勿論、弥生や俊正にも。

――ぽとん、と手の甲に涙が落ちたのを感じて、駆は我に返った。まばたいて辺りを見ると、夜闇は更に深まって、車のライトがこうこうと眩しい。駆は涙をぬぐって、濡れた親指の付け根を見た。急に全身に冷えを感じて、体がぶる、と大きく震える。

ああ……コートも着ずに、家を出てきてしまった。

そう気がつくと、また体が震えた。動けば温まる、と再びペダルをこぎ出す。

思えばあの家に入った日からずっと、高義と俊正と弥生は、自分をどんなコートや毛布よりもあたたかくやわらかく包んでくれた。なのに自分は、彼等全員を、裏切った。

自分の嘘をすべて知ったであろう高義が今自分をどう思っているのか、と思うだけで恐ろしく、それ以上は考えたくない、と脳が思考を断絶する。代わりに弥生の姿が浮かんできたが、それもやはり胸に苦しい。自分はよりにもよって充を、彼女が七年待ち続けた彼を、追い出そうとしたのだ。きっと怒っているだろう。

だがそう考えると、充が出ていく前にすべてが露見したのはかえって良かったのかもしれない。もし充が行き先も言わずに消えてしまって、その後に嘘が知られたら、腹を立てるどころではない、きっと心底憎まれただろう。

そんな弥生は見たくなかった。駆にとって弥生は、三年前に病院であんパンを持ってきてくれたあの日、美味しいものを誰かと分け合って食べるともっと美味しい、「美味しいね」と言い合って笑うともっともっと美味しい、と初めて教えてくれた相手だ。あの灯火《ともしび》のような輝きだけを、壊さずずっと、こころに抱いていたかった。

あれから弥生は宣言した通り、いろんな味のパンを買ってきた。五つ並んだそのパンを、いつも高義と俊正と弥生、三人がひとつずつ食べ、残りの二つを駆によこしてくれるのだ。高義達は「年だから」、弥生は「ダイエット」と言って。

また泣きそうになるのと同時に、急に空腹を感じた。舌の上にはっきりと、皆で食べたパンの味を思い出してしまったからだろう。

財布も携帯も高義の家に置きっ放しだ。ポケットには一銭も入っていない。駆はペダルをこぎながら途方に暮れた。一番手っ取り早いのは万引きだ。それは判ってる。でも。

自分の本質は嘘つきで悪い人間だ。だから今更万引きくらい、どうってことない。そう嘯《うそぶ》く自分と、違う、そんなことない、自分はいい人間だ、と抵抗する思いがこころの中でせめぎあった。

――いい人間？　そんな訳がない、「いい子」じゃないから嘘をついて、バレて飛び出してきたんじゃないか。所詮付け焼き刃だったのだ。もう二度と戻らないのだから、とことん好きに悪さしたっていい。

――いや、ダメだ。そんな生き方をしてはいけない。高義達は具体的な命令ではなく態度でそう教えてくれた。自分は彼等のように生きたいのだ。

藪蚊《やぶか》が飛びかうように、こころの中をいくつもの想いが錯綜《さくそう》した。駆は一度ぶるっ、と頭を振ると、口を開けて冷たい空気をあえて思い切り吸い込む。

……とにかく、盗みをするのは、まだやめておこう。まずはどこか、あまり身元を気にされないような、工事現場や運送屋なんかの雑用的な仕事がないか探してみて……どこも雇ってもらえなかったり、潜り込めても長続きしなければ、この先いつかは、ものやお金を盗む必要が出てくるかもしれない。けれど今はまだやめよう。

何とかそう整理をつけて、駆はふう、と息を吐いた。その視界の隅に自動販売機が入って、あっ、と思う。昔よく母達に、自動販売機の釣り銭や下の隙間に落ちた小銭集めをやらされていた。場所にもよるが、見つかる時はそこそこ見つかる。

駆は足を止め自転車をおり、自動販売機を探った。けれど何も見つからない。半日探しても十円しかなかった、なんてことはしょっちゅうだったので、駆は何とも思わず、また自転車にまたがった。自販機の小銭集めのコツは、根気しかない。

駆は走りながら、自動販売機が見える度に立ち止まった。幸運なことに、二時間もしない内にそこそこの額の小銭が集まった。途中、五百円玉が落ちていたのが大きい。これだけあれば、パンと飲み物が買える。

駆は道沿いのコンビニに入って、いつものあんパンとお茶、タオルと新聞を買った。店員に頼んで大きめのレジ袋に入れてもらうと、コンビニの駐輪場で買ったものを全部、自転車のカゴに空けた。冷えた夜風に構わずセーターを脱ぎ、その下に着ていたネルシャツのボタンを外す。肌着の上にぐるりと新聞を巻き、その上から更にレジ袋を巻きつけると、シャツのボタンを閉め裾をしっかりズボンに入れて、セーターを着直した。タオルを頭にかけて、砂漠の遊牧民のように鼻と口元を覆って残りを首に巻いて襟の中に押し込む。すぐに体がじわっと温まって、ようやく人心地がついた。

寒い時に体を新聞やビニール袋で覆って暖をとるのも、母との暮らしでよくやっていた。いつも冬服があるとは限らなかったし、電気が止められて暖房が使えなかったり、自分達が不在の間は暖房を使うな、と命令されることもしばしばあったからだ。

それからも時々自販機をチェックしながら、駆はひたすら自転車をこいだ。先刻コンビニに寄った時点で、壁の時計は夜の九時をまわっていた。充が家に来たのが三時前くらいだったから、飛び出してもう五時間以上が経過している。

……皆は、探しているだろうか。

ちらりと浮かんだ思いに、急いで首を振った。甘い考えは持たない方がいい。仮に探していたとしても、それは自分を罰する為だ。一体どうしてあんな嘘をついたのか、理由を全部吐き出させられ、自分の薄汚さを知られて眉をしかめられるだけだ。

弥生が、俊正が、充が、そして誰より高義が自分をそんな目で見ると思うと、温まってきた筈の体がぶるっと震えた。怖くて心細くて恐ろしくて、着ている服をすべてはぎとられて往来に立たされているような心持ちになる。

高義に知られてしまった、きっと嫌われてしまった、改めてそう思うと、気温よりもはるかに冷たい空気が胸の中をひゅうひゅうと吹き抜けていく心地がする。

こぎ続けてきた自転車は、とうとう土を採る山のふもと近くまで来てしまった。足を止めて、駆はくろぐろとした山を見上げる。

何年も前に、豪徳に車に乗せられて引っ張り込まれた山道を思い出す。

もうあの男に会うことはないんだと思うと、冷えていた胸にやすらぎのようなものが満ちた。この先どこの街をどう歩こうが、あいつにばったり出くわすことはない。あの男にも、母親にも。

それは駆にとって、確かに福音だった。まるで昆虫標本みたいに、自分の体の一番薄い皮膚を釘《くぎ》で固定されどう頑張っても離れられない、そんな感覚からぱあっと解き放たれた気がした。いつか彼等に見つかるかも、そんな怯えをもう持たなくてもいい。

駆の足がすうっと動いて、自転車のハンドルを山にのぼっていく道に向けた。

街灯もない暗い山道だったが、自転車のライトだけでもいつもの林道につながる箇所が判った。駆は自分の記憶力と方向感覚の良さに感謝しながら山道に入る。

数分もしない内に、土を採る場所の手前まできた。ということは、あの男に連れ込まれた場所はもう少し奥だ。

土を採取する崖にはあれから何度か行ったが、暴行された場所には一度も行ったことがなかった。行く理由がないのは勿論だが、恐ろしかったのだ。こんな場所を知っていたということは、あの男は近辺に土地勘がある筈だ。隠れて暴行する際に、そこをよく使っているとも考えられる。万一また出くわしてしまったら、と思うと身がすくんだ。

けれど隣に高義がいるだけで、その恐怖はあっさりと消え去った。高義とあの男との年齢差と、相手がどう見てもカタギの職業ではなかったことを考えると、もしも喧嘩になれば高義の方が不利なのははっきりしている。なのに、駆の高義に抱く圧倒的な信頼感が、恐怖心を一掃してくれていた。

今はひとりだ。そして夜。でも、恐《こわ》くない。あの男は、今は監獄の中にいる。

駆は自転車を何度も乗り降りして、ライトで周囲を確認しながら少しずつ移動した。何とか方向の見当をつけて先へ進むと、工事や林業の関係者用らしき、自動車三、四台が停められそうな広く白茶けた平地に出る。

……ああ、ここだ。

ごくん、と唾を飲み込み、駆は自転車を停めた。顔に巻いたタオルが、湿った呼吸につれてふくらんではへこむ。じゃり、と小石を踏みながら進むと、岩や土の露出した平地の端まで来た。駆はすとん、とその場に座って山肌に背中をもたせかける。

汗をかいた背中がみるみる冷え始めた。はあっ、と息を吐き、思い切って上の服と巻いた新聞やレジ袋を全部脱ぐと、頭のタオルで上半身の汗をぬぐう。

肌着以外をもう一度着直すと、立ち上がって、自転車のカゴに広げるようにして湿った肌着を干した。カゴからパンの袋とお茶を取り出し、また元の場所に座り込む。

丁寧に袋の端を開けると、あんパンをひとつだけ取り出した。余裕のできた袋の先を細くねじって、ひとつ結びにして密封する。飲み口に口をつけないようにしてお茶をひと口だけ飲むと、少しずつ少しずつ、時間をかけてパンをゆっくりとかじった。馴染んだ食感と甘みに、じいん、と胸がしびれる。

昔の味だ。懐かしい、ひとりの味。

母達と暮らしていた頃、このパンを含め、食べ物をなかなか与えてもらえないことがよくあった。単純に買うお金がないから、という時もあったが、多くは「遊び」だ。「店から盗ってこい」とか「何か面白いことを言って笑わせろ」とか「自分で自分の顔を殴れ」とか、様々条件を出されて、失敗すると食べさせてはもらえない。

そんな気まぐれな条件を必死でクリアして手に入れた、二人が不在の時に後で殴られるのは承知で盗み食いした、「上手く盗ってきたら食わせてやる」と言われて万引きしてきた、時に気まぐれのようにあっさり与えてもらった、あの時と同じ、味がする。

同じパンなのに、三年前に弥生が病院で与えてくれた味とはまるっきり違う。美味しいと感じることに変わりはないのに、病院でのそれは、夢のようにふわふわと甘みが強かった。今、口の中にあるパンは、冷たくぎゅっと締まった、固い甘さがする。

そのことに何故か奇妙なやすらぎを感じながら、駆は顎を上げて天を仰いだ。平地の上だけ、まあるく夜空が開けて見える。

ああ、星だらけだ。

駆はじっくりと咀嚼《そしやく》しながら空を眺める。山手の住宅街の中にある高義の家でも、ここまでたくさんの星は見えない。

しずかだ。

ゆっくりと目を閉じると、暗くなった視界の中にも星に似た光がまたたいた。

長く自転車に乗って移動している内に、自分のまわりに巻きついていたいろんなものが風に乗ってひとつひとつはがされた、そんな気がする。毛布のようなあたたかさも、やさしさも、やわらかさもすべてはぎとられ、昔のむきだしの自分に戻った気がする。

誰からも守られることなく自分で自分を守るしかない。野生の小動物のように、感情を平坦にし抜け目なく冷静に周囲を観察し、一分でも一秒でも安全に生きのびることだけに全力を注ぐ、そういう自分が帰ってきたのを感じた。

これがきっと、本来の自分なんだ。

駆は目を開け、眩しさを感じるくらいの満天の星を見つめた。

ここで殴られ蹴られて、煙草の火を押しつけられた自分。その間ずっと、こころを無にして、暴力がやがて終わるのをただ待っていた。抵抗しても逃げても、それが長引くだけだと知っていた。相手の気が済むまで、できるだけ身を縮めながら、打撃に呼吸を合わせてひたすら耐えるのだ。

夜闇の中に、白っぽい地面に横たわったかつての自分の姿が見えた。その自分と、今また同じ場所にいる自分の間に、かちり、と何かのコネクタがつながれた感覚がする。

……ああ、取り戻した。

あれからずっと、世界と断絶しているみたいだった。全然違う世界に放り込まれて、違う時間を生きているかのようだった。それがようやく、全部がちゃんと、元に戻った。

駆は安心しきった微笑みを浮かべて目を閉じた。

もう戻らない。あの夢のような世界は、もう自分には関係がない。

もうあのひと達に、嘘をつかなくてもいい。

駆は唇に笑みをともらせたまま、すうっと眠りについた。


遠くで車のクラクションが鳴って目が覚めた。

ぱっと目を開くと、周囲はすっかり明るくなっていた。驚いて立ち上がろうとすると膝が勝手に大きくよろめいて、体が寒さでかちかちに固まっていることに気がつく。駆はゆっくりと腕をまわして、体のあちこちを少しずつほぐしてやっと立ち上がった。干した肌着に触るとまだ湿っていて冷たかったが、ゆうべの通りに服を着直す。パンを食べようかどうしようか少し悩んで、ひとつだけ食べることにした。

パンを食べふた口だけお茶を飲み、駆は空を見る。腕時計も携帯電話も置いてきてしまって時間が判らない。曇り空に透けて見える日の高さからするとまだ朝だろうか。

それこそいつ工事や林業の人がやってくるか判らないし、いつまでもこの場所にはいられない、と駆は自転車のハンドルを手にぐるりと平地を見回す。

そこはもう、駆にとって何の変哲もないただの平凡な地面になっていた。時に夢にまで見た豪徳の顔が、小石や砂の中にさあっと消えていく。

駆は一度息をつき、自転車にまたがった。

特に行くあてもなかったが、南に行くと来た側に戻ってしまうので、とりあえず北に向かうことにした。山道は細く、車一台ちょっとの幅しかない。片側はコンクリートの壁、もう一方はガードレールがありつつも下は崖、そんな道を延々とこいでいると、だんだん下り傾斜になってくるのが足に伝わる。進むにつれ坂の傾斜がゆるやかになって、道沿いにぽつぽつと工場や畑や家が現れ始め、さすがに駆も安堵した。

だが下りで酷使したブレーキが激しくきしみ音を立て、更にタイヤと地面との接触がガタついてきて焦りを覚える。どうもタイヤの空気が目減りしてきたようだ。

すっかり道が平坦になって舗装も綺麗なことにほっとしながら、行けるところまでは行こう、と駆はなおも自転車をこいだ。周囲はすっかり、田舎の風景だ。冬の空っぽの田んぼの間に、トラックの停まった工場や昔ながらの大きな日本家屋が点在している。

しばらく走っていると、ガタつきがもうどうしようもなくなってきて駆は仕方なく自転車をおりた。このままだと転びかねないし、この状態でこぎ続ける方がかえって体力を消耗する。

辺りはすっかり、普通の住宅街になっていた。自転車をひきながら広い道に出てしばらく進むと、前方に自転車屋ののぼりが見えて駆の目がぱっと明るくなる。近づくと、こぢんまりとした、個人の住宅の一階が店舗になっている店だと判った。

駆は安堵半分、不安半分の気持ちで店の前に向かった。単なる空気漏れならいいが、もしパンクだとすると修理代がない。

ガラス扉に近づくと「御用の方はこちらを押してください」と札が貼られたチャイムがあった。周囲を一切見ずにボタンを押してしまってから、扉に手書きで「本日臨時休業　※十五時頃に戻ります」と書かれた紙が貼られているのに、はたと気がつく。

あっ、と思うのと同時に『はーい』とチャイムから若い男性の声がして駆は固まった。

咄嗟に何も答えられずにいると、『お客さんですか？　今行きまーす』と声が続く。見直すと、チャイムのボタンの上にはカメラレンズがついていた。

　ガラス扉から透けて見える店の中は電気が消えていた。なんで気づかなかったんだろう、と思う内に奥が明るくなって、直後にぱっ、と店内の明かりがつく。狭い店内の壁にはびっしり工具がかかっていて、カウンターに小さい椅子が置かれていた。

「すみません、いらっしゃい」

　扉から顔を出したのが、自分とそれほど変わらない年に見える少年だったのに駆は面食らった。色が白く顔つきも体つきもほっそりしていて、細い髪が柔らかそうで、どこか雛人形《ひなにんぎょう》を思わせる。背丈も駆よりほんの数センチ高い程度だ。

「ごめんなさい、今日、父がちょっと急用ででかけてて……修理ですか？　三時、いや、二時半くらいには戻ってこれると思うんで、自転車預かってまた出直してもらうか、何ならウチで待っとってもらってもいいんですけど」

　見た目通りのおっとりとした口調で言いながら、彼は入り口から外に出てきた。駆が背後に停めた自転車を、背をかがめて見ながらぐるりと一周まわる。

「パンクですか？」と聞かれて、駆はごくんと唾を飲み込んでから口を開いた。

「いや、えっと……判らなくて、空気漏れかもしれないと思うんですけど」

「パンク修理くらいやったら、僕でもできますよ。ちょっと見ましょっか」

えっ、と駆が驚いている間に、少年は扉を開いてストッパーで押さえた。止める間もなく、自転車をさっさと店の中に引っ張り込んでしまう。しゃがみ込んで後輪を手で触り、「ほんまや、抜けてる」と小さく呟いた。

「けど、パンクしてるかもしれないし、結構古そうやし、中のチューブがあかんくなってるかもしれないです。そもそももう溝が殆どないし、タイヤごと変えた方が」

すらすら説明する彼の言葉を、駆は「あの」と思い切って止めた。

「あの……ちょっと、お金が、なくて。修理代とか、無理なんです。だから空気だけ入れてもらえたら」

彼はくりっとした目を一度ぱちりとまばたかせて、ゆっくり口を開いた。

「でも、パンクやったら、空気入れてもまたすぐ抜けますよ。……あっ、虫ゴムがダメになってるだけかもしれん。それやったら五百円くらいでできますよ」

ぱっと明るい顔になって言う少年に、駆は下唇を嚙んだ。だがその沈黙で相手には充分伝わったようで、彼は地面に目を落としてかりかり、と指先で首筋をかく。

「お金……出して、もらえないん？」

この場には二人しかいないのに、何故かひどく小声で、親密な口調になって少年は問うた。その誠実そうな姿に、駆は一瞬の迷いを捨ててうなずく。

「ウチ、母さんと自分だけで……一緒に暮らしてるおじさんはいるんだけど、母さんはあればすぐ、お金全部使っちゃうんで。おこづかいとか全然なくて」

「そなんや。……京都と違うよね。家、この辺なん？」

これは高義の家だけでなく、かつて母と一緒に関西地域に住んでいた時にもしょっちゅう受けた質問だった。なまりが違う人間に対して、まず確認をとってから相手との距離を決める、そういうところが関西の人達にはある。

「うん。……母さんが最近、つきあってた人の家から追い出されちゃって。母さんの勤め先のおじさんが自分のところで一緒に住まないか、て言ってくれたんで、駅の近くについ最近引っ越してきたばっかり」

少年は口の奥で「ふうん」とうなった。相変わらず顔は上げない。

「……実はこの自転車、そのおじさんので。仕事でいない間にこっそり乗ってたら、こんなになっちゃって……直して戻さないと、怒られるから」

この人の好さそうな少年なら、もう少し押せば虫ゴムの交換くらいタダでやってくれるんじゃないか。そう期待して言葉を継ぐと、彼はぱっと顔色を変えて駆を見上げる。

「えっ……まさかその人、殴ったりしよるん？」

その真剣な声と顔つきに、駆は急いで「ううん」と首を振った。

「そんなことは全然。基本的にはやさしい人だから。でも、黙って物を持ち出すとか、そういうことには厳しくて……それに、いつも大事に乗ってる自転車なんで、壊しちゃってたら申し訳なくて」

「……そうなん」

少年はふい、と目をそらして、またじっくりと自転車を眺めた。駆が不安を抱えつつ見守っていると、ぱっと立ち上がって軽く手で膝を払う。

「とりあえず、おとん帰ってきたらちゃんと見てもらいます。お金どんくらいかかるか、今の時点では僕ちょっと判らんので。もしあんまりかかりそうなら、そん時はキャンセル、てことで。いいよね？」

駆は一瞬迷ったが、他に選択肢もなくうなずいた。さすがに今後ずっと徒歩で移動し続けるのは辛い。もしもしっかりした修理が必要なら、その時には諦めるしかないが。

「じゃあ、どうぞ。あがって」

と少年が笑顔で奥を手で指し示したのに、駆は慌てて首を振った。「ここで大丈夫」と、店の隅に置かれた小さな丸椅子を指さす。

「ええ、そんなんあかんよ。こっち、いま空調入れてないから寒いし。待ってもらうだけの為にエアコンつけるより、中に上がってもらった方がこっちも節約になるから」

理路整然と言われて駆はそれ以上拒否できず、小さくうなずいた。

少年は自己紹介しながら店の奥の木の扉を開けて中に入っていく。名前は宮沢拓真《みやざわたくま》、年は駆と同じ十七歳だった。「同じ」と思わず駆が言うと、「タメ？　そしたら、拓真か、タクって呼んで」と歯を覗かせて人なつっこく笑う。「自分は？」と聞かれて、駆は一瞬、口ごもりながらもぼそぼそと言った。

「……ミツル。充電の充で、ミツル。苗字は……イワブチ」

こんな名前を名乗ってしまったらまずい、そう頭では判っていたのに言葉が止まらなかった。逃げ隠れして生きたい時に、実在の名を使うのは危うい。けれど「今の自分ではない名前」を言わなければ、と思うのと同時に、その名が口から飛び出していた。

「ミツル、オッケー。その辺適当に座って。お茶いれるし」

腕を伸ばしてソファを指さす拓真に、駆は「いいよ」と首を振った。遠慮しいしい靴を脱いで、中に上がりながら周囲を見回す。

扉の内側は狭い土間になっていて、中はそのままリビングダイニングに続いていた。左手にカウンターキッチンがあり、その前に小さめのダイニングテーブル。部屋の真ん中にはローテーブルがあって、背の低いソファがある。壁際にテレビがあって、奥に仏壇。周囲にカラーボックスが置かれていて、小さい子供のおもちゃやぬいぐるみが入った箱や絵本が収納されている。少年の言う通り、店の中は外とあまり変わらないくらい冷えていたのに、こちらは思わずほっと息がもれる程暖かかった。そのぬるま湯のような空気の中にうっすらとお線香の匂いがして、駆は鼻をひくつかせる。

「僕が飲みたいから。自分だけ飲んでんのってなんか気ぃ悪いし」

またあっさりと駆の言葉を取り下げて、少年はキッチンに入ってお茶を用意し始めた。仕方なくソファの端に腰をおろそうとして、駆はカラーボックスの上に置かれた家族写真と、仏壇の中に置かれた、優しそうな笑顔の中年女性の写真に気づく。

「おかん。二年前に、交通事故で」

背中側から声がして、駆は一瞬息を止めた。声はあくまでおっとりと柔らかく明るく、悲愴《ひそう》ないろは無い。首を動かして家族写真を見直すと、今より少し幼い拓真と父母らしい男女が写っていて、母親の腕の中には小さな赤ん坊が抱かれていた。

「それ弟。悠人《ゆうと》。今は保育園に行ってる」

拓真はやはりのんびりとした声音で言いながら、お茶とお菓子がのったトレーを持ってローテーブルに置いた。ボウル型のお皿に、個包装のクッキーやカステラがこんもりと積まれている。駆の喉が、勝手にごくりと鳴った。

「おかん亡くなった時はまだ二歳で……そらもうほんまに、大変やって。毎日毎日、『ママどこ?』てわんわん泣いて」

あくまで明るかった声がふうっと翳《かげ》って、駆は思わず隣に座った拓真の横顔を見た。その目線に気づいたのか、拓真はぱっと駆の方を見て笑顔を浮かべる。

「ごめん、急にヘンな話したわ。ごめんごめん。お客さんにする話やないよね」

笑って言いながら、拓真はクッキーの袋を開いてさくり、とかじった。何も言葉を返せないまま、駆も黙って、クッキーを手に取る。クッキーはさくさくと歯触り良く、胃袋が急にぎゅうっと動き出して、それなのに味がよく判らない。

拓真は声をがらりと変えて、父親が不在にしている理由を話した。学生時代の後輩が急な怪我で入院して、そのお見舞いに朝からでかけていったのだそうだ。

「二時半には悠人のお迎え行かなあかんから、その前には帰ってくる筈よ」

そう言われて駆が改めて壁の時計を見ると、十時半をまわっていた。

「まだまだ時間あるなぁ……そや、ゲームせん？」

ぱん、と手を叩いて拓真はソファをおりた。テレビ台の中から、駆もＣＭや雑誌でよく見る最新のゲーム機が出てくる。拓真は更に、有名なゲームキャラが描かれたカートレースゲームのパッケージを取り出し「やったことある？」と軽く振ってみせた。駆が首を横に振ると、拓真はゲームのリモコンを持ってソファに戻ってくる。

「悠人とやると、手加減してあげなあかんから。しょうがないけど、あんまりおもんないのよ。おとんもそんな上手くないし、誰か友達とやりたかってん」

何気ない拓真の言葉に、駆はどきんとした。友達。

だが同時に、不思議な気持ちになる。同い年、十七歳ということは、普通なら高校に通っている筈だ。今日は平日なのに、何故ひとりで家にいるのか。

駆の疑問に気づく様子もなく、拓真は駆にゲームの説明を始めた。お手本に、と、まずはゲーム機相手に自分だけでプレイしてみせる。

かつて母と暮らしていた頃、相手の男がゲーム機を持っていた時に駆も遊んだことはある。けれどこのゲーム機もこのソフトも初めてだ。見ているだけでひどく面白くて、駆は先刻までもやもやと抱えていた不安や疑問がどこかに吹っ飛んでしまった。

操作をひと通り教えてもらい何回か練習すると、二人は早速対戦を始めた。最初は全く歯が立たなかったが、十戦以上する内に急激に駆の腕が上がってくる。

「あーっ、あかん、あかんてそれ……うっそ、負けた！」

「え、うわ、やった！」

リモコンをしっかり手に持ったまま、二人はソファにひっくり返って笑い転げた。こつん、と小さく頭同士が当たって、駆ははっと我に返る。こんな風に笑ったの……もしかしたら、初めてかもしれない。

高義の家に入ってからは、本当に笑うことが増えた。けれどそれはどれも、のんびり、ほのぼのとした笑いで、こんな風に腹筋がきゅっとひきつれるくらいに、まさに「腹を抱えて笑う」なんて経験はなかった気がする。

「ええ、何、上手すぎちゃう？　ほんまに初めて？」

笑いすぎたのか目尻に浮いた涙を指先でぬぐいながら、拓真が座り直した。その姿にどきりと心臓が打つのを感じながら、駆は「うん」とうなずいて起き上がる。

「ええー……つまり僕が下手ってことか。あかんなあ、四歳児相手ばっかしてたら」

拓真はなおも笑いながら言って立ち上がった。うんっ、と伸びをして時計を見る。

「あー、お腹空いたなぁ。お昼にしよ。食べるよね？」

駆は意表をつかれて「えっ」と声をあげてしまった。さっさとキッチンに向かう拓真に、「いいよ」と首を振る。

「いいって、どうせ簡単なもんしかできんもん。練習して待ってて」

「えっ、いや……じゃ、手伝うよ」

急いで後を追うと、拓真が意外そうな顔で駆を見た。「そう……えっと、そしたら、じゃ、玉ねぎみじん切りにできる？」とまな板と包丁を取り出す。そんなの朝飯前だ、と駆はほっとして「うん」とうなずき、手渡された玉ねぎを手に取った。

拓真は鍋に水をわかして、ちぎったレタスと乾燥わかめと中華だしでスープをつくった。冷凍したご飯を取り出しレンジにかけると、駆が刻んだ玉ねぎとひき肉を炒《いた》めてカレー粉とケチャップとソースで味をつけ、冷凍のミックスベジタブルを放り込む。目玉焼きを焼いて一緒に盛りつけると、本当に二十分もかからず昼ご飯ができあがった。

「いただきます」

牛乳を入れたコップを並べて昼食をダイニングテーブルに置くと、駆と拓真は向かい合って座った。つくっている最中から既に匂いでお腹がぐうぐう鳴っていた駆は、口に含んだドライカレーの美味しさに頬の内側がきゅっとなる。

「……美味しい」

思わずぽそりと口にすると、拓真がぱっと笑って「うん、美味しい！」と返してきた。その笑みが胸にぐっときて、駆は黙ったままスプーンを口に運ぶ。しばらくぶりに腹に入れたまともな食事と共に、なんということもないそのやりとりと笑顔が胃の底から全身に沁《し》みわたった。

ああ、なんだか、この感覚、覚えがある……三年前に病院で、弥生と初めてあんパンを食べて、「美味しいね」と言われた時の、あの感じだ。

目の奥からじいんと熱いものがあがってきて、駆は慌てて、強くまばたいた。


食事の後片づけを引き受けて、駆は流しの前に立った。額がじわっと汗ばんでいるのを感じてセーターを脱ぐ。シャツの下で新聞がごわごわした感覚を伝えてきたけれど、不審に思われたくないのでそちらはそのままにしておいた。

皿を洗っている間に、拓真は父親に連絡をとってくれた。携帯を振って「なるべく早めに帰るって」と声をかけてくる姿に、駆は瞬間、「遅くてもいいのに」「もっとこの時間を楽しみたいのに」と思い、そう思った自分に喉がぐっと詰まるのを感じる。

けれど再度ゲームを始めたら、時間はあっという間に溶けた。すっかり夢中で扉が開いたことにも気づかず、「なんや、えらい盛り上がっとんなあ」と半分呆れた声が聞こえて、駆は驚いた猫のように飛び上がった。時計を見ると、二時半ちょっと前だ。

「あ、おとん、おかえり。全然気づかんかった」

目元にまだ笑いの気配を残した顔で、拓真が明るく言った。小柄で小太りで、拓真には似ず丸顔の中年男性が、駆にぺこりと頭を下げてくる。

「自転車、そこに置かれてるヤツですよね？　拓真に話聞きました。がっつり修理が要りそうなのか、それとも空気入れただけで大丈夫そうかちょっと見てみますわ」

店の方を指さす父親に、駆はぎこちなく頭を下げた。なら後は待つだけだ、と思った次の瞬間、続いた彼の言葉にぎょっとする。

「お客さん、もし良かったら拓真と一緒に、悠人迎えに行ってもらえませんか」

「はっ？」と声を裏返した駆を無視して、父親は拓真を手招いた。

「拓真行かしたら、お客さん暇でしょう。ぼっと待たすんも悪いですし……拓真、保育園には電話しとくし、歩いて悠人迎えに行って。ついでに夕飯の買い物、メモっといたし、それも頼むわ。お駄賃に、帰りアイス屋で好きなん買うてきてくれてええからさ」

「ええ、歩いて？　なんで？」

大きなくりっとした目を更に大きくして、拓真は首を傾げた。

「あの、店の方で待ちます。お構いなく」

駆は急いでそう言ったが、父親は首を振る。

「わたしどうも緊張しいでね。初めてのお客さんやと思うと指震えるんですよ。そやし、しばらく外しておいてもらえると助かります。すんませんけども」

父親はそう言いながら、メモを拓真に渡した。拓真は不審そうな顔をしながらもメモを一瞥《いちべつ》し、小さくうなずく。

「……判った、じゃあ……行ってくる。行こう、充」

「あ、お客さん、ちょっと待って」

拓真に軽く手招かれて、不承不承セーターを着て出ていこうとする駆を父親が急いで呼び止めた。振り返ると、一度奥に引っ込み黒いダウンコートを持って戻ってくる。

「これ、お貸しします」

「いえ、結構です」と駆は慌てて首を横に振ったが、父親は頑固に「無理なこと頼んでますし、今日ちょっと風あるし、だいぶ寒いですし」と強引に押しつけてきた。

駆は仕方なくコートをはおり、店の扉を出がけにちらっと振り返った。父親はすぐに店内に出てきて、後輪の横にしゃがみ込んでタイヤを手で直接触っている。

……どうか致命的な故障じゃありませんように、駆は祈りながら店を出た。

「おとん、変なこと言うてごめんなぁ」

半歩先に立って歩きながら、拓真がひょこっと頭を下げてみせた。

「あのひと、僕に友達つくりたいねよ。僕同年代の友達いんくて」

あっさり言われた言葉に、駆は思わず相手の顔を見直す。どうして、と聞いていいのか悪いのか、一瞬迷った間に拓真はもう口を開いていた。

「昔はいててんけどね。今は……僕、高校にも進学せんかったから」

「えっ……え、僕も」

思わずするっと言ってしまうと、拓真も少し驚いた顔を見せた。

「え、全然？　あの、受かったけど不登校、とかやなくて？」

「うん。……ウチさ、母親、つきあってる相手といつも長続きしなくて、すぐ引っ越してばっかりで。子供の時から、学校なんかろくに行ったことない」

これは嘘じゃない、そう自分に念を押しながら駆は言った。もし豪徳と出逢わず、あのまま母親と一緒にいても、自分は確実に高校になど行っていない。

「ああ、そっかぁ……」

首の後ろに手を当て、拓真は少しうつむいた。

「僕はさ、ほら、先刻も言った……二年前に、おかんが急に亡くなって」

地面に目を向けたまま歩きながら、拓真は語った。

父方も母方も祖父母は亡くなっていて、父母共に兄弟もおらず、頼れる親戚がいなかったこと。突然の事故に父も悲嘆にくれ、子供達の面倒をみるどころではなかったこと。連日、夜中まで泣き喚《わめ》く弟と、日がなうつろに、ただ滂沱の涙を流す父の面倒を拓真が一手に背負う内に、昼夜逆転に近い生活になっていったこと。どうにか受験はしたものの、何も考えられず白紙で答案を出したこと。教師や地元の民生委員が心配して手を差し伸べてくれたが、家族の問題に他人を入れたくない、と拓真も父も意固地になってはねのけてしまったこと。

全く想像もしなかった事情を聞かされて、駆は何も言えずにただ黙っていた。目の前のおっとりとした風貌の少年からは、そんな苦労を通ってきた雰囲気は全く見えない。

そのひょうひょうとした様子が、体格も歳も違うのにどこか充を連想させて、駆の胸がじくりと鈍く痛んだ。つい先刻その名を騙《かた》ってしまったことが、拓真にも充にも、ひどく申し訳ないような気持ちになる。

「一年ちょっと、そんな風に暮らしてて、今年に入ってからくらいかなぁ……なんかおとんが急に、憑《つ》きもん落ちたみたいに、まともになってきて。あれなんでかなあ、悠人があんまりぐずらんくなったからかなぁ……悠人にとっておかんがおらんのが、一年経って、やっと『当たり前のこと』みたいになってきた、言うか」

けどそれはそれでさみしくもある、拓真はそう言って薄く笑った。

「きっとこの子は、おかんのこと忘れてしまうんやろなあ、て……だって僕、自分が二歳の時のことなんか何も覚えてへんもん。最初っからおかんなんかいんかったみたいに育つんやろなあ、大きなってても思い出話もできひんやろな、てちょっとさみしい」

ふっと目を細めた横顔に、駆は自分でも驚く程、胸がきゅうっと締めつけられる感覚を覚えた。ああ、きっと彼は、その辛さをこの先一生、自分ひとりで抱え込んで生きるんだ、と何故かはっきり、判ったから。父にも弟にも明かすことなく、今だけ、自分だけにこうしてこっそり、明かしてくれたんだ、と。

父親が拓真に同年代の友達をつくってほしい、と考えた気持ちが急に駆にも理解ができた。この細い肩でずっと守ってきた「家族」に対しては話せないことも、まるっきり無関係の他人になら話しやすいだろう。

「けど、おとんがまともに……夜寝て朝起きて、三食食べて家も綺麗にして仕事して、みたいなとこまでいくには、また数ヶ月くらい要って……夏くらいからやっとかなあ」

かなり壮絶な話を、拓真はさばさばと明るく話した。父親と弟がそうやってどうにか立ち直っていった後も、自分だけぐずぐずと元の生活に戻れなかったことも。

やっと自分と周囲を冷静に見られるようになった父親は、今度は拓真に申し訳ないことをした、と泣くようになったのだそうだ。それが辛くて、拓真はできるだけ父と顔を合わせないよう、昼夜逆転の暮らしを続けた。

　母が亡くなって泣く父の姿、それはそれで勿論辛かった。けれどその涙は共感できた。自分だって母が死んで悲しいのだから。だが、自分のせいで泣く父を見るのは心臓にひどく応えた。申し訳ないことをした、自分が不甲斐ないせいでお前の人生を棒に振ってしまった、そうつらつらとこぼしては泣く姿に、奇妙な苛立ちと切なさとさみしさが一気に襲った、そう拓真は話した。

「言うて僕まだ十七よ？　人生棒に振る程の年じゃないわ。確かにしんどかったよ、しんどかったけど……イヤイヤやってた訳やないねん。今すっかり落ち着いたから判るけど、あの時間、多分僕にも必要やってんやわ。ああやって誰かの面倒みてんと、多分僕の方がつぶれてダメになってたと思う。そやし、おとんが全部、悪い訳やないんよ。勿論、百パー悪くないか、言うたらそれも違うと思うけど……でも、あんな風に自分を責めて泣く程、悪い訳やなかった思うねん」

　秋の彼岸で墓参りに行った日の夜、拓真は思い切って自分のその気持ちを父親に全部ぶつけた。拓真の告白は父には予想外だったようで、結局また大泣きして謝ってきた。それから親子揃ってカウンセリングに通い、この数ヶ月で拓真もすっかり、昼夜の改まった生活が送れるようになったのだそうだ。

それを聞いて、駆はこころの底からほっとした。逢ったばかりなのに、この相手にはいつまでも苦しい場所にいてほしくない、幸せになってほしい、と心底思う。

「来年度から、伏見《ふしみ》の工業高校行こ思てんねん。最終的には店継ぎたいねんけど、自転車だけやのうて、二輪や四輪も多少は直せたらなあ、て。おとんはこんなこぢんまりした店やのうて、もっと儲かるとこ行き、言うねんけどさ」

照れたような顔つきで笑う、その顔がすっかり地に足がついた雰囲気で、駆はますます安堵した。同時にこころの片隅で、火の粉がぢり、と胸を焦がす。羨ましい。

「……いいな」

その思いがぽろりと、勝手に口からこぼれた。「えっ？」と拓真が駆を見る。

「あっ……うん。僕はさ、全然……そういう、将来とかって、考えたことがなくて」

改めて言葉にすると、その心細さが胸の底から一気に噴き上がってきた。

「僕、先刻も言ったけど、学校……殆ど、行ったことがなくって。ずっと母親と二人で、あっちこっち、その日暮らしみたいな生活してたから。勉強は……教えて、くれたひとが、いたけど……もうそのウチも、出てきちゃったし」

拓真は何も口をはさまず、じっと駆の声を聞いていた。目を向けてはこない横顔に、相手の配慮を感じ取って駆は言葉が止まらなくなる。

「ほんとはそこのウチ、出たくなかったんだ。勉強もそうだけど、家のこと、料理とか洗濯とか、そういうのも皆、そこのひと達が教えてくれた。それから……陶芸も」

「とうげい？」

「うん。陶器。焼きもの」

駆が説明すると、拓真は目を合わさないまま「ああ」と大きくうなずく。

「土を触るのが、すごく楽しくて……固まりの中からかたちができてきて、釉薬をかけたり絵を描いたりして、窯に入れて……今みたいな季節でも窯の近くはすごく暑いんだ。真冬でも汗だくになるくらい。窯を開けて中の温度が下がると、陶器から音が鳴るんだよ。風鈴みたいな、ガラスのコップを金属の棒で叩くみたいな音。小さくて綺麗な音で、聞いてるとすうっとした気持ちになる」

その音が耳のすぐ内側でよみがえって、駆はうっとりとした声音になった。拓真はそんな駆をやっとまともに見つめて、「いいなあ」と言う。

「充、好きなんだ、陶芸」

真正面から言われて、駆は一瞬言葉に詰まった。うん、としか言いようがないのに、それができない。

こうしてほんの少し話すだけで、胸がわくわくした。この三年と数ヶ月、毎日必ず触ってきた土に、今日は触れていない。それだけで指先がむずむずする。

この先一生、土に触れないかもしれない。そう思うと、膝が砕けそうな心地がした。

「そこの家に、ずっとおれたら良かったのにね」

駆の胸の内を知らずにまっすぐな声で言う拓真に、駆はまた「うん」とは言えずに唇をきゅっと結んだ。いられなくなったのは、自分のせいだから。

「いい家やったら……戻るの、アリやない？　今すぐは無理でも、二十歳になったら、別にお母さんと離れたかていいやん？　家そのものには戻れんでも、近くに住んで、陶芸だけ教わりに行くとか」

考え考え話す姿に、拓真が真剣に駆の今後を慮《おもんぱか》ってくれているのが判った。この親身さは、彼自身も過酷な状況をくぐり抜けてきたからなんだろう。だからこそ彼の提案がすべて不可能なこと、それも原因が自分自身であることが、たまらなく胸に痛い。

駆が黙って首を横に振ると、拓真は一瞬口をつぐんだ。

「……そっか。ごめん、事情もよう知らんのに適当なこと言うて」

真面目に頭を下げられて、「ううん」と駆は首と手を同時に振る。このやさしい相手に、「適当なことを言った」などという罪悪感を持たせたくなかった。全然「適当」なんかじゃなかった、真剣に自分を思いやってくれた、そう判っていた。

「すごく勝手して、いろいろ迷惑かけて飛び出してきちゃったから……もう無理なんだ、戻るの」

そこまで言うと、自分の言葉に自分で泣きそうになる。

「もう……戻れないんだ、あの家」

駄目だ、本当に泣いてしまう、と駆は強く下唇を噛んだ。隣を歩きながら、拓真はちらりと駆の横顔を見る。

「――あ、そこ、左。曲がって」

急に拓真はそう言うと、片手を駆の背中に当てた。ぴくん、とひきつる背を、一度大きくやわらかくなでると、先に立って歩いていく。

駆はその場に数秒立ち止まると、目尻ににじんだ涙をさっとぬぐって拓真の背を追いかけた。

それまで二人が歩いていた道は片側一車線で、車道から防護柵で隔たれた歩道があった。だが曲がった先の道はもう少し狭く、端に白線が一本あるだけだ。その道を少し歩くと大きい保育園の建物が見えてきた。建物の壁に沿って右に曲がると、門扉がある。園庭の真ん中の滑り台の上から、小さな子供が「にいちゃーん」と手を振った。拓真が手を振り返すと、しゅーっとすべり降りて勢いよく走ってくる。

「拓真くん、こんにちは」

園の建物の方から、手に小さなオレンジ色のコートを持った中年女性が出てきて、こちらに頭を下げた。走ってきた子供にコートを着せると門扉を開く。

悠人はぱっと拓真の手をとると、少し離れたところに所在なく立っている駆の方を見て、「誰?」と不思議そうに聞く。同時に女性も駆を見て、こちらははっきりと不審げな顔つきになったので、駆は内心逃げ出したくなるのをじっとこらえた。

「友達。でも、今日はお客さん。自転車のタイヤあかんくなって、今おとんが交換してる最中やねん。暇やったら悠人迎えに行くんつきあってよ、て僕が連れ出した」

と、拓真がすらすらと言って駆は呆気にとられた。思わず顔を向けると、拓真の目の端がわずかにきゅっと、いたずらっぽく細くなる。

……嘘だ。友達なんかじゃないし、一緒に来たのは拓真の父が頼んだからだ。

でも、嘘なのに。嘘なのに全然、嫌じゃない。胸の中にぽっ、と火が灯ったようだ。

「へえ、お友達」と女性の顔が明るくなった。それを見て駆は、彼女が宮沢家の事情をちゃんと知っているのだと察する。

「そう。そしたら悠人くん、今日はお兄ちゃん二人と手ぇつないで帰れるね。ね?」

女性の最後の「ね?」は明らかに駆に向けられていて、駆はかなり動揺する。

「ほんまやな、悠人。……ほな先生、また明日」

「ばいばーい!」とぶんぶん左手を振って歩き出す悠人と手をつないで、拓真は目線で駆に悠人の隣に行くよう示した。気後れしつつも、駆は悠人の隣につく。

「悠人、充にいちゃんと手つないで」

拓真が顎をしゃくると、悠人はためらわず「うん！」と答えて駆が反応する間もなくさっと駆の右手を握った。どきん、と心臓が飛び出しそうになる。

——熱い。

一瞬、熱があるのかと思ってしまったくらいにその手は熱かった。けれど当人は全く平気な顔でぴょんぴょん飛び跳ねながら歩いているし、逆の手を握っている拓真も気にしている様子はない。これが普通なのだろう。

自分の手の中の悠人の手の熱さと小ささに、駆は足元がふわふわする感覚がした。寒いのにその手はうっすら汗ばんでいて、ぴたっと吸いついてくる。こんなに小さいのに、握る力は結構強い。

「……あ、悠人、スーパー寄るから。こっち曲がるよ」

「えー……しんどい、早よ帰りたい。なんで自転車じゃないん？」

頰をふくらます悠人に、駆は申し訳ない気持ちになった。自分がいなければ、拓真は自転車で迎えに来れたのだろうに。

「そういう日もあるの。その代わり、後でアイス屋で好きなもん買うていい、ておとん言うとったよ」

「ほんま？　やったあ！」

ぱっと機嫌を直して、悠人は飛び跳ねてはしゃいだ。そのはずみで手が離れて、一瞬ですうっと冷気が忍び込んでくる手を、駆は自分でも意外な程にさみしく感じる。

「あかん、危ないよ。ちゃんと手つなぎ」

拓真が叱りつけて、悠人はまたすぐに駆と手をつないだ。すぐに体の内側にまで熱が戻ってきた感覚がして、駆はぶる、と逆に全身が震える。

スーパーに行くと、悠人はカートにカゴを入れた。「悪いけど充、悠人だっこしててくれん？」と頼まれ、今度こそ駆は大きく動揺して反射的に首を横に振る。

「そうしとかんと、勝手にお菓子売り場とかすっ飛んでくんよ。けどカート持ってたら抱っこはできひんし。おとんと二人の時も、どっちかが抱っこしてるんよ」

片手で拝まれて、駆は仕方なく背をかがめた。緊張しながらそろそろと腋に手を入れると、悠人は素直に両手を伸ばしてくる。

きゅっ、と首筋にしがみつかれて、その体の軽さとあたたかさに駆はまたどきどきした。館内は暖房が効いているせいもあって、顔がうっすら汗ばんでくるのが判る。

「にいちゃん、暑い」

するとと悠人も暑かったのか、体をよじってぐずった。「コート脱がせてやって」と言われて、一度おろしてコートを脱がせる。駆の手からそれを受け取り片手にかけると、拓真は「悠人、充にいちゃんにありがとうは？」と言った。

「ありがとう、充にいちゃん！」

悠人はまっすぐ駆を見上げて大きく声をあげ、また両手をぱっと伸ばしてくる。

駆はどう返事をしたものか判らず、曖昧にうなずいて悠人を抱き上げた。肺の下辺り
がじくじくと痛い。

——ああ、「駆」と名乗っておけば良かった。

突然そんな思いが、ナイフのように胸をぶすりと刺した。

悠人のあの声、あの顔で「駆にいちゃん」と呼ばれたらと思うと、胸がきゅうっと締めつけられて何故だか涙まで出そうになる。小さな子供特有のまっすぐさが、強いビームとなって自分の内側の濁りを焼き尽くしていくみたいだ。

咄嗟に「充」を名乗ってしまったのは、「高義の息子」という立場も含めて「充」になりかわりたいという気持ちと、「満つる」に通ずる名前自体に対する羨ましさからだった。けれども駆は今、この兄弟に心底、他の誰かの名前ではなく「自分自身の名」で呼ばれたい、友達だと、にいちゃんだと言われたい、そう強く思っていた。

拓真は渡されたメモも見ずに、どんどんカゴに食材を放り込んでいった。大丈夫なのかな、と駆が一瞬心配すると、まるでその声が聞こえたみたいに足を止めて駆を見る。

「なんか嫌いなもんある？」

急に思いもよらないことを聞かれて、駆は「えっ？」と呆気にとられた。

「夕飯。せっかくやし、ウチで食べていきぃよ」

「えっ？　えっ、いやっ、いいよ」

勢いよく首を振ると、拓真は不思議そうに首を傾げた。

「なんで？　今日家でご飯食べなあかん日？」

「いやっ、別に、そういうんじゃ……ないけど」

「ほなええやん。家には連絡しといてよ。……なあ、悠人、にいちゃんとおとんと充にいちゃんと、四人一緒でご飯したいよなあ」

「うん！　したい！　する！」

だっこされたまま勢いよく手を振りまわされて、駆は慌てて悠人を抱き直した。駄目だ、幼児を味方につけられたらもう逆らえない。それに、ちゃんとした食事を食べられる、という誘惑にも抗《あらが》いがたい。

「じゃあ決まり。……そんで、苦手なもんある？　おとんのリクエストで、今日お好み焼きにしよ思てんねんけど。豚とイカと海老やったら、どれがいい？」

「やったぁ、お好み焼きや！」

両手を振り上げる悠人をきつく抱きながら、「どれも好き」と駆は口ごもりつつ答えた。拓真はうなずいて、「じゃ、豚にしよ。悠人一番好きやねん」と豚肉のトレーをカゴに入れる。さくさくと買い物をしながらレジに近づいて、拓真ははたと足を止めた。

「……あ、そうや、洗剤もうなかった。ごめん、こっち。洗剤二階やねん」

拓真はくるりとカートを翻すと、入り口の方に戻っていく。扉のすぐ近くにエレベーターがあったが、ちょうど目の前でお年寄りが乗って扉が閉まった。

「洗剤だけやし、ぴゃっと取ってくるわ。ここで待っといて」

拓真はまたカートをくるっとまわして、奥の階段の下まで移動させた。カートを駆の手元に残して、階段をあがり始める。

「にいちゃん？」と声をかける悠人に、「すぐ戻るし。そこで充にいちゃんとおって」と拓真は軽く手を振り、一段飛ばしで階段を駆け上がっていった。

その姿が二階に消えた瞬間、「にいちゃん！」と悠人が叫んで、全身を強くよじった。突然の動きと予想外の強い力に、駆の手がはずれる。悠人はひょい、と身軽に飛びおり、階段を走り出した。

「あっ……あっ、駄目だよ！」

駆は一瞬呆然と立ち尽くしたが、すぐに硬直が解け慌てて後を追う。

「にいちゃん！」

「危ないって、ゆう――」

悠人の履いた小さな青い靴が、つるん、と段の端を踏み外した。背中から後ろ向きに、ふわり、と体が宙に浮く。

駆は無我夢中で、肩からぐん、と両手を伸ばす。指の先が悠人の青いトレーナーに触れた瞬間、自分の足先が何もない空間を蹴ったのが判った。

ゆらり、と上半身が後方に傾いていくのを感じながら、駆は両腕でしっかりと、小さな体を閉じ込めるように抱え込んだ。

*

警察から連絡が入ったのは、駆が消えた次の日の午後だった。

高義の自転車は、購入してから既に三十年近くが経っていた。京都では自転車の防犯登録は十年ごとと決められている。高義自身は「こんなボロ車、誰が盗るねん」と再登録を面倒がったが、仕事柄、行政手続きにまめな俊正がきっちり毎回更新させていた。その防犯登録番号について問い合わせがあって、高義に電話がかかってきたのだ。

問い合わせをしてきたのは、亀岡《かめおか》にある自転車屋の店主、宮沢真人《まさと》だった。「高校生くらいの未成年の男子が修理に持ち込んできたが、話を聞いた息子によると母子家庭で経済的に問題があるようだ。母親の同棲相手の自転車だと言っていたそうだが、大事にしていると言う割にはホコリだらけで錆びていてボロボロだし、盗難車の可能性が高い。

同棲相手から虐待されている可能性もあると息子が言っていた」と。

自転車の盗難に心当たりはないか、と警察から電話を受けた高義は、慌てて田沢に連絡した。前日の夜、駆が家出したと高義から聞かされていた田沢は、非番だったにもかかわらず自宅からタクシーですっ飛んできた。仕事がどうしても抜けられなかった俊正を置いて、弥生と充と、四人で車で亀岡を目指す。車の中で、弥生はもう泣いていた。

田沢は移動の途中、三年前から駆のことを彼女同様に案じている同僚の野木に、何か追加の情報はないか、と連絡を入れた。しばらくして野木から返ってきたメッセージにいわく――亀岡市内のスーパーで高校生くらいの少年が、幼児をかばって階段から落ちて頭を打ち、意識不明である。その少年がどうやら、宮沢真人が問い合わせてきた自転車を持ち込んだ本人で、真人の息子、拓真に対して「イワブチミツル」と名乗った、と。

田沢は車を病院の方に向けた。弥生は逆に涙が引っ込んだのか、青白い顔で呆然としている。隣に座った充が、その肩を強く抱いてなだめるようにごしごしとこすった。

病院に到着すると、地元警察が待っていてすぐに全員を病室の方に連れていった。入院部屋のある廊下に出ると、病室の前の壁に立っていた真人と拓真がぱっとこちらを見る。高義は気づかずに前を素通りしようとして、後ろから真人に声をかけられた。

「あの、今は検査に行ってはって……お部屋にはいません」

向き直る高義に、真人は自己紹介した。通報した店主だと判るやいなや、高義は顔色を変えて真人に詰め寄る。

「あの子、どんな様子でした？　コートも着んと出ていったんや、風邪なんぞひいとらんかったでしょうな？　ちゃんと食事やらとってるようでしたか、どうなんですか!?」

答える隙すら与えずぐいぐいと質問攻めにする高義に、充は「ちょ落ち着き」と後ろから肩に手を置く。

「あほ！　これが落ち着けるか！　この寒空にあんな子供があんなカッコでひとりで……自転車で亀岡まで行ったやなんて、尋常やないわ！　お前は心配やないんか！」

「心配に決まってるやろ、俺の弟になる子やぞ！」

「すみません、お静かにしていただけますか！」

たちまち始まってしまった二人の言い合いを、隣の病室から顔を出した看護師が一喝した。二人ははっとバツが悪そうに黙り込む。

「……あの」

すると真人の横から、青ざめた顔色をした拓真がひょこっと前に出た。腕には、頬にいく筋も涙の跡をつけたまま眠り込んでしまった悠人を抱いている。

「あの、もしかして……充くんに陶芸を教えた、おうちの方ですか」

深刻な顔と声で聞かれ、高義と充は一瞬顔を見合わせた。名前を訂正するのはとりあえず後回しにして「そうです」と高義がうなずくと、拓真は駆に聞いた話をぽつりぽつりと話し始めた。勉強も家事も皆教えてくれた、陶芸が大好きだった、本当は出ていきたくなかったけれど、たくさん迷惑をかけたからもう戻れない。

　話の途中で、弥生がかすかな声をあげて泣き始めた。真っ赤な顔をしたまま無言で聞いていた高義の頰にも、ぽろぽろと大粒の涙がつたう。

「あの、僕……僕が弟を、充くんに押しつけてしまって……それで……本当に、すみませんでした」

　高義達の姿に、声をつまらせながら拓真が頭を深々と下げた。沈痛な面持ちで息子の話を聞いていた真人も、横に並んで「申し訳ありません」と頭を下げる。

「いえ。様子がおかしい、て気づいてもらって、警察に問い合わせもしてくれはって、本当にありがとうございました。おかげでこうしてすぐ見つけられました」

　充が深々と頭を下げ返すと、拓真は青白い顔のまま、「充くん、そちらのおうちに帰れますか」と聞いてきた。「勿論です」と充が強くうなずくと、初めてわずかにほっとした表情を浮かべる。

「ご家族の方ですか？」

　と、廊下の向こうから白衣に眼鏡をかけた女性の医師が現れ、声をかけてきた。駆はまだ検査室だが、脳の状態には今のところ問題はないこと。肩や足に打撲や捻挫《ねんざ》、軽い切り傷はあるが大したことはない、今はまだ意識が混濁しており受け答えもぼーっとした様子なので、今夜はここで一泊入院させる、と話す。

「心身共にしっかりとした安静が必要です。警察の方から大体のご事情うかがってますけども、まだ当人は頭を打った後遺症でぼんやりしてますし、動揺させたくありませんので、すみませんが今日のところはご面会お控えください」

「そんな……！」

憤慨して言い返そうとする高義を、左右から弥生と充が押さえた。

「お医者さんが大丈夫や言うてはんねんから。また明日出直そ、叔父ちゃん」

弥生の説得に、高義は不承不承うなずいた。

「そしたら……もし気ぃついたら、家族が、父親が迎えに来るから、何も心配せんと待っとくようにと、そう伝えてください」

高義が深々と頭を下げると、「判りました」と女性は明るい笑みを浮かべた。ふう、と大きく肩を落として息をつく高義に、真人が「良かったらその辺のお店で、一緒にお夕飯でも」と声をかけてくる。

三人は顔を見合わせて、その話に乗ることにした。こちらの警察から直接話が聞きたい、と言う田沢を残して真人の車の後についていくと、すぐ近くのファミリーレストランに入っていく。

拓真から携帯のメッセージで駆の話を聞いて、どう考えてもおかしい、と思った真人は、メモを書いて拓真に渡したのだそうだ。「母親やその彼氏に虐待されているかもしれない、警察に防犯登録確認するから二時間くらい外に出といて」と。

ボロボロの自転車を直すお金もなく途方に暮れた様子や、拓真の将来の夢を聞いて自分は考えたこともない、羨ましい、と話したこと、階段を踏み外した悠人の体を包み込むようにしっかりと抱き、自分は気を失いながらも悠人にはわずかな傷すらつけさせずに守り切ったことを二人から聞いて、高義は目を赤くしていた。

それから今度は高義側が駆の話をして、真人達は目を丸くしてそれを聞いた。特に、既に母親が死んでいたこと、駆が充の名を名乗っていたことに拓真は絶句する。

「しんどいことを、さしたなぁ、って……何も見抜いてやれんくて、ほんまに駆くんには悪いことをしました」

しんみりと呟く充に、拓真はおずおずと「嘘をつかれて、怒ってはらへんのですか？」と尋ねる。充は高義と一瞬目を見合わせると、同時に首を横に振った。

「僕が聞いてたことと親父が聞いてたことを突き合わしてみて、あの子がどういう嘘ついてたんか、大体把握はできて……僕と親父をいがみ合わして、出ていかせたいと思ってたんやろうと。何をそんなしょうもない嘘、思いましたけど……でもそんな嘘をつかなあかん程、僕等が思ってたよりずっと深く、ずっときつく……あの子は追い詰められとったんやなぁ、て」

充がそう言って、テーブルの上で両指を固く組む。

「どう言うたらいいんですかね……だってそうせな、生きられんかった訳でしょう。僕ね、確かにあの家、出ていこうとは思ってましたけど……正直あの子、気がかりで」

充は時折ちらちらと高義の方を見ながら、珍しく遠慮がちな口調で話した。充の目にはずっと、駆がどこか間借り人のように見えていたこと。すごくいい子で、いい子すぎて、この先もああやってずうっと、手足を引っ込めて遠慮がちに一歩引いた場所にひとりで立ってここで暮らすのだろうか、そう心配していたのだと。

「あんなん全然、『家族』やないやろ、って……そやしね、なんか僕、逆に安心したんですよ。だって本人、必死やった訳でしょう。自分の居場所を全身全霊、命かけて守ろうとした、その結果でしょう。絶対手放したくない、ウチの家を、ウチの父親を、そんな風に思ってくれてたってことでしょう。なんつか……逆に、有難いなあ、って」

充の話を黙って聞きながら、高義がそっと目尻をぬぐった。その隣で、弥生は既にハンカチをぴったり目に押し当てている。

「それに、ああいう『悪さ』しでかしてくれたのも、変な話安心しました。別に非行に走れとまでは言いませんけど、ウチに来るまであんな過酷な環境で生きてきてんから、ちょっとくらい好きに羽伸ばしたり反抗期あったりしたかてええやないですか。手の中に何もなかってんから、やっとつかんだもん、多少ズルしてでも全力でつかみ続けようとして当然やないですか。……だからむしろ、悪いんは僕等の方です。あの子が『いい子』やったことに、甘えて楽ばっかしてきた」

「こいつの言う通りです」

ずっ、と鼻をすすりあげて高義が話し始めた。

「何でも一所懸命取り組む、真面目で健気《けなげ》なええ子や、そう思って安心しきってました。ほんまはずっと、不安やったやろに……居場所がなくなるかも、とか、出ていかなあかんかも、とか、そんな心配、ぴたも感じさしたらあかんかった。もっともっと、こころから安心さして、ここが家やと、自分はここにいて当然の人間なんやと、ふんぞり返れるくらいにさしたらなあかんかった。里親失格です」

うなだれる高義に、弥生が首を振ってその腕をつかむ。

「わたし……わたし、なんか、もっと……何にも、考えてなくて、もうすっかり家族の一員だ、みたいにうぬぼれてて……駆くんがそんなに悩んでたの、ひとっつも気づけなかった。すごく悪いことした」

「弥生はそれでいいよ」

充がぼそっと言って、小さく音をたててコーヒーをすすった。

「多分駆くんは、弥生にはそういう、自分のいいとこばっかり、見ててほしかったと思うよ。そうやって何の疑いもなく自分を『家族』やって信じてる弥生が、きっと駆くんには、救いやったと思う」

テーブルのカップを見ながらそう呟く充を、弥生は下唇を噛んでじっと見つめた。

「わしがあの晩、言うてあげたら良かったんや。駆をちゃんと、『家族』にする話」

高義がつくづく口惜しそうに言うと、充はぱっと顔を上げ「そう、それ！」と高義を指さす。

「俺てっきり言うてるもんやとばっか思ってた。あんなええ話、なんで黙ってたんよ？」

「そやかてあん時は、お前年内に出ていくて話固まっとったやろ。ほならその後にしよ、思たんや。お前がいる間にそんな話したら、駆がお前に遠慮して断ってくるかもしれんやろうが」

「ああ、まあー……それはまあ、気持ち判らんでもないけども」

すっかり家族会議的会話になってしまっているテーブルの向かいで、拓真が「あの」と小さく片手を上げた。

「あの、家族にする、って」

充と高義が「ああ」と視線を交わす。

「ええ……あの子にはもう、血のつながった親や親戚がおらん、てことがはっきりしたんで、そんなら……わしの、養子にしよう思いまして」

拓真と、悠人を膝枕で寝かせていた真人がぱっと目を丸くして高義を見た。

「けどまあ一応ほら、ウチにはこんなんですが息子がもうひとりおるもんで、そういうことにするぞ、いう報告くらいはしとかなあかん、思いまして。そんでこいつ呼び出してきちんと説明して、駆にも正月の時間ある時にゆっくり話そ、思ってたんですけど……すぐに言うてあげたら良かった。そしたらあの子も、すっかり安心できたやろうに」

高義は自分の膝を拳で叩いて、首を小さく振る。

「……良かった」

すっかり明るい笑顔になって、拓真が言った。

「それ聞いたら、きっとむちゃ喜ぶと思います、ミツ……駆、くん」

充は高義と弥生と目を見合わせて、「はい」とうなずいた。

「拓真くん。もし良かったら……駆くんの友達になってあげてくれませんか」

充の言葉に、今度は拓真が真人と顔を見合わせ、同時にうなずく。

「弟の命の恩人です。友達になって、なんて、こっちから頭下げて頼むことです」

拓真の答えに、高義達の頬にもようやくこころからの笑みが浮かんだ。

＊

何度か目が開いて、そして閉じた。

どちらも自分の意思ではない。

視界は明るめの灰色っぽい色合いで、ゆらゆらと揺れていた。時々何か音も聞こえたが、鼻をかみすぎて耳の中がぼわんとこもった時のようで、まともに聞き取ることができない。目が開いても閉じても奇妙なまでに眠たく、すぐに意識がすうっと落ちる。

その間時々、体が揺れて、動かされていることが判った。けれどその意味を考えることはできず、また意識が消えるに任せる。

そんな時間がどれくらい経ったのか、ようやく脳内を満たしていたかすみが徐々にクリアになってきた。同時に、体のあちこちが鈍く痛みを発し出す。

駆は仰向けになったまま大きく息を吸って、そして吐いた。ゆっくりと目を開けると、辺りは薄暗く、白っぽい天井がうっすら見える。

ここがどこなのか、自分が何故こんなところにいるのか、全く思い出せない。無意識に頭をかこうと手を上げると、腕に点滴の針が刺さっているのに初めて気がついた。

ぶら下がった点滴の袋から、徐々に周囲に視界が広がっていく。腕から肩、胸元にかかった布団と毛布、茶色い枕頭台《ちんとうだい》、その前の丸椅子、薄緑色のカーテンのかかった窓、部屋の隅のテレビと洗面台、トイレらしき扉、その脇の白い病室の扉。

ああ、三年前の夢を見ている。

その瞬間、駆はそう思った。三年前に豪徳から保護されて入院した時に、目が覚めた感覚と同じだ。そうか、夢か。

そう納得していると病室の外でぱたぱたと音がして、からりと扉が開いた。思わず目を向けると、白いパンツスタイルの看護師らしき三十代くらいの女性が入ってきて、駆の方を見て少し目を大きくする。

「おはようございます」

声をかけられ、駆も「おはようございます」と返した。夢じゃ……ないんだろうか。

「目が覚めました？　あ、体温と血圧、チェックしますね。頭は痛くない？　気分が悪いとか体が動かないとか、どこかおかしなところはありますか？」

金属のカートを押して入ってくると、彼女はてきぱきと駆の腋に体温計をはさんだ。駆が首を横に振ると、逆側の腕に血圧計のカフを巻く。

「これ済んだら、すぐにお医者さん呼びますからね。……そうそう、お名前、言えますか？　どうしてここにいるのか覚えてます？」

——名前。

反射的に本名を名乗ろうとして、はっと息を止めた。違う、駄目だ。

何故駄目なのか、それは……そう、あの名前はもう、使えないからだ。あの名前を与えてくれた、あのひとの家を飛び出してきたから。もう戻れないから。

電線に一気に電気が通るみたいに、バチバチっと頭の端から中心まで記憶がつながった。そうだ、家を出たんだ。嘘がバレて、自転車で家を飛び出して、それから。

はっ、ともう一度息を呑んで、駆は斜めに上半身を起こした。血圧をはかっていた看護師が、「あっ、動かんといて」と慌てて止める。

「あの子。あの……小さい子。男の子。あの子、どこにいますか」

顔も、小さな体の熱も、きゅっとつないだ汗ばんだ手も、抱いた重さも覚えているのに、何故か名前だけが出てこず駆は焦った。呆気にとられていた様子だった看護師の顔が、ふうっとまろやかさを帯びる。

「悠人くんのことかな？　大丈夫、かすり傷ひとつなかったですよ。昨日、お父さん達と一緒におうちに帰りました。今日もお見舞い、来られるんやないかな」

ユウト、という名を聞いて、また新たな記憶のルートがつながった。そうだ、悠人と拓真。仲の良い兄弟。無事だったんだ、良かった。

看護師は一度血圧の機械を止めると、もう一度計測し始めた。「ようしっかり守らはって、偉かったですね」と言われて、駆はひどくそわそわした気分になる。が、続いた言葉に度肝を抜かれた。

「ご家族も感心してはりましたよ。お医者さんに見てもらって、もう一回検査して、どっこも問題なければ今日おうちに帰れますからね」

また大きく動きそうになる体を寸前でこらえて、駆は看護師を見た。「家族って……」とためらいつつ聞くと、大きくうなずく。

「お父さんと連絡がついた、て聞いてますよ。良かったですね」

お父さん？　一体何の話だ？　と大混乱しながらも、駆はとりあえず血圧測定が終わるのを待った。はかり終えると看護師は数値をカルテに記入して、「じゃ、お医者さんを待ってね」と言って部屋を出ていく。

……とにかく、逃げなければ。

駆は痛みをこらえて、何とか体を起こした。父親と連絡がついた、ということは、自分の「実の父」が見つかって連絡がついたか、あるいは自分が名乗った「岩渕充」の名から充の父親である高義に連絡がいったか、そのどちらかだ。

前者は限りなく不可能だと判っていた。ということは後者、病院は自分をまだ「岩渕充」だと勘違いしている。つまり、遠からず高義がここに来てしまう。逃げなくては。

駆は体にかけられていた薄い布団と毛布をめくって、思わず小さな声をもらした。左足にギプスが巻かれていて、下腹部からはベッドの柵に向かって管が伸びている。

……ああ、尿道カテーテルだ、と三年前のことを思い出した。寝たままで排泄《はいせつ》ができない時に、管を刺して膀胱《ぼうこう》から尿を直接取ることのできる道具である。足の痛みは我慢できても、さすがにこれを自力でひっこ抜く度胸はない。

駆がすっかり途方に暮れた、その瞬間に扉がからりと開いた。
「あら、もうすっかり目ぇ覚めましたね」
白衣を着た五十代くらいの眼鏡をかけた女性が、先刻の看護師と共に入ってくる。
「良かった良かった。若いとやっぱり元気やねえ」
ベッドの上で固まっている駆の隣に座って、脈をとったり、あれこれと様子を見つつ
「で、お名前は？　年はおいくつ？」と尋ねてくる。
駆は一瞬迷ったが、素直に答えることにした。それが通じるかどうかは判らなかった
が、自分は「岩渕充」ではない、だから高義は呼ばないでほしい、と言いたかったのだ。
だが駆の心配をよそに、「長月駆」の名を聞いても女性は特に反応を示さなかった。
カルテを見つつ、「うんうん、合ってるね。問題ない。頭もはっきりしてる」と満足そ
うにうなずいている。つまりここにいる自分が「長月駆」であることは、高義達にも病
院の人達にも、もうとうに知られてしまっているのだ、と駆は悟った。
「じゃ、朝ご飯食べたら念の為もう一回脳波みよっか。ご飯食べられそう？」
駆がうなずくと、女性はまた満足げに笑って、ぽん、と軽く駆の肩を叩いた。
「その足、サンダルみたいなカバーを後で渡すから。そんな大した捻挫やないから、松
葉杖とかなくてもそれでそのまま歩ける思います。ご家族が迎えに来るし、何も心配い
らんから、て言うてはったわ」

駆の胸の中で不安と期待がとろりと入り混じった。何も心配いらない、それは高義がそう言ったのか？　「充」ではなく「駆」がここにいる、それを知った上で？

怒ってはいないのか。それとも、怒っていて、何らかの罰を与える為、あるいは施設に戻す為に確実に捕まえようとしているのか。向こうの考えが全く読めない。

医者が部屋を出ていくと、ほどなくして朝食が運ばれてきた。特に病人っぽくはない、ごく普通の和食の朝ご飯だ。食事が済むと別の看護師がやってきて、点滴とカテーテルを抜き、ギプスのカバーのつけ方を教えてくれる。看護師が退室して辺りを見回すと、部屋の隅に、履いていた靴と靴下がまとめて置かれていた。枕頭台の上には、着ていた服が全部たたんで置かれている。

——今なら、逃げられるかもしれない。

駆はベッドから出て、ギプスにカバーをつけて立った。服をベッドの上に置くと、入院着の紐《ひも》をほどく。さっと脱いだのと同時に、こんこん、と扉が叩かれた。駆ははっと息を呑み、慌てて入院着を着直す。

「……はい」

小さく答えると、扉が少しだけ開かれた。朝、最初に来た看護師がひょいと顔だけ覗かせ、「長月くん、お電話が入ってるんやけど」と言うので意表をつかれる。

「ナースステーションまで来られるかな。あ、ゆっくりで大丈夫よ」

とまどいつつも、駆はとりあえず彼女の言葉に従い、そろそろと歩いて病室を出た。

「あの、電話って、誰から」と聞くと、「宮沢拓真くん」と言われてまた驚く。

ナースステーションに着くと、グレーヘアの女性看護師が微笑みながら「どうぞ、こっち」と中の椅子をすすめてくれた。座ると、「はい」と受話器を差し出してくれる。

「……もしもし」

小声で言うと、『良かった！　目ぇ覚めたん？』と拓真の声がして、駆の心臓がひとつ大きく打った。

『怪我さしてしもて、ほんまにごめん。ほんまはちゃんと謝りに行かなあかんねんけど、今朝ちょっと、悠人が熱出してしもて……おとんが今病院連れてってるねんけど、もしインフルとか風邪とかやったら、僕等も知らん間に移ってるかもしれんから、そっちの病院行くのはやめた方がいい、言われて』

「えっ……え、悠人くん、大丈夫なの？」

不安にかられて聞くと、拓真はすぐに『うん』と答えた。

『昨日、ずーっと泣いとったから……まあ言うたら知恵熱とか、そういうアレやと思う。まあそもそもあの年の子なんて、すーぐ熱出すし風邪もひくねん。しょっちゅうやし、そんな心配せんでも平気。……でも、ありがとう』

拓真の声の響きが、しんみりした空気を帯びる。

『悠人助けてくれて、ほんまにありがとう。電話でごめん、退院したらまた改めて会いに行くから。約束』

と言われても、駆は咄嗟に答えることができなかった。会いに行く、と言われても、この先自分はどこに行くのか判らないのに。

けれど拓真や悠人にもう一度会いたい、という気持ちは駆にも強くあった。同年代の相手にこんなにこころを許したのは初めてだった。一緒にいた時間はほんのちょっとだったのに、と駆は我ながら不思議に思う。

『駆？　あれ、もしもし？　聞こえてる？』

……ああ、「ほんとの名前」で呼ばれてる。

それに気づいて、駆は涙が出そうになった。拓真にその名で呼ばれるのは、なんて嬉しいことなんだろう。

「……うん。ごめん。聞こえてる」

『あ、良かった！　……ああそうそう、僕の携帯、言うとくわ』

拓真が教えてくれた番号を、駆は看護師からペンとメモを借りて書き取った。良かった、これでもしどこかよその施設に行かされても、拓真に連絡ができる。

『そしたら、また落ち着いたら連絡して！　悠人連れて会いに行くから。ほんまにごめん。ほんまにありがとう！』

何度も何度も、詫びとお礼を交互に告げる拓真に、駆も何度も「もういいよ」と返して電話を切った。ふう、と勝手に口から大きな息がもれる。

「ええ友達やねえ」

電話を取り次いでくれた看護師が、そう言って微笑みかけてくる。駆は肯定も否定もできずに曖昧に首を動かして立ち上がった。友達……自分と、拓真が？

「あ、せっかくここまで来たし、このまま脳波の検査行ってもらうね。すみません、検査の付き添い、お願いしまーす」

彼女が奥に向かって声をかけると、ここまで連れてきてくれた看護師が「はーい」と現れた。「その足やと歩いたら時間かかるし、車椅子使おね」と奥から車椅子を引っ張り出してきたので、駆は素直に乗ることにする。

かたかたと細かい揺れを感じながら、何ともやるせない気持ちになった。友達。

今はまだ正直、そうは言えないと思う。けれど……この先、持続して交流を持つことができれば、あるいは。

駆は無意識に入院着の胸元をぐっと片手でつかんだ。友達になりたい。

自分はなんて莫迦なことをしたんだろう、と初めて痛い程後悔した。あんな嘘をつかなければ、家にいられて拓真とも交流を続けられた。

……でもよく考えてみたら、拓真に逢えたのは家出したからだ。

それに気づいて、駆は混乱した。自分のしたことが良いことだったのか悪いことだったのか、もうさっぱり判らない。

検査を受けて、駆は医者に、「特に問題ないようやから、退院手続き準備しますね」と言われた。また車椅子を押してもらって、部屋へと戻る。

からから、と軽い音を立てて扉が開くと、そこに高義達四人がいた。


駆の全身が、ぎくりと固まった。

「……じゃあ、失礼しますね。後でまた、退院手続きにうかがいます」

看護師が笑みを浮かべて高義達に頭を下げ、部屋を出ていく。背中で扉の閉まる音を聞きながら、駆は立ち上がることもできずに硬直した姿勢で座っていた。

「駆くん……！」

丸椅子に座っていた弥生が、椅子が倒れる勢いで立ち上がってすっ飛んできた。車椅子の真正面で床に座り込むと、駆の膝に顔を突っ伏してわんわんと声をあげて泣く。

「やよい、さ……」

駆はどうしていいのか判らず、その姿を見つめた。入院着のズボンの膝がみるみる濡れていくのが、見えなくてもはっきりと判る。その身も蓋もない泣き方には確かに見覚えがあった。……あれは弥生が、帰郷した充に、初めて遭遇した時だ。

それを思い出して、駆の鼓動が速くなった。あの時初めて見た、弥生が感情のままに泣きじゃくる姿。

「良かっ……良かった、無事、で……でも、なんで、なんでよ、あんな急に、出ていったりして……ほんとに心配、したんよ、なんでよ、もう……ひどい」

泣き声の合間に切れ切れに訴えかけられて、駆の心臓が更にきゅっと縮んだ。充が「弥生」と彼女の後ろからやさしく名を呼んで、軽く背中を叩く。

「相手怪我人やから。もうそれくらいにしたり」

充は片手で弥生の腕をとり、もう一方の手で病室にあった箱のティッシュを差し出した。弥生はしおしおと立ち上がり、ティッシュを何枚もとって鼻をかむ。駆は充の顔を見ることができずに、じっと自分の膝を見つめた。何か言わなくては、そう焦りだけが先走ったが、何をどう言うべきなのか全く判らない。

すると弥生が、「駆くん」と涙で少ししゃがれた声を出した。

「もうお昼でしょ。ご飯、お弁当持ってきたから」

意外な言葉に、「えっ?」と声が出てしまう。思わず顔を上げると、鼻の頭を真っ赤にして、化粧もすっかりとれた弥生が、それでも充分かわいらしい顔で笑った。部屋の隅のテーブルに置かれたバッグから、大きな弁当箱を取り出す。

「おにぎりはね、ツナマヨとおかか。これは叔父ちゃんとお父さんが握ったん。塩鮭《しおざけ》とウインナー焼いたんはミツくん。わたしはこの、ブロッコリーとにんじんのきんぴらとほうれん草の卵焼き。デザートはウサギリンゴ。合作よ」

ぱかっ、と開かれた弁当箱を、駆は息を詰めて見つめた。レシピ本の表紙みたいに綺麗に詰められた中身が、目の奥に刺さる程眩しい。顔を近づけなくても、ぷん、と海苔《のり》のまかれたおにぎりの何とも言えない匂いが鼻をくすぐるのを感じる。

「まだたくさんあるんよ。皆で食べよう思て」

弥生はその弁当箱を駆の膝にのせると、またバッグから別の容器を取り出した。ベッドテーブルを部屋の真ん中に動かして、その上にどん、と置く。

「皆でつくったお弁当よ。そやし、皆で食べよう」

力強く言う弥生の言葉に、駆の肩がぴくり、と揺れ、唇が小さく動いた。弥生は駆の膝から弁当箱を取り上げながら、「ん?」と眉を上げる。

「なんか言うた、駆くん?」

尋ねられて、駆は深く息を吸う。

「でも……でも、僕……つくって、ないし」

途切れ途切れに言うと、高義達は顔を見合わせた。弥生と充が、小さく吹き出す。

「ほんま。そしたら次は、つくってもらうわ」

「そやな。俺あれがいいわ、手羽と大根と卵炊いたん。あれむっちゃ美味かった」

「ああ、わしが好きなヤツな。あれは確かに美味い」

「あー、あれか？　あの、ちょっと酸っぱいヤツやろ？　正江が昔、得意やったヤツ」

四人が口々に話す、その会話がふっと止まった。

「……駆くん」

ぽたぽた、と駆の膝の上に涙の雫が落ちるのを、全員がじっと見つめる。

「僕……僕、もう……駄目で、だって……戻る、資格なんて、ないし……師匠にも充さんにも……ひどい嘘、たくさん、ついて……悪い、人間、だから」

「駆」

奥のテーブルの前の椅子に座っていた高義が、立ち上がって駆に歩み寄った。車椅子の真横に膝をついて、そっと駆の膝に手をのせる。

「なおらない、だって、生まれつき、そうだから……ママと同じ、悪い……だから」

「駆。――違うぞ、駆」

高義は軽く駆の膝をゆすると、強く名を呼ぶ。

「考えてもみい。会ったばっかの、よう知らんよそさんちの子供助けて、自分は頭打って気絶して、けどその子には傷ひとつ負わさなんだ。そんなことのできる子が、生まれつき悪いなんて話があるか？」

「そうやで。だから心配せんでいい。怯える必要なんか何にもない」

　充がそう声をかけ、高義とは逆側の駆の横にしゃがみ込んだ。

「大体、あんなんで『悪い子』やったら俺どうなんのよ。喧嘩してぶち切れて飛び出して、七年帰ってこんかったわ。スケールが違う」

「それ威張るとこなん？」

　弥生が呆れ声で言い、ふっと微笑った。駆の正面に腰を落とすと、下からじっと顔を覗き込む。

「……悪いとか悪くないとか、ほんまはどうでもええんよ。そんなんどうだっていいから、わたし等皆、駆くんに帰ってきてほしいん」

「そうや。弥生の言う通りや。……悪かったって、わしは駆がええんや」

　高義の言葉に、ぎゅうっ、と心臓を握りつぶされてにじみ出た澱《おり》が、涙にまじってどんどん体の外に出ていく、そんな気がした。

　こころの外側にぴっちりとはめた硬い蓋が、やわらかく、ほろほろと崩れていく。

　俊正が車椅子の背後にまわって、後ろからそっと駆の両肩に手を置いた。

「言いたいこと言ってやりたいようにやったらええ、言うたよな。……嘘をついたんは、ほんまにやりたいことがあったからやろ？　何かの目的の為に、嘘をついたんやろ？

そしたらそれを、隠さんとそのまま言うたらええんや。俺等が全力で、それをかなえたる。その為に俺等は、今ここに皆でおるんや」

　駆はうなだれたまま、ずっ、と大きく鼻をすすった。蓋がすっかり溶けてしまった今、あふれ出てくるものを止めることが自力ではもうできない。

「……僕」

「うん？」

「僕……師匠の家に、帰りたい」

「当然や。よそに行かす気なんぞない」

「充さんにも、いてほしい。できたら一緒に、暮らしたい」

「勿論」

「弥生さんと俊正さんと、もっとたくさん会いたい」

「毎日行くね」

「了解」

「もっと……もっと、ちゃんと、陶芸が学びたい。上手くなりたい。それで……師匠と充さんと、三人でろくろに、並んで座りたい」

「おお、そんならスパルタ教育せなな。覚悟しいよ」

「それで……それで、できたら……できたら、ずうっと……」

　ぽつぽつと、それでもひとつひとつ話せていた駆の声が、ふっと弱まる。

高義は充と目を見交わすと、小さくうなずいて駆の膝をぽん、と軽く叩いた。上半身をひねって、下から駆の顔を見上げる。

「判った。全部、かなえたる。……けど、代わりにひとつ、わしの頼みを聞いてくれ」

「え……？」

駆の目がふらふらと揺れて、高義のそれとかちあった。が、目線が合った瞬間、駆は逃げるようにさっと目を伏せる。

高義は駆の膝をなで、じっとその顔を見続けた。やがてゆっくり、ためらいがちに駆のまつげが震えて、黒目がゆっくり動くと高義の方に向く。

高義は口元をゆるめて、にっこりと笑った。

「駆。――わしの息子に、なってくれんか」

「俺の弟」

「わたしの従弟」

「俺の甥《おい》っ子《こ》」

続けて三人が、口々に言った。

*

——ばしん、と音を立てて充が窯のハンドルをまわした。

ぐい、と引くと、開いた扉からただでさえ暑い部屋の中に更に熱気が放出される。スイッチを切って半日程が経っても、窯の中はまだ百度に近い熱がある。駆も充も、暑い中でもやけどを避ける為、青いつなぎの作業着姿だ。

扉が完全に開くと、すかさず駆が長いフックを構えた。窯の中には、陶器を置いた棚板が何段も組まれている。板が置かれた台座に設置された持ち手にフックをかけて引っ張ると、全体がスライドされて前に出てきた。

「すごぉ……むっちゃすごい！」

そこから少し離れた位置に立って目を輝かせていた拓真が、ぱちぱちと手を叩いた。

駆は熱気のせいか照れのせいか、少し赤い頰で嬉しげに微笑むと指を唇に当てる。

「聞いて」

拓真はぱっと手を止め口もつぐんだ。

——ピン、とかすかな音が鳴る。

拓真は一度閉じた口を丸く開いて、それでも声は出さずに駆の目を見た。駆は見返し、大きくうなずく。その間もなお、窯から出された陶器はピン、ピン、と、ガラスや金属を爪で弾くような軽やかでかそけき音を鳴らしていた。

「これかあ……」

拓真が囁き声でうっとりと呟く。充が手袋をはめて、一番上の棚板を置かれた陶器ごとおろすと、隣のろくろのある部屋の方に運んでいった。

「来て」と駆が手招くと、拓真は窯の前に近づき、目を明るく輝かせた。二番目の棚板の上には、三つ並んだご飯茶碗と湯呑み、それから三毛猫とダックスフントとラッコの箸置きが手前に置かれている。動物の種類は、宮沢家三人それぞれのリクエストだ。

駆は手袋をはめると、拓真にも同じ手袋を渡した。茶碗は大中小の三つがあって、どれも高台を含めて下から三分の一を、ギザギザした草模様の濃い緑色が占めている。上の三分の二はうっすらとした空色で、草の上を黒いあっさりしたラインで描かれた自転車が乗り手もなく走っていた。

駆は中くらいのサイズの茶碗を手にとり、拓真に手渡す。拓真はおっかなびっくりそれを受け取ると、ためつすがめつ見た。自転車の他には、同じ黒い色で小さな郵便ポストが描かれている。小さい茶碗には空を飛ぶ鳥が、大きいものには家が描かれていた。湯呑みも三サイズあって、茶碗と同じデザインだ。

眺めていた拓真が、ふと気づいた様子でくるっと茶碗をひっくり返した。高台内《こうだいうち》には鮮やかな青い丸と、その真ん中にやはりくっきりと黄色いレモンが描かれている。

「レモン？」

拓真が聞くと、駆は今度ははっきり、照れくさそうな顔で笑った。

「その場所、大体、窯のロゴやつくった人のサインみたいなのを入れるんだよね。父さんに、『岩渕の窯のひとりの陶芸家として人様につくる品なんやから、お前自身のしるしを入れ』て言われて。その青に黄色のレモンが、僕のしるし」

「へえー……でも、なんでレモン？」

拓真が声をあげると、充が戻ってきた。二枚目の棚板を運ぼうとする姿に、拓真は急いで手の中の茶碗を板の上に戻す。

「うん。綺麗でしょ、青に黄色のレモン、地中海っぽくって」

笑みを浮かべた顔のままそう言う駆に、拓真は少し首を傾げつつも「うん、むちゃ綺麗」とうなずいた。三枚目の棚板を運び出す充に、駆も四枚目の棚板を持って後に続く。最後にはいつもの大机の上に、何枚もの棚板がずらりと並んだ。

「あー、こっちの部屋、天国」

拓真は部屋の隅のエアコンの真下に行って、羽織っていたパーカーを脱ぐとTシャツの襟元をつまんでぱたぱたと動かした。充が笑って、窯のある部屋との間の厚めの防火扉を閉める。

「親父ももうすぐ、腰の鍼終わって戻ってくるてメールあったし、母屋の冷蔵庫のスイカ切ってくるわ。食べるやろ？」

駆と拓真が声を合わせて「食べる！」と言うと、充は片手を振って工房を出ていった。

つなぎの上を脱ぎ、流しに行ってザブザブと顔を洗う駆の後に拓真も続く。

「……なあ、結局いつになるん、充さんの結婚式」

駆が手渡したタオルで顔を拭きつつ、こそこそと尋ねる拓真に、駆もつい小声になって答えた。

「僕の高認試験の結果見てから決める、て言ってたから……でも式の準備って、どれくらいかかるもん？　今年中っていける感じ？」

「え、いやあ、どんだけ短くても半年は要るんちゃう？　年内無理やろ……しっかし高卒認定の試験結果次第って、えらい責任重大やってんや。受かって良かった。弥生さん喜ばはったやろ」

駆は工房の冷蔵庫から麦茶のボトルを出してグラスに注いだ。大机の空いたスペースの前に椅子を引っ張ってくると、グラスを置いて並んで座る。

「いや、姉さん最初は、僕が大学受験で結果出すまで結婚しない、て言ってたから。皆で必死で説得した。だってさすがにその責任重たすぎない？」

「重い。重いわ。でもまあ、受験は来年なんやし、余裕ちゃう？　……あれ、美術の大学でも学科の試験とかあるの？」

「あるある。普通にある。英語とか数学とか歴史とか」

指を折って言う駆に、拓真は目を丸くした。

「ええー……そうなんや。実技できたらええやんね」

「だよねえ。ほんとは専門学校で良かったんだけど……充兄さんが、もっと同年代の子が多いところに行った方がいい、大学生活楽しんだ方がいい、て言うからさ」

「そうなん。僕大学どうしようかなあ……おとんは行った方がいい、言うねんけどさ」

「タクんとこも？　なんでだろう、皆言うよね？　充兄さんなんか、自分は家出して中退した癖にさ」

「ほんまやぁ……けど考えてみたら、結婚延ばすー、言うてる癖に『姉さん』とか先走りして呼ばす弥生さんとええコンビやん」

唇をとがらせる駆に拓真は笑ってそう言うと、グラスの麦茶をひと息に飲み干した。おかわりをつぎに立とうとする駆を、「後でいいよ」と首を振って止める。

「姉さんさ、僕が父さん、充兄さん、トシ伯父さん、て呼んでたら、なんか羨ましくなったみたいで。『自分だけそのままなんてずるい』てむくれるんで、それで」

「うわぁ、ブラコン……」

拓真がわざとらしく顔をしかめて言うと、駆は苦笑した。

「ほんと。最近は姉通り越してお母さんみたい」

「なら呼んだったら？　『お母さーん』て」

「なんか、喜びそう……やめとく。……ああそうだ、姉さん合格祝いするって言っててさ。タクも悠人もおじさんも呼んで、て言ってるんだけど、いい？」

　駆が聞くと、拓真は瞳を明るくして身を乗り出した。

「えっ、ほんま？　いいの？　行く行く」

「良かった。いつがいい？　後で候補日メッセージ入れといて」

「了解。期待しとくわ」

　ぽん、と拓真が拳を打つと同時に、引き戸ががらりと開いた。片手にスイカを乗せたお盆を持った充と、大きめの保冷バッグを肩から下げた高義とが連れ立って入ってくる。

「ちょうどええタイミングやった。アイス買うてきたぞ」

　保冷バッグを持ち上げてみせる高義に、駆と拓真は顔を見合わせ「やったぁ！」と立ち上がった。

「お、焼けたか。どうや、見せてみ」

　大机に並んだ陶器に近づく高義に、駆はバッグを受け取りながら声をかける。

「父さん」

「ん？」

　聞き返しながらも目を陶器に向けたままの高義に、駆は続けた。

「おかえりなさい」

　高義は動きを止めると、顔を駆の方に向けてしっかりと目を合わせる。

駆が頰をきゅっとあげて微笑むと、高義も大きく口角を上げて笑みを返した。

「うん。ただいま。——ただいま、駆」

あとがき

この本を手に取ってくださった方、お読みになってくださった方、本当にありがとうございます。本ができるまでにご尽力くださったすべての方にもお礼申し上げます。

特に陶芸関連につきまして、京都は岩倉《いわくら》にて「晋六窯《しんろくがま》」を営まれている京谷浩臣《きようたにひろとも》さん・京谷美香《みか》さんご夫妻にお話をうかがうことができ、土も触らせていただいて、大変参考になりました。貴重なお時間を割いていただき、こころから感謝しております。

晋六窯さんには有名な代表作・ペリカン急須があります。ぽってりと渋みのある急須と、シャープなラインとカラーのティーポットとがあり、どちらも素敵。オンラインショップもありますので、ぜひ「晋六窯」で検索されてみてください。

作中の陶器市は、毎年十一月に二週末にわたり開かれる「東福寺~泉涌寺　窯元もみじまつり」がモデルです。窯元さんと直接お話できる楽しい市です。観光がてらぜひ。

執筆中のBGMはフォルクローレの『恋占い』『太陽の乙女たち』『チャランゴの夢』。

一九九二年、矢崎仁司《やざきひとし》氏が監督・脚本を担当された映画『三月のライオン』のサントラに使われたものです（公式サイトの予告で『太陽の乙女たち』が聴けます）。

演奏はボリビアン・ロッカーズという学生さんのバンドで、映画館にてカセットテープで五百円で売られていました。当時はCD全盛期だったので、非常に珍しかった。ころをカリカリとひっかくような、キリキリとした切なさと焦燥をかきたてる演奏が素晴らしく、ひとり孤独を胸に飼って生きている駆にぴったりでした。

映画も大変素晴らしいものでした。実の兄を恋愛的に愛してしまった妹が、記憶喪失になった兄に「私はあなたの恋人です」と嘘をついて共に暮らす物語。キャッチコピーは「愛が動機なら　やってはいけないことなんて　なにひとつ、ない」。

まあ現実そんな訳はないんですが、それでも「愛」を抱いてその身ひとつで突っ走る妹・アイスが本当にぐっときます。はからずも、自らの「愛」の為に嘘をついて望みをかなえようとする駆に少し通じるところがあるかもしれません。


これから書き続ける中、良いものが書けたら、またどこかでお逢いしましょう。

二〇二四年八月　猛暑日の日数記録を着々と積み上げる溽暑の京都にて

富良野　馨

本書は、集英社文庫のために書き下ろされた作品です。

集英社文庫　目録（日本文学）

藤原新也　アメリカ
藤原新也　ディングルの入江
藤原美子　我が家の流儀　藤原家の闘う子育て
藤原美子　家族の流儀　藤原家の褒める子育て
布施祐仁・三浦英之　日報隠蔽　自衛隊が最も「戦場」に近づいた日
船戸与一　猛《たけ》き箱舟(上)(下)
船戸与一　炎流れる彼方
船戸与一　虹の谷の五月(上)(下)
船戸与一　降臨の群れ(上)(下)
船戸与一　河畔《かはん》に標《しるべ》なく
船戸与一　夢は荒れ地を
船戸与一　蝶舞う館
富良野馨　カッコウ、この巣においで
古川日出男　サウンドトラック(上)(下)
古川日出男　gift
古川日出男　あるいは修羅の十億年
古川真人　背高泡立草
辺見庸　水の透視画法
保坂展人　いじめの光景
保坂祐希　ビギナーズ・ライブ！
ほしおさなえ　銀河ホテルの居候　また虹がかかる日に
星野智幸　ファンタジスタ
星野博美　島へ免許を取りに行く
干場義雅　お洒落の本質　世界のビジネスエリートは知っている
干場義雅　色気力
細谷正充・編　時代小説傑作選　江戸の爆笑力
細谷正充　宮本武蔵の『五輪書』が面白いほどわかる本
細谷正充・編　時代小説アンソロジー　くノ一、百華
細谷正充・編　野辺に朽ちぬとも　吉田松陰と松下村塾の男たち
細谷正充・編　新選組傑作選　誠の旗がゆく
細谷正充・編　時代小説傑作選　土方歳三がゆく
堀田善衛　若き日の詩人たちの肖像（上・下）
堀田善衛　めぐりあいし人びと
堀田善衛　ミシェル城館の人　第一部　争乱の時代
堀田善衛　ミシェル城館の人　第二部　自然 理性 運命
堀田善衛　ミシェル城館の人　第三部　精神の祝祭
堀田善衛　ラ・ロシュフーコー公爵傳説
堀田善衛　上海にて
堀田善衛　ゴヤ Ⅰ　スペイン・光と影
堀田善衛　ゴヤ Ⅱ　マドリード・砂漠と緑
堀田善衛　ゴヤ Ⅲ　巨人の影に
堀田善衛　ゴヤ Ⅳ　運命・黒い絵
穂村弘　本当はちがうんだ日記
堀辰雄　風立ちぬ
堀江貴文　徹底抗戦
堀江敏幸　なずな
本上まなみ　めがね日和
本多孝好　MOMENT

集英社文庫　目録（日本文学）

本多孝好　正義のミカタ　I'm a loser
本多孝好　WILL
本多孝好　MEMORY
本多孝好　ストレイヤーズ・クロニクル　ACT-1
本多孝好　ストレイヤーズ・クロニクル　ACT-2
本多孝好　ストレイヤーズ・クロニクル　ACT-3
本多孝好　Good old boys
本多孝好　アフター・サイレンス
誉田哲也　あなたが愛した記憶
誉田哲也　フェイクフィクション
本多有香　犬と、走る
本間洋平　家族ゲーム
前川奈緒　深谷かほる・原作　ハガネの女
槇村さとる　イマジン・ノート
槇村さとる　キム・ミョンガン　あなた、今、幸せ？
槇村さとる　ふたり歩きの設計図

万城目学　ザ・万遊記
万城目学　偉大なる、しゅららぼん
増島拓哉　闇夜の底で踊れ
増島拓哉　トラッシュ
益田ミリ　言えないコトバ
益田ミリ　夜空の下で
益田ミリ　泣き虫チエ子さん　愛情編
益田ミリ　泣き虫チエ子さん　旅情編
益田ミリ　かわいい見聞録
枡野浩一　ショートソング
枡野浩一　石川くん
枡野浩一　淋しいのはお前だけじゃな
枡野浩一　僕は運動おんち
増山実　波の上のキネマ
又吉直樹　堀本裕樹　芸人と俳人
町屋良平　坂下あたると、しじょうの宇宙

町山智浩　アメリカは今日もステロイドを打つ　USAスポーツ狂騒曲
町山智浩　トラウマ映画館
町山智浩　トラウマ恋愛映画入門
町山智浩　最も危険なアメリカ映画
松井今朝子　非道、行ずべからず
松井今朝子　家、家にあらず
松井今朝子　道絶えずば、また
松井今朝子　壺中の回廊
松井今朝子　師父の遺言
松井今朝子　芙蓉の干城
松井今朝子　歌舞伎の中の日本
松井玲奈　カモフラージュ
松井玲奈　累々
松浦晋也　母さん、ごめん。　50代独身男の介護奮闘記
松浦弥太郎　本業失格
松浦弥太郎　くちぶえサンドイッチ　松浦弥太郎随筆集

集英社文庫　目録（日本文学）

松浦弥太郎　最低で最高の本屋
松浦弥太郎　場所はいつも旅先だった
松浦弥太郎　いつもの毎日。衣食住と仕事
松浦弥太郎　日々の100
松浦弥太郎　松浦弥太郎の新しいお金術
松浦弥太郎　続・日々の100
松浦弥太郎　おいしいおにぎりが作れるならば。「暮しの手帖」での日々を綴ったエッセイ集
松浦弥太郎　「自分らしさ」はいらない　くらしと仕事、成功のレッスン
松岡修造　テニスの王子様勝利学
松岡修造　教えて、修造先生！　心が軽くなる87のことば
フレディ松川　老後の大盲点
フレディ松川　ここまでわかった　ボケる人ボケない人
フレディ松川　好きなものを食べて長生きできる　長寿の新栄養学
フレディ松川　60歳でボケる人　80歳でボケない人
フレディ松川　はっきり見えたボケの入口　ボケの出口
フレディ松川　わが子の才能を伸ばす親　つぶす親
フレディ松川　不安を晴らす3つの処方箋　認知症外来の午後
松樹剛史　ジョッキー
松樹剛史　スポーツドクター
松樹剛史　GO-ONE
松樹剛史　エアエイジ
松澤くれは　りさ子のガチ恋♡俳優沼
松澤くれは　鷗外パイセン非リア文豪記
松澤くれは　想いが幕を下ろすまで　胡桃沢狐珀の浄演
松澤くれは　暗転するから煌めいて　胡桃沢狐珀の浄演
松澤くれは　転売ヤー殺人事件
松嶋智左　流《る》警《けい》　傘見警部交番事件ファイル
松嶋智左　流《る》警《けい》　新生美術館ジャック
松田青子　自分で名付ける
松田志乃ぶ　嘘つきは姫君のはじまり
松永多佳倫　沖縄を変えた男　栽弘義──高校野球に捧げた生涯
松永多佳倫　偏差値70からの甲子園　僕たちは野球も学業も頂点を目指す
松永多佳倫　偏差値70の甲子園　僕たちは文武両道で東大も目指す
松永多佳倫　まかちょーけ　興南 甲子園春夏連覇のその後
松永天馬　少女か小説か
松本侑子　花の寝床
モンゴメリ　松本侑子・訳　赤毛のアン
モンゴメリ　松本侑子・訳　アンの青春
モンゴメリ　松本侑子・訳　アンの愛情
丸谷才一　星のあひびき
丸谷才一　別れの挨拶
麻耶雄嵩　メルカトルと美袋《みなぎ》のための殺人
麻耶雄嵩　貴族探偵
麻耶雄嵩　あいにくの雨で
麻耶雄嵩　貴族探偵対女探偵
眉村卓　僕と妻の1778話
まんしゅうきつこ　まんしゅう家の憂鬱
三浦綾子　裁きの家

集英社文庫　目録（日本文学）

三浦綾子　残像
三浦綾子　石の森
三浦綾子　ちいろば先生物語(上)(下)
三浦綾子　明日のあなたへ　愛するとは許すこと
みうらじゅん　とんまつりJAPAN　日本全国とんまな祭りガイド
みうらじゅん　宮藤官九郎　どうして人はキスをしたくなるんだろう？
宮藤官九郎　みうらじゅん　みうらじゅんと宮藤官九郎の世界全体会議
三浦しをん　光
三浦しをん　のっけから失礼します
三浦英之　五色の虹　満州建国大学卒業生たちの戦後
三浦英之　南三陸日記
三浦英之　水が消えた大河で　ルポJR東日本・信濃川不正取水事件
三浦英之　帰れない村　福島県浪江町「DASH村」の10年
三浦英之　白い土地　ルポ　福島「帰還困難区域」とその周辺
三木卓　柴笛と地図
三崎亜記　となり町戦争

三崎亜記　バスジャック
三崎亜記　失われた町
三崎亜記　鼓笛隊の襲来
三崎亜記　廃墟建築士
三崎亜記　逆回りのお散歩
三崎亜記　手のひらの幻獣
三崎亜記　名もなき本棚
水上勉　故郷
水上勉　働くことと生きること
水谷竹秀　日本を捨てた男たち　フィリピンに生きる「困窮邦人」
水谷竹秀　だから、居場所が欲しかった。　バンコク、コールセンターで働く日本人
水野宗徳　さよなら、アルマ　戦場に送られた犬の物語
未須本有生　ファースト・エンジン
水森サトリ　でかい月だな
三田誠広　いちご同盟
三田誠広　春のソナタ

三田誠広　永遠の放課後
道尾秀介　光媒の花
道尾秀介　鏡の花
道尾秀介　N
三津田信三　怪談のテープ起こし
美奈川護　ギンカムロ
美奈川護　弾丸スタントヒーローズ
美奈川護　はしたかの鈴　法師陰陽師異聞
湊かなえ　白ゆき姫殺人事件
湊かなえ　ユートピア
湊かなえ　カケラ
湊かなえ　ダイヤモンドの原石たちへ　湊かなえ作家15周年記念本
宮内勝典　ぼくは始祖鳥になりたい
宮内悠介　黄色い夜
宮尾登美子　影絵
宮尾登美子　朱夏(上)(下)

集英社文庫　目録（日本文学）

宮尾登美子　天涯の花
宮尾登美子　岩伍覚え書
宮木あや子　雨の塔
宮木あや子　太陽の庭
宮木あや子　喉の奥なら傷ついてもばれない
宮城公博　外道クライマー
宮城谷昌光　青雲はるかに(上)(下)
宮子あずさ　看護婦だからできること
宮子あずさ　看護婦だからできることⅡ
宮子あずさ　老親《ろうしん》の看《み》かた、私の老い方
宮子あずさ　ナースな言葉　こっそり教える看護の極意
宮子あずさ　ナース主義！
宮子あずさ　卵の腕まくり　看護婦だからできることⅢ
宮沢賢治　銀河鉄道の夜
宮沢賢治　注文の多い料理店
宮下奈都　太陽のパスタ、豆のスープ

宮下奈都　窓の向こうのガーシュウィン
宮田珠己　ジェットコースターにもほどがある
宮田珠己　だいたい四国八十八ヶ所
宮部みゆき　地下街の雨
宮部みゆき　R.P.G.
宮部みゆき　ここはボツコニアン 1
宮部みゆき　ここはボツコニアン 2　魔王がいた街
宮部みゆき　ここはボツコニアン 3　二軍三国志
宮部みゆき　ここはボツコニアン 4　ほらホラHorrorの村
宮部みゆき　ここはボツコニアン 5 FINAL　ためらいの迷宮
宮本輝　焚火の終わり(上)(下)
宮本輝　海岸列車(上)(下)
宮本輝　水のかたち(上)(下)
宮本輝　いのちの姿　完全版
宮本輝　田園発　港行き自転車(上)(下)
宮本輝　草花たちの静かな誓い

宮本輝　ひとたびはポプラに臥《ふ》す　1〜3
宮本輝　灯台からの響き
宮本輝・吉本ばなな　人生の道しるべ
宮本昌孝　藩校早春賦
宮本昌孝　夏雲あがれ(上)(下)
宮本昌孝　みならい忍法帖　入門篇
宮本昌孝　みならい忍法帖　応用篇
深志美由紀　怖い話を集めたら　連鎖怪談
三好昌子　朱花の恋　易学者・新井白蛾奇譚
三好徹　興亡三国志一〜五
三好徹　戦士の賦　土方歳三の生と死(上)(下)
美輪明宏　乙女の教室
武者小路実篤　友情・初恋
村上通哉　うつくしい人　東山魁夷
村上龍　テニスボーイの憂鬱(上)(下)
村上龍　ニューヨーク・シティ・マラソン

集英社文庫

カッコウ、この巣《す》においで

2024年10月25日　第1刷　　定価はカバーに表示してあります。

著　者　富良野《ふらの》　馨《かおる》

発行者　樋口尚也

発行所　株式会社　集英社

東京都千代田区一ツ橋2-5-10　〒101-8050

電話　【編集部】03-3230-6095

【読者係】03-3230-6080

【販売部】03-3230-6393(書店専用)

印　刷　株式会社広済堂ネクスト

製　本　株式会社広済堂ネクスト

フォーマットデザイン　アリヤマデザインストア　　マークデザイン　居山浩二

ISBN978-4-08-744706-4 C0193